LOCAL GIRL MISSING

海面之下

〔英〕克莱尔·道格拉斯 著　孙璐 译

江西人民出版社
Jiangxi People's Publishing House

献给我的丈夫

弗兰琪

2016 年 2 月 11 日 星期四

这是一个阴沉的下午，就在午饭之后，我终于知道你死了。

办公桌上的手机震动起来，屏幕里显示的是一个无法识别的号码，我按下接听键，暂时从堆积如山的文件中抬起头来。

"是弗兰西丝卡·豪伊吗？"听筒中传来一个男人的声音，仿佛在我的记忆表面烧灼出一个黑洞，他的乡村口音温暖醇厚，与我这间位于我父母的酒店顶层的办公室格格不入：室内陈设着极简主义风格的家具，窗外便是伦敦市中心著名的"小黄瓜"大厦。这样的口音只属于过去，属于我们的老家萨默赛特，那里的黎明有海鸥啾鸣，浪花终日拍打码头，炸鱼薯条的香味丝丝渗入空气。

"丹尼尔？"我被自己嘶哑的嗓音吓了一跳，慌忙用另一只手抓紧桌子边缘，稳住身体，似乎只有这样才能防止自己陷入令人眩晕的过去。

过了这么多年，他现在才给我打电话，只可能为了一个缘故。

有新的消息。关于你的消息。

"好久没联系了。"他尴尬地说。他是怎么知道我的电话号码的？

我两腿发软，像刚出生的马驹，几乎站立不住，只好摇摇晃晃地靠在窗台上，窗户俯瞰整座城市，雨点敲打着窗玻璃。我感到肺部被空气充满，听到自己粗重嘈杂的呼吸。"是因为索菲吗？"

"是的，有人找到她了。"

唾液涌出我的嘴角。"她……她还活着吗？"

电话里静了一下。"不。"他的嗓子哑了，我试图想象他现在的模样，你的哥哥。从前他又高又瘦，喜欢穿一身黑，黑色和他的头发、苍白的长方形脸庞很相配。他老是一副病恹恹的样子，像青春片里的吸血鬼，似乎总是无精打采，但我看得出他是在极力保持镇静。我好像从来都没见过他哭，连刚刚知道你失踪的时候，他都没有哭；为了找你，警察把整座树林翻了个遍，又派了船出海，折腾了许多天之后终于决定放弃，那时他也没哭；后来，他们在旧码头边上发现了你的一只海军蓝的阿迪达斯运动鞋，推断你已经掉进布里斯托尔海峡，被潮水冲走。听到如此平淡无奇的结论，公众对你的失踪案失去了兴趣，这个时候，你的哥哥仍然没有哭。现在，除了我们之外的每个人都已经开始忘记你，索菲·萝丝·科利尔，来自奥德克里夫海岸的二十一岁女孩，有时羞怯腼腆，有时滑稽搞笑，某天晚上消失在一家夜总会，看到英国电信公司的那些创意老掉牙的广告时你会哭，你喜欢贾维斯·库克，每次拆开一袋饼干，你都会风卷残云般地吞进肚子里，一块都不留。我听到你哥哥在电话那头清了清嗓子："发现了尸体的残块，被海水冲到布瑞恩的沙滩上……符合她的特征。是她，弗兰琪，我知道是她。"听他叫我"弗兰琪"感觉很奇怪，你也总是叫我弗兰琪，我已经好多年都不是"弗兰琪"了。

我试着不去想象将近二十年后的你漂浮在海水里会是什么样子，还有他们在布瑞恩海滩上的沙子里找到的是你的哪一部分，然而我还是会不由自主地猜测那是不是你的脚，被人从你瘦削的脚踝上整齐地切割下来，或者那是不是一条长时间曝晒得发黑的胳膊。我讨厌以这种方式想起你。

你死了，这是事实。你不再只是失踪，我无法继续哄骗自己相信你只是失去了记忆，茫然地生活在某个地方，也许在澳大利亚，更可能在泰国。我们不是一直盼望旅行吗？还记得我们打算背包环游东南亚吗？你讨厌寒冷的冬天。我们能一连好几个小时幻想着如何逃离那个寒风刺骨的小镇，风摇晃着光秃秃的树枝，沙砾被风刮到街上，钻进我们的牙缝。没有了游客的喧嚣扰攘，旅游淡季的奥德克里夫愈发显得湿冷阴郁。

我把抵在喉咙上的衬衫领子拨到一边，感觉呼吸困难。透过虚掩的门，我看见内尔在她的电脑键盘上敲敲打打，红色的长发堆在头顶，挽成一个结构复杂的发髻。

我回到办公桌前，跌坐进转椅，手机烫得我耳朵发热。"我很抱歉。"我说，这四个字几乎是对我自己说的。

"没关系，弗兰琪。"我听得到背景音里风声呼啸，飞驰的汽车碾过水坑，路上的行人模模糊糊地交谈，"我们又不是没想到。心理准备早就有了。"他这是从哪个城市或者镇上给我打电话？你哥哥现在去了哪里？"遗骸的身份还需要正式确认，因为时间关系……"他深吸一口气，"因为尸体在水里泡了很长时间，难以辨认，但他们说下周三或周四结果就能出来。"

我突然想到，也许你并没有留下太多可供辨认的尸骸。"警察……"我强自压抑着怒火，"警察知道她是怎么死的吗？"

"他们还是老一套，说她是喝醉了跌进海里淹死的，她不该到那个码头去，是意外身亡。总之还是原来的说辞。"他的语气中升起一股怒意，"但我不相信。我觉得有人知道更多那天晚上的事，弗兰琪。我觉得有人知道我妹妹到底出了什么事。"

突然觉得手指发痒的我忍住拉扯自己头发的冲动，伸出手去，绕过办公桌上的一只镇纸，把桌上的那张镶框照片摆正，照片上的我骑着一匹小马，父亲自豪地站在我旁边，笑得很开心。我永远都是他的弗兰西丝卡。"为什么这么说？"

"她失踪的那天晚上，似乎很害怕，说有人要来找她。"

我的耳朵火辣辣的，更加用力地握紧电话。"什么？你以前从来没提过。"

"我当时就告诉警察了，可他们没在意。那天她特别紧张，精神很不稳定，我甚至怀疑她嗑药了——你知道吧，那一阵子许多人都嗑药，但索菲从来没碰过毒品，我很清楚，她不是那种人，她是个好姑娘，最好的。"他烦躁地说。

他不知道我俩在阿什顿庄园的音乐节上"溜冰"，对不对，索芙[1]？还记得吗？拜冰毒所赐，那天我们一边看"道基"乐队表演，一边兴奋地说个不停，最后还产生了幻觉。那一天，你逼着我

---

1. 索菲的昵称。

赌咒发誓，不把嗑药的事情告诉你哥哥。

　　我闭上眼睛，回忆起那个夜晚。你站在"地下室"夜总会的角落里，看别人跟着《天生滑头》的旋律跳舞。那天的日期烙印在我的脑中：1997年9月6日，星期六。当时我在舞池的另一侧和DJ聊天，后来我越过乌烟瘴气的舞池朝角落那边看过去时，发现你已经不见了，消失在人群之中。站在角落里的时候，你看起来并不害怕，也不是特别担忧，假如真的遇到麻烦，你一定会告诉我的，对不对？

　　因为我是你最好的朋友，我们之间无话不谈。

　　"你能帮我吗，弗兰琪？"丹尼尔问，他的语气突然变得急促起来，"我需要弄清楚她究竟遇上了什么事，有些人知道内情，但是不愿意多说。那个码头……"

　　"那个破码头太危险，早就对公众关闭了……"

　　"我知道，可这也挡不住我们，对不对？我只是不相信她会自己一个人到码头去，那天晚上，一定还有别的人和她在一起。"

　　我听得出他声音里的绝望，顿生同情，即使过去这么多年，我也始终忘不了那个晚上。他是你的哥哥，肯定更加难以忍受，那些未能得到解答的疑问时常在他脑海中旋转，令他夜不能寐，无法真正释怀。

　　"别人不愿意和我谈论这件事，但是你不一样，弗兰琪……你能让他们开口。"

　　为了你，他当然会这样做，作为大哥，他始终在保护着你，对此我并不感到意外。

"我不知道。搬来伦敦以后，我就没回去过……""回去"的想法让我恐惧，青春期的那几年，我一直渴望逃离我们长大的那个幽闭恐怖的海滨小镇，镇上的大部分居民是三代同堂，正因如此，想要搬走的人在他们眼中都是怪胎。

在那里，见不得光的秘密不会因为年代久远而被人遗忘。

也不会因此而得到原谅。

"拜托，弗兰琪，看在过去的分上。她是你最好的朋友，她认识的人你也认识，那时候你们两个整天都在一起，难道你不想知道她发生了什么事吗？"

"我当然想。"我说。可是，已经过去了十八年，我真的能再回去吗？虽然我曾发誓永远不再踏足那个小镇，但事到如今，我也别无选择。"你希望我什么时候回去？"

我穿上那件红色的羊毛外套，用最清脆动听、最令人信服的声音告诉内尔：我觉得不舒服，必须回家去。她瞪大眼睛，惊讶地盯着我，因为我以前从来没生过病，但我假装没有看到她关怀的眼神，径直走出办公室，以最快的速度——在穿着高跟鞋和铅笔裙的情况下——来到外面，跨进雨幕之中，拦下一辆出租车。陷进后排座的时候，我仍然头昏脑涨，车座上的皮革凉飕飕地贴着我的小腿。司机载着我朝伊斯灵顿驶去。

突然听说你真的死了，我一时之间无所适从。

结束了？

想起刚才和丹尼尔在电话中的交谈，他是如此冷静地坚持要我返回奥德克里夫，帮他挖掘那些陈年旧事，我不寒而栗。

我意识到，事情永远都不会结束。

我还记得第一次见到你的时候，索芙。1983年9月，我们两个只有七岁，那是你进入小学读书的第一天，老师德雷珀夫人把你领进教室，你站在全班同学面前，看上去孤单失落，头发缺少光泽，戴一副蓝色的"国民健康"眼镜，已经变得不怎么白的白色袜筒从瘦削的小腿上滑落下来，松弛地堆在脚踝周围，一条腿的膝盖上打着石膏，石膏夹板脏兮兮的，绿色校服裙子上的褶边脱了线。德雷珀夫人问哪位同学愿意和你做朋友，我高高地举起了手，因为你看上去太需要朋友了。

走进家门，我头一次觉得整座房子阴森森的，像个山洞。如果知道我现在竟然产生了这样的幻觉，你会怎么想？你会不会看着我的三层联排别墅，夸一句"混得真不错"？还是会像过去那样嘲笑我，嘴角挂着酷似丹尼尔那样的讽刺笑容，说我只是在吃父母的老本？

我在走廊的镜子前停住脚步，镜面里那个三十九岁的女人也在凝视着我。我的头发依旧暗黑有光泽，丝毫没有变白，这得感谢我的美发师，我的绿色眼睛周围已经出现了几条细纹，你会觉得我老了吗？很可能会的。而你永远不必担心变老，被时间定格的你将一如既往地年轻，始终都是二十一岁。

我转过身去不再看镜子，必须收拾行李了。我跑到楼上自己的卧室。丹尼尔已经为我安排了住处，他的朋友有套度假公寓，现在是二月份的旅游淡季，公寓无人租住，我可以按照折扣价格入住。明天一早我就开车过去。

我需要让自己忙起来。我把我的路易威登旅行箱从衣柜顶上拿下来，放在床上，打开箱盖。各种问题像狂奔的赛马一样在我脑海中飞驰而过。我得带上够用多少天的日常用品？我会去多长时间？还有一个新问题：我该如何向迈克解释这一切？

在地下室的厨房里飞快地洗菜切菜的时候，我听到迈克打开前门走进来，在客厅叫了我一声。这个厨房还是他去年为我装修的，说是帮我个忙，后来我们两个就在一起了，我们刚认识的时候，他就帮我重新装修过旅馆。迈克高大强壮，沙色的头发，结实的下巴，刚见面我就被他吸引住了。我们两人的关系与厨房里亮闪闪的白色家具和厚实的可丽耐台面可有一比：表面看起来洁净崭新，内部的铰链却已经松动，其中一个柜子里还出现了裂缝。

我调大收音机的音量，让拉赫玛尼诺夫的曲子冲洗我的耳孔，抚慰紧张的神经，与此同时，我刚才喝下的那一大杯梅洛葡萄酒也在发挥着同样的作用。我在旅行箱里放了两套换洗衣物，然后开始做炖菜，准备晚上吃。这时，迈克走进厨房，看到我在家，而且在做饭，他看上去迷惑不解——我平时总是在办公室里工作到很晚。

"你还好吧，弗兰？"

弗兰。这个名字听起来比"弗兰琪"成熟多了，更适合现在的我，毕竟，我早已不是过去那个简单幼稚的弗兰琪了。

"你哭了？"

"洋葱辣的。"我撒了个谎，拿围裙擦了擦手，走到他身边，凑上去亲吻他晒黑的脸颊，蹭着他下巴上的胡茬，他身上有股类似砖块和混凝土的土腥味。

他轻轻地把我推开。"我很脏，需要洗澡。"他侧着身子从我身边走过，离开了厨房。几分钟后，我听到楼上传来淋浴的水流声。

吃晚饭时，我和他说了你的事。

"我从来没听你提起过她。"他嚼着牛肉和胡萝卜说。没错，我确实没对任何人提起过你，索芙，包括迈克、我的同事和仅有的几个朋友，连我前夫都没听说过你。因为我们曾经——现在也是——非常亲近，一旦提到你，势必就要牵扯到我自己的过去，所以，不谈到你是我避免提及往事的唯一方法。

我喝了一大口酒。"她是我小时候最好的朋友。"我的手微微发抖。我放下杯子，拿起叉子，戳了戳盘子里的一块土豆，它往肉汁里埋得更深了。"我们曾经很亲密，我妈说我们好到穿一条裤子。但索菲十八年前失踪了，我今天听说，她的尸体——或者说是残骸——被人发现了。"我放下叉子，完全失去了胃口。

"过了这么多年才发现？警察都是蠢货吗？"迈克摇摇头，似乎在思考警察究竟有多蠢，但我看不懂他那双颜色浅淡的眼睛里的神情。我猜测——也希望——他想问我关于你的事，比如我们是怎么认识的、认识了多久、你是什么样的人，然而他没问。他永远不会知道，我们俩九岁的时候为麦当娜的《真蓝》那首歌编了一支舞；十三岁那年，我和西蒙·帕克在自行车棚后面接吻后，第一个告诉的人就是你；你和我说你很想你爸爸，但你几乎已经不记得他长什么样了；有一次，我逗得你哈哈大笑，当时你正骑在我的肩膀上，笑得尿了我一脖子。既然他没问，我只能就着红酒，缓缓咽下我们的美好往事，吞进肚子里，同时看着面无表情的迈克慢条斯理地咀嚼牛肉，圆鼓鼓的腮帮子一圈又一圈地蠕动，活像一台水泥搅拌机。

我突然很想把手中的酒杯丢到他的脸上，不为别的，只为了让他对这件事产生一些比较像样的反应。我的朋友波莉总是说，迈克属于"事不关己高高挂起"的那种人，虽然这样的形容有些老派，但她说的是事实。我不认为迈克生性残忍，他只是缺少与我合拍的共情能力——不擅长处理与我有关的问题。

不知道他是否意识到我俩的关系走进了死胡同。我已经后悔让他搬进来了，当时他和一群比他年龄小一半的学生住在霍洛威那座破旧的房子里，我动了恻隐之心，邀他过来同住。三周之后，萌生悔意的我正准备和他坐下来谈谈，我妈突然打电话过来，说我爸中风了。早知如此，我真应该听从我爸的忠告，他总是警告我要小心，千万不能随便让男人搬过来住，他说，一旦邀请他们与你分享你的房子和你的生活，你们的关系就会变得错综复杂，在经济和情感上难解难分，很像两段打了死结缠在一起的线头，难以互相摆脱，更何况，我现在没有精力从这种关系中脱离出来，解开那个结。我从桌边站起来，把自己盘子里没有动过的食物刮进垃圾桶。

就寝之前，我告诉了迈克我的计划。

"索菲的哥哥丹尼尔为我安排了住处，度假公寓。"我脱下裙子，扔到卧室里的椅背上。

他坐在床上，裸着上身，胸膛肌肉发达却几乎光洁无毛。我仍然喜欢他、在乎他，但我知道我们的关系无法再继续下去了。

"这么快就能找到房子？"他挑起浓密的眉毛，看着我解开衬衫纽扣。

我耸耸肩。"现在是旅游淡季。而且，你知道我不能把这边的酒店生意丢下不管。"在外面奔波了一整天，我最不希望的就是回到旅馆或者招待所里休息，更想待在自给自足、远离他人的空间。

"为什么是现在？你不是说她已经失踪十八年了吗？为什么等到现在才去调查真相？"

一阵刺痛的感觉爬上我的脊椎。难道他不明白，发现你的遗骸彻底改变了失踪案的性质吗？

"因为我们现在才确定她已经死了。"我厉声说。

他看起来吃了一惊。"我从来没去过奥德克里夫。"他喃喃地说，低下头去摸了摸胳膊，仿佛刚刚在上面发现了一块污渍。不知道他是不是在暗示打算和我一起去，反正我没有理会。

"去到那里之后，我会告诉你情况的。"我套上真丝背心。我不希望他和我一起去，我需要一些喘息的空间。

"在海边长大，一定很有乐趣吧。"

我僵硬地笑笑，想起自己在那个如同俯瞰大海的粉红色怪兽般的小镇长大的经历，我就觉得脊背发寒，感谢上帝让我爸爸拥有足够的理智和金钱，卖掉了镇上的房子，在不动产价格飙升之前买下伦敦的房子，举家搬迁过来。我掀开羽绒被，钻到他身边躺下。

"那你打算去多久？"他把我拉过去，鼻尖蹭着我的脖子。

"不会很久的，"我关掉台灯，"我希望只待几天，我受不了在别的地方住太长时间，尤其是我爸爸现在……"我吞掉后面的半句话，直到现在，我都没法说出与他的现况有关的那几个字。我父亲过去总是那么健康、精力充沛，现在却形容枯槁，日复一日地躺在病床上，无法说话，身体几乎不能动弹。我始终接受不了他现在的样子。我向后缩了缩，装出很累的样子，翻身背对着他。

我静静地躺着，直到他发出有节奏的鼾声，四肢沉重地压在我身上，这才抓起椅背上的睡袍，踮着脚尖来到楼下，摸黑坐在厨房的桌子旁边。我又给自己倒了一杯红酒，空气中依然留有炖牛肉的味道，洗碗机上的小红灯一闪一闪，发出哔哔的声音，提醒我它已经完成了工作，哔哔声在空荡荡的黑暗房间里听起来有些诡异。

这些年来，我只知道努力工作——为了保持我的生活正常有序，为了成功，也为了忘掉过去向前看，为了不要每天都想着你——仿佛把自己包裹在一个密不透风的蚕茧里，然而现在，这个蚕茧开始分解，当它完全解体之后，我就得完全暴露在世人面前了。

杰森。他的名字从我的脑海里跳出来，出乎我的意料。

我灌下一大口酒，可它并没有如我所愿，阻止我的心跳。因为事实注定水落石出，索芙，我们从那时开始就共同保守的那个见不得人的秘密终将浮出水面。

索菲

1997 年 6 月 26 日 星期四

写下这些字句的时候，夜已经深了，而且我怀疑它们并没有多大意义，但我不得不写下来，这样明天早晨我才不会忘记这件事。

弗兰琪回来了！

我今晚看见她了。她站在莫霍的一个酒吧里，两个我不认识的男的一左一右站在她旁边（其中一个喝得烂醉——绝对不夸张！）。她虽然背对着我，但我立刻认出那是她。我不管走到哪里都认得她的头发，一如既往地乌黑亮泽，总是让我想到玩具娃娃——黑发披肩的中国娃娃。她穿着驼色的仿皮外套（反正我希望它是仿皮的）和长长的黑色及膝靴，看到人群中的她，我像以前那样充满了嫉妒，因为她比我记忆中还要漂亮许多。在她的对比之下，我觉得穿了牛仔裤和阿迪达斯"羚羊"运动鞋（虽然它们是新买的，而且我早就想要这双海军蓝的阿迪了！）的自己好像赤身露体，尴尬得只想找个地缝钻进去。

然后她回过了头，视线锁定在我身上，脸上露出灿烂的笑容。和旁边的两位新欢打过招呼，她分开人群向我走来，好像六十年代魅力四射的电影明星。弗兰西丝卡·豪伊。弗兰琪。我最好的朋友。她的光环过于耀眼，其他人似乎都渐渐变为只有黑白两色的暗淡背景，只有她是彩色的。

"索菲！哎呀，我的天，我简直不敢相信！你好吗？"她尖叫着跳上跳下，兴奋地挥舞手臂，我觉得她一定是喝醉了，虽然现在才八点半。她从来都是放开了喝，也不知道慢下来。她把我拽过去，发疯一般拥抱我，她身上不知喷了多少圣罗兰"巴黎"香水，差点熏死我，我们还在上学时，"巴黎"就是她的标志性气息。我的鼻子被迫紧紧压在她那件复古皮衣的肩膀位置，皮衣闻着有股霉味，还有樟脑球和二手商店的可疑味道。

她又往外推了推我，好把我看个仔细。"哇哦，你看起来很不一样了，真是太神奇了。"她说，我知道她是指我挑染了头发、涂了眉蜡、戴了隐形眼镜。"瞧瞧你现在多么高了！我感觉自己太矮了。"她笑道。我不想向她承认，与娇小漂亮的她相比，我觉得自己像个大猩猩。她和凯莉·米洛一样瘦小，然而胸部巨大。上学时我就总是嫉妒她的大胸，现在依然嫉妒得要死。

"你过得怎么样？"她挑起修描得完美精致的眉毛，思索着我们有多少年不曾见面。我记得很清楚：她1993年离开学校，现在已经过去了四年。"有这么久了吗？"我告诉她之后，她说。

她在十二年级结束时离开学校，她的父母将她从我们水深火热的高中毕业班生活中拯救出来，把女儿送进布里斯托尔的一所豪华寄宿学校完成她的高中课程。我们承诺互相保持联系，而且坚持了一段时间，可后来她回家的次数越来越少，最后，因为担心自己写的信看上去既无聊又老土，配不上她丰富多彩的城市生活——布里斯托尔这样的大城市到处都是时髦的有钱人，我家的房子（大学毕业后，我依然住在这里，和妈妈、丹尼尔一起）肯定没法和她的城市豪宅相比——我们之间的通信越来越少，直到各自毕业离校，我才再次见到她。那年夏天，我们一起玩过几次，但两人之间的气氛变得不那么自在了——因为我被华威大学录取，弗兰琪却不得不申请补录。尽管她没说什么（这是自然），但我知道她觉得这个结果应该反过来，因为她接受的高中教育毕竟比我的高级许多，而我是我家里第一个上大学的人。

我希望在假期能见到弗兰琪，但是她很少回家。有一次，我在西夫韦遇到了她的妈妈玛利亚，她告诉我，弗兰琪和一些"共同补课的有钱朋友"在学校附近合租了一所房子，放假的时候也住在那里。玛利亚看起来很恼火，说这只是弗兰琪父亲的想法，她并不赞成，而他总是溺爱女儿。我从未责怪弗兰琪住在外面，不回来看我，真的。如果我可以在别处度过假期，我也不会回来的。

有时候我猜想，她之所以不愿回来，是因为这里会勾起她的痛苦回忆，这个地方——还有我——会让她想起杰森的遭遇，事情发生在我们十六岁那年，从那个夏天开始，我们之间的友谊就再也回不到过去了，以前我们总是无话不谈，此后却突然无法谈论他，因为哪怕只是提到他的名字，也会让我们想起自己做过的可怕的事。

"华威大学怎么样啊？"她补充道，"你一直都很聪明。你学的是英国文学，对吧？这也是你一直以来的志愿。"

我点点头。她的关心已经开始让我感到尴尬。弗兰琪总是如此，天生有本事让你觉得自己是世界上最重要的人。"你呢？"

她摆了摆手。她涂了淡蓝色的指甲油，和尸体的指甲颜色差不多。"我最后去了加迪夫大学，商业研究专业。"她耸耸肩，"我爸爸让我学这个。"

"太好了。"我说，其实觉得她学的东西很无聊，"你暑假在这里过吗？"

她环住我的手臂。"没错。爸爸想让我从事酒店管理。"她扬起下巴，笑道，"好像我真的是那块材料似的。你呢？"她的吐字比以前更讲究了，也更清晰，寄宿学校的生活经历仿佛一把钢锉，挫掉了西南部乡村口音中格外刺耳的字母R的发音。

"我不知道，我正在找工作，想进入出版业。"我不想告诉她，其实，我日夜担心自己可能永远找不到一份体面的工作，像我的妈妈和哥哥那样困在奥德克里夫，和斯坦那个变态一起，在海滩旁边那个脏兮兮的杂货摊当一辈子小贩，哪怕我"一直都很聪明"。

这一切当然不会发生在弗兰琪身上。我也许很会考试，去了一所备受好评的大学，但这并不意味着什么，尤其是在你的父母并不像弗兰琪的父母那么有钱、又愿意给女儿砸钱的情况下。在华威大学的三年，可能是我逃离这个小镇的唯一机会。

"哎呀，我真想你，索芙。"她突然充满爱意地认真端详我，"学校里没有你，什么都不一样了。"

我同意她的看法。她的缺席给我造成的负面影响比我所预料的严重，她是我第一个最好的朋友，也是唯一的最好的朋友。

她推着我来到吧台，掏出一大把钞票，点了两瓶"白钻石"。然后，我们花了一个小时，喋喋不休地谈论逝去的岁月，当然还有我们喜欢的音乐和乐队。我们总是拥有相同的品味，聊过之后我们发现，虽然过去了三年，但我和她仿佛昨天才刚刚见过面。她告诉我，购物街上开了一家播独立音乐的新夜总会，叫作"地下室"，说是要带我去玩。这时候，酒保表示快打烊了，问我们是否要点最后一轮酒，我举目四顾，寻找和我一起来的朋友海伦，却发现她早已经走了。弗兰琪又要了两瓶"白钻石"，和我碰杯的时候，她说："干杯，索芙！敬最后一个快乐的夏天！过了这个夏天，我们就得进入现实世界，扮演有工作、负责任的成年人了。"

我们没有直接回家，而是走着之字形路线来到海滩，挽着胳膊，带着醉意说说笑笑，打着"白钻石"风味的酒嗝。我们坐在防波堤上，看波涛拍打双脚，炎热的白昼结束后，夜晚的空气依然潮湿，我们两个似乎有说不完的话。

我直到午夜才回家，现在无法入睡，因为太兴奋了。

她回来了。我最好的朋友回来了。我非常想念她。我在大学过得很开心，也遇到了一些好朋友，但没有人比得过她。

我最宝贵的童年记忆中，她是不可或缺的一部分：她教我溜旱冰；我和她在她父母旅馆里那个舒适的顶楼房间过夜；在旅馆的海景大餐室里享用早午餐（而我的妈妈和哥哥都是坐在电视机前面吃下午茶的，盘子搁在膝盖上）；在老码头喝罐装淡啤酒；在我的卧室里为麦当娜和"五星"乐队的歌曲编舞；坐在教室后排偷偷嘲笑马洛老师的假发。

她也狠狠地伤过我的心，这是认识一个人太久所不得不付出的代价，但我不会让这些事破坏我的心情，我要充分享受当下的快乐感觉。

这将是有史以来最好的夏天！

弗兰琪

2016 年 2 月 12 日 星期五

当我驾车穿过奥德克里夫的镇中心时，天空变得灰暗而压抑，云层如此之低，我仿佛可以伸手触摸它。马路左侧是烂泥般的棕色沙地，大海如同一摊肮脏的洗碗水，必须眯起眼睛仔细打量，才能分辨出陆地与海水的交界。沙滩上分散着几个穿长筒雨靴的人，形单影只地伫立在水边，衣服被风吹得紧紧贴在背上，他们不停地朝远处扔棍子，训练几条湿漉漉的瘦狗把它们叼回来。

车子路过原来的露天泳池，我们夏天的大部分时间都是在这里度过的，这里也是我爸爸教我们游泳的地方，现在大门已经被木板封住，像个被约会对象放了鸽子的家伙，一副被人遗弃的可怜相。沿岸再往前一点的大码头倒是没怎么变，华丽的艺术风格门面和鲜红字样的招牌一如往昔。

马路的另一侧，是一长溜面朝大海的建筑：带露台的维多利亚风格旅馆和招待所。我从曾经属于我家的旅馆门口经过，那里是我长大的地方，昔日粉红色的墙壁已经被刷成更加精致的粉蓝色。

镇中心的档次略有提高——原先就有的折扣商店和苍蝇馆子之间，冒出来几家高级咖啡馆和餐厅，但总体而言这个小镇并无改变，这里的时间仿佛永远停滞在五十年代中期。更加令人遗憾的是，那座游乐场竟然还在，音乐依旧震耳欲聋，灯光俗丽刺眼。但小时候的我们喜欢这里，把口袋里的每一分零用钱都喂给那些两便士游戏机。

过去，小镇到了夏天会变得熙熙攘攘，满是游客，随处可见漫步海边的夫妻、堆沙堡的孩子、带着保温杯和自制三明治坐在长椅上看海的老年人、坐摩天轮时双手紧扣的青年情侣。如今这里却像一座鬼城，勾起我所有不愉快的回忆。

我驱车离开市中心，顺着海岸左侧的沿海公路前行，然后便看到了它：维多利亚时代的遗迹好似腐烂的怪兽，从浑浊的海水中升起，几条纤细的钢腿似乎随时都会不堪重负，被庞大的躯干压垮。老码头。你消失的地方。你喜欢这个码头，但我讨厌它，现在甚至更讨厌了。开车靠近的时候，我发现它比我离开时更加残旧。再向前开就是你和丹尼尔长大的那座凌乱的旧房子。我依然非常熟悉这个镇上的一切，它的地图仿佛就烙印在我的脑子里。

我把路虎揽胜停在路旁停车处，关掉发动机，坐在车里凝视老码头，任由记忆涌入脑海——十几岁时，我们最早是和杰森一起来，然后丹尼尔和他的朋友们代替了杰森。1989年，老码头停止对公众开放，但这并没有阻止我们，码头是我们远离喧嚣城镇的好去处，我们可以坐在这里，安安静静地喝"红带"淡啤，用我的便携式CD机听"布勒"和"绿洲"的歌。我们从来不会沿着码头往海里走太远，没等走到尽头的那个废弃的老凉亭就会停步。酒馆里流传着许多关于凉亭的鬼故事：凉亭的建造者从亭子上面掉下来摔死了，到了晚上会出来散步；那儿还有个穿维多利亚时代睡衣的女鬼，据说她当年被丈夫甩了，抱着刚出生的孩子跳了海。虽然怀疑这些故事都不是真的，但我们还是喜欢拿来吓唬自己。

现在老码头周围拦上了警戒线，弃之不用，入口处竖了一块写着红字的大牌子：危险，请勿进入。但临时围栏很容易翻越，假如小时候就有这个围栏，我们肯定会毫不犹豫地翻栏而入。

我继续坐了一会儿，雨滴敲打在车顶和风挡玻璃上，疯狂冲击堤岸的白色海浪宛如疯狗喷吐的白沫。返回镇中心途中，我在镇子外的加油站停车加油。索芙，还记得吗？我们小的时候，那里属于埃尔夫石油公司，而现在已经归为壳牌旗下，加油站的入口处摆了一排报纸，本地小报的头版头条便是《海滩惊现人类残骸》，多么冷酷无情的标题！竟以如此口吻谈论你的悲剧。

我永远不会忘记你刚刚失踪的时候。第二天，发现你彻夜未归，你妈妈意识到情况不对，开始她以为你可能跟我或者海伦在一起，但等了很久不见你回家，给你所有的朋友打电话也没有找到你，最后她报了警。那时距离人们最后见到你已经过去了将近二十四小时，警察找我们所有人谈话，海岸警卫队搜寻了好几天，但你消失得无影无踪。没人知道这是怎么回事，他们只在老码头的边缘发现了你的运动鞋，此后调查就停滞了，最后彻底终止。警察确信你从老码头失足掉进水里淹死了，但官方始终不曾结案，你的家人也从未申请死亡裁定，所以，你依然属于"失踪人口"。

而现在……报纸的标题又闪现在我眼前，我眨了眨眼睛，把它赶走。

我得走了。已经快到下午三点，不能再拖延，该和丹尼尔见面了。我不情愿地发动汽车，就在准备离开的时候，码头上的什么东西跃入我的视野：一个人影趴在栏杆上，身体探出一大截，似乎马上就要压塌老旧的栏杆，跌进波涛汹涌的大海。虽然那只是个黑色的侧影，但黑影的长发和心形的脸庞让我猜想那是一个女人，而且，她看上去像你。我的心脏一紧。不可能是你。也不会是别人，因为码头上的木板已经腐烂，到处都是窟窿，走在上面却不会掉到海里是不可能的。

突然，低斜的太阳分开灰色的云层，阳光倾泻在码头上，晃得我睁不开眼，我被迫闭上眼睛，视网膜上跃动着无数个黑色的圆点，睁开眼睛时，天空重又变成灰色，码头再次空无一人，刚才的黑影大概是光线和我开了个玩笑。

度假公寓高高矗立在鸟瞰老码头的悬崖顶部，驱车右转时，我觉得口干舌燥。我已经拐出海岸公路，现下正在陡峭的山道上行驶，好在我的车善于应付颠簸的路面。山路逐渐变得平坦，我远远望见了博福特别墅：一座柠檬色与白色相间的维多利亚风格公寓楼，有着巨大的飘窗和华丽的尖顶山墙。它跻身于一排几乎一模一样的冰淇淋色建筑中，面朝奥德克里夫海湾，俯观老码头，犹如一群盛装打扮却脾气阴郁的老太婆。镇子的这一部分总是更有名气，这里的许多大房子和只允许当地居民进入的公园令人称羡——破旧的老码头除外。

我驶入车道，轮胎在砾石上碾压，最后停在一辆金色的沃克斯豪尔旁边。一个男人坐在大门口的矮墙上，跷着二郎腿，在笔记本上写写划划。即便过去了许多年，我也知道这是丹尼尔，我熟悉他下巴的曲线、长鼻子的线条和别扭的发旋——他的黑发从来不会老老实实地贴合头皮，总会翘起一撮，发梢搭在苍白的前额上，遮住眼睛，迫使他不得不经常向后捋头发。听到我的车开过来，他抬起头，露出期待的表情，把手中的笔夹到耳后。

拉起手刹时，我的手微微颤抖。为什么回到这里让我如此紧张？与之相比，我平时的工作重点——主持公司会议、安抚难对付的客户、与破罐子破摔的员工打交道——倒成了小菜一碟。我下了车，努力配合身上的穿着——修身牛仔裤和细高跟靴子——摆出优雅的姿态，然而迎面而来的冷空气却如同耳光般拍在我的脸上。

"弗兰琪？"丹尼尔从墙上跳下来，朝我走来。他还是那么瘦、那么高，穿着黑色的牛仔裤、长长的黑大衣，条纹围巾包到了下巴上。他把笔记本塞进外套的前袋里。从远处看，他与我上次见到的那个二十三岁的年轻人无甚区别，但当他走近了之后，我发现岁月柔化了他曾经冷峻的面部轮廓，近乎黑色的头发里偶尔也会出现银白的闪光，皮肤粗糙了不少，不再那么有光泽。记得我第一次见到丹尼尔时，他骑着越野自行车绕着房子转圈，不时做几个前轮离地的特技动作，想要给我们留下深刻印象。当时他九岁，现在他已经四十一岁了，男人味十足，完全不再是当年的小男孩。想到这里，我的脸红了。

我们笨手笨脚地拥抱。他苦笑着赞美了我，不知道他是否因为我变得和他记忆中的不一样而感到失望。"你几乎没变，弗兰琪·豪伊，"他说，还像以前一样迷人，"还是那么淑女。"听了这些话，我仿佛回到从前，再次来到你的卧室，丹尼尔懒洋洋地靠在床上，挑着眉毛揶揄我们，灰色的眼睛闪闪发光。

我笑了。"我差点忘了，你以前叫我弗兰琪夫人。"

"谁叫你那么时髦呢。"他把挡着眼睛的头发捋到后面，这个动作是如此亲切、如此讨人喜欢，我不由得眼睛发酸，但我眨着眼睛憋回了眼泪，暗骂自己没出息。我从来都不爱哭，哭是你的专长，取笑你、把你惹哭才是我的强项。

"我才不时髦呢。"我说，心中的不自在让我的声音听起来出乎意料地刺耳，但我知道丹尼尔不会在意。情况总是如此。因为我是豪华旅馆老板的女儿，你和丹尼尔来自破公寓房——只有过时了的六十年代的阳台和破烂的车库。

他从口袋里掏出钥匙。"来吧，弗兰琪夫人，"他戏谑地说，"我带你巡视一下你的城堡。"

我跟随他踏入长长的走廊。天花板很高，檐口很精致，楼梯上铺着柔软的饼干色羊毛地毯，楼梯间的两边各有一扇门，门上有数字。"你的房间在二楼。"注意到我在左侧的房门口停住脚步，他说。我跟着他来到二楼的一处宽阔的方形平台，这里也有两扇彼此相对的门，中间的走廊开了一扇拱形小窗，我来到窗口，眺望外面的海湾。

"哇哦，风景真美。"我说，其实心里一沉。我可不想每天都被迫看到那个码头，进而想起你的失踪，不对，你的死亡，我纠正自己。

我察觉到他走了过来，站在我身后。"对不起，我知道这里刚好面向码头，"他把手放在我的肩上，仿佛读得懂我的心思一般，"但我觉得你更不希望住在镇中心的酒店，而且这边的公寓美极了，非常适合弗兰琪夫人。"他打趣道，我的情绪舒缓下来，转身面对着他，他的鼻尖近在咫尺。

"没关系，"我违心地说，"你做得对，而且我只在这里待……"我的声音渐渐变小，与他目光相对，我们之间的气氛变得越来越黏稠，十八年来不曾倾吐的话语仿若凝结其中。

首先移开视线的是他。他朝左边的房门走过去，白色的门板上有个银色的数字"4"，他默默地把钥匙插进锁孔，推开了门，室内的空气并不新鲜，似乎很久没有人住过了。

他在前面领我熟悉房间，我在后面跟着。这个过程倒很愉快，公寓里的几个房间很宽敞，通风也好，墙壁的颜色很养眼。双人小卧室的窗户下方是后院的垃圾箱，隔壁是装潢现代的敞开式厨房，客厅的大飘窗俯瞰波涛汹涌的灰色海湾，桃花心木地板在我的靴子底下吱吱作响，从淡灰色的天鹅绒沙发和低矮的玻璃茶几来看，这里的装饰非常时尚，显然更适合情侣，而不是有小孩的家庭。角落里摆着宽屏幕电视，沙发对面有铸铁壁炉，炉旁堆着木柴。这里虽是个豪华的住所，但处处弥漫着许久没人住过导致的霉味。

"只有一个卧室，但我哥们儿说，你可以待到下礼拜五，有人预订了这套房子，那天会过来住。我们也没料到，竟然有人愿意来过长周末，否则你还可以在这里多待几天。"

我努力不让自己显得脸色发白。光是想到要在这里住，我就恐惧万分，更何况是整整一个星期。

"我不确定我会在这里待多久，丹尼尔，我现在是酒店的负责人，我爸爸……他……"

我感到旁边的丹尼尔僵住了。"我在报上看到过你爸爸的新闻，"他转过头来看着我，"对你们的打击一定很大。"

我惊讶地盯着他。没错，那条新闻刊登在全国性的报纸上，然而篇幅只有一小块，并且夹在商业版面中间，我希望没有人会看到它，至少不要让那些还记得我们的奥德克里夫的居民发现，直到现在，爸爸的自尊心依然很强。

"是的。中风很严重……"我的喉咙发紧，说不出话来。

他的指尖轻轻抚过我的胳膊，接着他迅速把手插进口袋，似乎觉得假如不这样做，他还会不由自主地伸手碰我。

我没告诉他我觉得爸爸会死，管理已有的两家酒店并且开设第三家酒店的责任沉重地压在我肩上，所以，我其实没有时间来这里搞什么徒劳无益的调查，而我之所以赶过来，完全是为了丹尼尔，为了过去。为了你，为了我们。

"这座楼里有多少套公寓？"我走到窗前说。天已经黑了，他跟在我后面。

"楼上两套，楼下两套。现在是淡季，所以我猜这个周末只有楼下的公寓有人。"他做了个鬼脸，"你可以的，对不对？一个人待在这套鬼气森森的大房子里？"他笑道。我觉得自己犹如被揍了一拳，他的笑我很熟悉，和你笑起来像极了。

"我不相信有鬼。"我轻蔑地说。

"你连那个一直打算惩罚出轨丈夫，最后抱着孩子跳海的格丽塔都不怕？"

"噢，滚你的吧，"我笑着捣了他的上臂一拳，"你根本没变，不是吗？还是那个讨人厌的哥哥，总想着吓唬人。"

他耸耸肩，但我看得出他很高兴。接着我意识到，自从你失踪以后，他一定非常怀念这样的关系，也许在这里见到我让他想起了你，想起我们的童年。他真的需要我的帮助来揭开你失踪的真相吗？还是他只想让我到这里来，因为我能够令他想起我们曾经拥有的一切？

还有我们已经失去的一切。

丹尼尔去车上帮我拿行李，我走进客厅拉开窗帘。暗沉的夜幕下，只能看到老码头的黑色轮廓，靠近入口处有两根老式灯柱，照亮了周围的一圈破碎的木板和腐烂的框架，如同舞台上的聚光灯。凉亭的圆顶在远处若隐若现，宛如地平线上的墨渍。一股寒意沿着我的脊背流淌而下，我猛然拉上了窗帘。

我退入厨房，给我们两人各沏了一杯茶，注意到丹尼尔（也有可能是房东）已经出门为我采购了一些必需品——包括面包、牛奶和袋泡茶——我有些感动。

"我不记得你喝茶加不加糖了。"端着两只马克杯回到客厅，我说，他正躺在沙发上，脚旁是我的行李。炉火已经点燃。

"不加，我本人就已经够甜的了。"他咧嘴笑道，接过我手里的杯子，"谢谢。"

"厨房里的牛奶和茶包是你放的？"

他耸耸肩。"我觉得你可能需要。你的旅行箱里都有什么？简直能有一吨重。"

"你想知道？"我坐在他旁边，开始逗他，"谢谢你，牛奶和茶包……"我抚摸着他的胳膊，但他的身体僵硬起来，我只好收手，接下来的轻佻话也讲不出来了。

他修长的手指握着杯子，吹了吹杯中的茶水，呷了一口。

"那个，这么多年来，你都做了什么？"我尽量语气轻快地说。

他皱起眉头，抓紧杯子。我注意到他右手无名指上戴了一枚纯银戒指，不知道是谁给他的。起初他没有回答我的问题，我担心可能冒犯了他，却不清楚原因。我通常能够凭直觉感知他人的情绪和感受，知道在什么时候提出什么样的问题最合适，或者该在何种时机运用无可挑剔的赞美技巧打破僵局。我为此感到自豪，这也是我工作时的看家本领，但今晚我却不知道自己做错了什么。在你最好的朋友的残骸被人发现的第二天，你该怎么和她的哥哥说话？如何选择恰当的话题？

他抬起头，越过马克杯的边沿看着我，"呃，我过得有点堕落，"他耸耸肩，表情很尴尬，"你知道那是什么样子的。"

我点点头，想起你对他的担忧。他没能拿到中学文凭，找工作也不积极。你不是一直担心他会永远困在奥德克里夫吗？"后来，我决定追随自己的梦想。音乐。"

我的心一沉。"你还在搞乐队？"我记得那支乐队——主要因为他们都是垃圾，但这并不能阻止他们几乎每个周末都到布里斯托尔的地下酒吧演出。作为吉他手，丹尼尔的技术不坏，但乐队的最大欠缺是主唱西德唱歌跑调，并且似乎没有人愿意告诉他这一点。

他笑了起来。"当然没有。我意识到，比起做音乐，我更擅长撰写与音乐有关的故事，所以我上了大学，获得了新闻学学位，成了音乐记者。"

"哇哦，你从这里走出去了？"

他苦笑着说："没想到吧？以前你觉得我会干什么？在麦当劳打工，还是沉迷海洛因？"

"也不是。"我否决了他的猜测，但语气不是很有说服力。

"无论如何，我做了好几年的音乐记者，先为'美乐制造商'工作，后来给Q供稿，在伦敦度过了一段美好时光。"他微笑着回忆道，"现在我是本地报社的编辑。"

"你搬回来了？"我忍不住想要取笑他。

他瞪着我，看得出他眼中的恨意。"当然，最近才搬回来，这里毕竟是我的家，而且，我觉得在这里离索菲更近，我不能永远逃跑，你也不能。"

我羞愧地低下头。"我不能留下，"我对着自己的膝盖说，"我父母在伦敦买下酒店，就是要我跟着他们开始新生活的，别因为这个责怪我，丹。"

他大声说："我不会怪你，而且你现在过来了，不是吗？在我需要你的时候。"

我抬起头，他像过去那样凝视着我，似乎能把我看透。你总是开玩笑说他迷恋我，有时我也这么想，但我不会玩弄他的感情，噢，当然，我和他调情，还有很短的一段时间，我曾经考虑让他吻我，可当时正是我们遇见杰森的那个夏天。

我呷了一口茶，脸颊热辣辣的。

丹尼尔最终打破了沉默。"你呢？日子过得很滋润吧？"他咧嘴笑道，但我很难对他笑出来，我的"日子过得滋润"，可能大家都是这么想的，我有钱，有座可爱的房子、一份好工作——连锁酒店的主管，然而，你失踪的那天晚上，我的一部分也早就跟着死去了。

丹尼尔正期待地盯着我，我只能机械地复述往常应付别人的那套说辞：我和一位我所崇拜的对冲基金经理结了婚，我们想要个孩子，但我没怀上，于是他和同事出轨了，随后我们离婚了。我没告诉丹尼尔的是，加上离婚获得的赡养费，我才有足够的钱买下现在这家新酒店，我也没说我现在很难相信男人，哪怕对方是实在可靠的迈克。

我讲话的时候，丹尼尔边喝茶边点头，鼓励我说下去。"听到你说的，我很难过，弗兰琪，"听完之后，他表示，"我一直没结婚，因为没遇到对的人。"我瞥了一眼他手上的戒指——至少曾经有人对他来说是特别的。他悲伤地笑了起来，见此情景，我的心开始颤抖：你的失踪给他带来的痛苦和他对你的爱，已然把他变成了情感上相当成熟的男人，这种情感方面的智慧，恰恰是我们年轻时欠缺的。以前他看起来可能像个饱受折磨的艺术家，穿一身黑、爱好风格阴郁的音乐，与之矛盾的是，他的行为举止却处处透着乐观，不像你的那位喜欢创作令人烦躁的诗歌的前男友莱昂那么严肃和热爱沉思。

"我有一个想法，"他突然说，"我们需要和那天晚上的所有在场者谈谈，我知道已经过去很长时间了，但他们或许记得些什么，哪怕是微不足道的小事。你只有一个星期，所以我们最好马上开始。"

我张开嘴，准备告诉他，我只有不到一个星期的时间，因为我不得不尽快回伦敦，但看到他的表情，我又把嘴闭上了。

"你有什么反对意见吗？"他直视着我的眼睛，仿佛读得懂我大脑最深处的思想。我有一大把反对意见，也有许多事情要做，连一天的时间都腾不出，更何况一个星期，但是，如何才能在告诉他这一切的同时，不让他觉得我冷酷无情、不让我所说的听起来显得我不在乎你呢？

因此，我只能吞下一大口茶，摇摇头，告诉丹尼尔，没有，我没有任何异议。

"好，"他说，"因为我早些时候接到了警方的电话，他们有了新的推断。"

我的手掌立即开始出汗。"什么？"

"在海水里泡了那么多年，索菲的尸体应该早就烂得不像样了，弗兰琪，可他们却发现了一只脚，根据脚的大小，他们认为它属于一个女人，这只脚还穿着阿迪达斯运动鞋，显然是这只胶底鞋保护了它，让它在海里漂了许多年却没有烂透，也不会被鱼吃掉。"

"天啊。"

他的脸色比平常还要苍白。"他们采集了我的DNA样本，让我星期三上午去警察局拿鉴定结果，这是自然，他们需要通过DNA比对确定穿运动鞋的脚就是她的，还要看看这只鞋和当年在码头上找到的那只阿迪达斯是不是同一双，原先那只鞋现在还在警察局的证物室里，你愿意和我一起去吗？我……我觉得我没法一个人面对。"

他看起来非常脆弱，无论如何，我喜欢看到丹尼尔需要我的样子——他想让我和他一起去！"我当然愿意。"我想起那天晚上你穿的运动鞋，你很喜欢那双阿迪达斯"羚羊"。

他站起来。"我得走了，明天一早过来。"他故作轻松地说，"我们约在九点半怎么样？先去找莱昂问问，好不好？"

我吓得差点吐出嘴里的茶。莱昂？丹尼尔一定是弄错了。你失踪几周后，莱昂就离开了奥德克里夫。"怎么找他？"我假装遗憾地说，"我听说莱昂在国外工作，我们还是别管他了，谁是下一个？"

丹尼尔挑起一边的眉毛，"我听说他回镇上来了，弗兰琪，我还以为你知道呢。"

我恐惧得头皮发麻，一屁股跌坐进沙发里。

假如知道我会被迫再次见到莱昂，我绝对不会答应回来。

索菲

上星期和弗兰琪在一起的那个帅哥名叫莱昂·麦克纳马拉，和我一样，他有二分之一的爱尔兰血统，但他的头发是巧克力色的，有一双我见过的最令人惊叹的蓝眼睛，那双眼睛和我的李维斯501牛仔裤一样，都是完美的靛蓝色。

"莱昂"，我喜欢他名字的读音，非常特别，比"丹尼尔""詹姆斯""西蒙"之类我能想到的男生名字酷多了，而且，他不仅名字酷，还玩独立音乐，当然他也精通其他类型的音乐，除了"绿洲"乐队，他喜欢的那些乐队我连听都没有听说过，好像都有个和动物有关的名字："水牛春田"（Buffalo Springfield）和"小鸟"（Byrds）什么的，还有一个干脆就叫"动物乐队"（Animals）！他很安静、很认真，爱读书，但不是丹尼尔喜欢看《花花公子》和《新音乐快递》的那种"爱读书"，他看的都是正经书，比如《了不起的盖茨比》和《劝导》之类的经典——他竟然读简·奥斯丁！尽管如此，他也从不自命不凡，不会为了自我感觉良好而吹牛——像我在大学里遇到的某些人那样，他的智慧是天生的。他在布瑞恩的一所公寓房里长大，和我家的房子差不多。他是个矛盾重重的人，一面准备考取计算机高级证书，一面又在写诗、读简·奥斯丁。

而且他超级帅！

他只有一个缺点，后面我再解释。

昨天晚上，在"地下室"夜总会，弗兰琪把我介绍给了莱昂。自从上次碰到她，我们几乎每天都见面，就像过去一样，仿佛中间隔着的四年根本不存在，这也许是我们认识太久，彼此十分熟悉的缘故，虽然久别重逢，却像是昨天才刚刚见过面一样。

每天上午十点到下午两点，她在父母的酒店工作：更换床上用品、为新住客打扫房间，报酬很高，比我在售货亭把油腻的炸鱼薯条卖给游客赚的多得多，我猜这就是为自己的父母工作的好处。我每天下午三点收摊，接下来的时间可以和她一起度过，在弗兰琪面前，我觉得自己好像回到了青少年时代，我们做着小时候做的事：在大码头散步、玩街机游戏、吃着棉花糖在海滩上闲逛，聊聊生活和未来。我们经常在晚上去酒吧，而且是"海鸥"的常客，这是因为，虽然那里有一股湿乎乎的狗腥味，但是啤酒很便宜。不过，快到周末的时候，我们的工资总会不够用，去不起酒吧，只能约上丹尼尔和他哥们儿——同是乐队成员的西德和埃德——去老码头喝"红带"淡啤，在那里一坐就是几个小时，互相讲述鬼故事，以格丽塔和她失踪的孩子的故事居多，最后我往往会感到非常害怕，真高兴丹尼尔可以和我一起走回家。

啊，我跑题了，闲话少说，还是讲讲今晚认识莱昂的经过吧。

"地下室"夜总会令人印象深刻的地方在于，星期四晚上的入场费很便宜。我依然不敢相信，我还在大学读书时，奥德克里夫就已经时髦到拥有了这样一家超级酷的俱乐部。它位于一家大型餐厅的地下室（这一点本身就很好玩），有独立的地下入口，而且播放的音乐都是我喜欢的。夜总会的面积并不大，空气中弥漫着烟味，弗兰琪似乎认识里面的每一个人，我也不知道她是怎么做到的。她还是像以前一样受欢迎，那些男的尤其喜欢她，后来她就把我介绍给了莱昂。

当时他站在吧台前，守着一大杯啤酒，身穿棕褐色的皮夹克、深色牛仔裤和沙漠靴，当他抬起头来，用那双明亮的眼睛看向我时，我感到呼吸都停滞了，可他却反应冷淡，打招呼的时候根本没怎么看我，倒像是在对着眼前的啤酒杯说"你好"。弗兰琪似乎跟他很熟，给我们每人点了一瓶"白钻石"，然后她去和别的男生聊天了，莱昂和我尴尬地站在一起，谁都没有说话。

"你经常来这里吗？"终于，我脱口而出，话音落下之后，我才意识到自己说了什么，只觉得羞愧极了，脸颊像着了火。他看上去吃了一惊，但紧接着表情松弛下来，眼睛闪闪发光，我们同时笑出了声，打破了冰封般的沉寂。

"对不起，我真是个白痴。"我咕哝道，咬着指甲，"我不是那个意思。"我从来不擅长和我觉得有吸引力的男生聊天。

"没关系的，"他饶有兴趣地看着我，"我以前从没在这里见过你。"

"我七岁开始就住在这里，但后来去上大学了。"

"这就说得通了。"他说，把弗兰琪推给他的那瓶"白钻石"递给我，手指在我的手上扫了一下，仿佛有一股电流传了过来，站在莱昂身后的弗兰琪朝我做了个"快接吻"的鬼脸,我的脸立刻变红了。

"我在这一带只住了几年。"他说,但愿他不曾看出我的不安。他告诉我,他在爱尔兰长大,八岁时搬到布瑞恩。"去年我才搬来奥德克里夫,我和我哥哥还有他女朋友住在多佛路。"我不得不压抑住兴奋得尖叫起来的冲动(这可不太酷!),因为他的住处和我家只隔两条街。"我很愿意和洛肯一起住,很有趣,而且我也能做自己喜欢的事。"他说。他快要完成获得计算机高级证书所要求掌握的全部课程了,他每周都会去布里斯托尔大学上一天课,其余的时间则在一家保险公司的IT部门上班。他的西南乡村鼻腔音中混合着轻微的爱尔兰口音,我告诉他,我妈妈也是从爱尔兰来的。

我小口抿着"白钻石",听他说话,告诉他我打算进军出版业的野心。

"这么说,你想成为作家?"

我把从前额上滑下来的头发捋到后面,装出一副满不在乎的样子,"只要能整天被书和文字包围,我不介意当不当作家。"

"你现在大学毕业了,接下来打算干点什么呢?"

"我正在找工作,去年夏天我通过实习积累了一些工作经验,至少在简历上有东西可写。伦敦郊区的一家小型出版公司通知我过几周去面试。"

可以从他的表情中看出,我给他留下了深刻的印象。

"太棒了。什么工作?"

"编辑助理。我的最终目标是成为策划编辑,但是竞争很激烈。"我没告诉他的是，我还参加了另外两家出版公司的面试，但没有通过，我每周发出的大量求职信也是石沉大海，杳无回音。

"我很想成为诗人，可父母却希望我能找到一份'合适的工作'。"说到"合适的工作"，他举起双手，比了个引号的手势，"他们觉得上大学没用。"

"可他们不介意你考取计算机高级证书？"

他耸耸肩，"不介意，因为可以靠证书赚钱，虽然在这之前我做着别的工作，但他们说，考取高级证书更有前途，未来属于电脑，你知道吧。"他模仿着父母的语气戏谑地说，我发现他的脸上掠过一道悲伤的阴影，让他显得更睿智和成熟，我突然很想拥抱他。

"我们坐下好吗？"他指着角落里刚刚空出来的一张小桌子说。我点点头，终于可以暂时摆脱弗兰琪了，她依然站在莱昂身后和一群男人聊天，时不时也会朝我挤眉弄眼，做出下流的暗示。

"这么说，你还写诗？"在桌前坐下之后，我问他。角落里空间逼仄，我们挤在一起，他的肩膀贴着我的，我能闻到须后水的味道——"CK一号"，我的鼻子对气味总是很敏感。

他点点头，又呷了一口啤酒。"诗、歌词都写，可我不会乐器，很遗憾。"

"你知道我哥哥吗，丹尼尔·科利尔？他会弹吉他，是自学的，他还有支乐队。"

听到我哥哥的名字，莱昂皱起眉头。"我听说过他。"他说，但语气听着不对劲。奥德克里夫的大部分人都知道我哥哥，就像大部分人都认识弗兰琪一样，他们非常合群，很容易交到朋友，不像我。

我们聊起了音乐，轮流列出各自喜爱的乐队。我告诉他，我从来没听说过"水牛春田"这乐队，他答应借给我一张他们的专辑。

"我不得不说，杰兹虽然是个浑蛋，但他懂音乐。"他说，这时DJ杰兹换上一张蓝调乐队的唱片。

我笑了。"你为什么说他是浑蛋？"

莱昂耸耸肩，"你看看他。"只见杰兹趴在DJ台上，脑袋上夹着耳机，正在和一个穿超短裙、厚底靴的金发美女聊天。"总有女孩在他周围晃悠，就因为他是个DJ。"

"听起来你挺嫉妒他的。"我笑道。

他灌了几口啤酒，"我现在和这里最漂亮的女孩坐在一起，才不会嫉妒他。"

"你可真会说话。"我蹭了蹭他的肩膀，他转过脸来，热切地盯着我，我屏住呼吸，他凝视着我的眼睛，脸越靠越近。

"你在这里啊！"弗兰琪突然出现，双手叉腰，打断了我们即将开始的动作，"在这里干坐着岂不是太无聊了？来吧，索芙，我们来跳支舞。你喜欢这首歌。"

纸浆乐队的《宝贝》。刚才我甚至没注意到现在放的是这首歌。没等我反对，弗兰琪就把我从莱昂身边拽走了，我回头望了他一眼，他耸了耸肩，冲我笑笑，继续喝啤酒。可我非常想要踢弗兰琪一脚。

"你为什么要打断我们？"走到舞池时，我咬牙切齿地低声质问她，"我们聊得很好。"

她的绿眼睛突然变得严肃起来。"他没你想象的那么好。他不适合你，索芙。"

愤怒在我的内心膨胀。"你怎么知道谁适合我、谁不适合我，弗兰琪？"为了表示抗议，我停止了跳舞。

她轻蔑地挥了挥手，仍然抓着她的"白钻石"啤酒瓶。"因为他是个疯子，不是一般的疯。他可能会对你死缠烂打的，知道吗？"

我震惊了，"什么？"

"噢，我只是说说而已，实际上并没有这么夸张。"看到我惊恐的表情，她说。

"那你为什么这么说？他是你前任？"

她甩了甩鬈毛般的黑发，灌了一大口啤酒。"他倒是想和我好。"她笑道，我更生气了。发现我并不买账，她脸上的笑容消失了，也停止了跳舞。"只不过是……"她犹豫了一下，说，"听着……第一次见到他的时候，我很喜欢他，有一个月我们经常接吻来着，可后来他总是缠着我，我就疏远他了，就这样。"

"他想和你约会？"

"当然。不过，他虽然长得好看，但不是我喜欢的类型，而且既没前途，也没有野心。"我张了张嘴，想要反驳她，说他不是那样的人，但她假装没看见，"他有点像是在骚扰我，最后，我不得不明确地告诉他，我对他不感兴趣，而且动用了一点点威胁的手段，好在最后他终于明白了。"

她的话让我的心沉了下去。

"可你们现在是朋友？"我说，我想起上周在莫霍的酒吧再次见到她的时候，她是和他在一起的。

弗兰琪暧昧地笑笑，仿佛不得不保守什么秘密似的。"好吧，虽然做朋友并非他的第一选择，但我觉得你可以说我们现在是朋友。"她闭上眼睛，继续跳起了舞，自信得简直让人想要打她。

我很想借着跳滑步的机会狠狠踩她一脚，可我不确定为什么要这样做：莱昂喜欢弗兰琪，这并非她的错。跳舞的时候，我扫视着她的黑色短裙和黑色长靴，她就像六十年代的性感小野猫，难怪莱昂会喜欢她，看来我是没有机会了。

我试图在烟雾弥漫的夜总会里搜寻他的踪影，然而找遍一大群人之后，我却再也没有看到莱昂。凌晨一点刚过，我们离开了夜总会，弗兰琪一路上都在絮絮叨叨地讲着杰兹约她出去的事（她觉得这很自然！）。

直到今天早上，我才在外套口袋里找到一张纸条：一截折叠起来的票根，前面印着衣帽寄存处的编号，后面的一点小小的空白处潦草涂抹着一句简短的留言，莱昂一定是贿赂了寄存处的工作人员，才把它放进了我的口袋，留言说：

与我见面。老码头。

周五晚上七点。

L

弗兰琪

2016 年 2 月 12 日 星期五

我独自待在度假公寓里，近十八年没有见过丹尼尔，他那令人安心的陪伴和幽默感让我很是怀念，他是我回到这个沉闷乏味之地的唯一理由。

暮色在墙壁上投下的阴影逐渐攀上高高的天花板，客厅泛起寒意，脚下的木地板也变凉了，我往壁炉里多添了些木柴，凑在炉前取暖，炉火越蹿越高，火舌舔舐着烟囱，我把木柴燃烧散发的香气吸进嘴里，品尝着木头独有的味道。

丹尼尔临走前说过的话依然在我耳边回响：莱昂回来了。更糟糕的是，明天我不得不再次面对他。为了向丹尼尔解释我为什么必须回去，我搜肠刮肚地思索各种借口：我管理的其中一家酒店遇到了麻烦；我父亲需要我；迈克把房子烧了……虽然这些想法一直在我脑子里旋转，可我也知道明天必须陪丹尼尔去找莱昂，否则莱昂可能就会泄露那些我宁愿隐藏起来的事情——关于过去的秘密，我不能冒这个险。

我只希望你遵守诺言，保守我们的秘密，你应该不会蠢到给莱昂增添麻烦的吧。

一股微弱的气流拂过我的脖颈，为什么我会觉得有人在盯着我看？紧接着，一阵突如其来的狂风撞击着窗棂，号叫着钻进烟囱，把炉火碾得抬不起头，我惊恐地跳了起来，仿佛有个鬼魂想要进来，我试着尽量不去想厚重的奶油色窗帘背后的景象——黑暗、模糊、腐朽的老码头，那些可怕的过往发生的地方。雨像手持尖刀的疯子那样猛戳着窗玻璃。

我非常需要一杯葡萄酒。

我去了厨房，从微波炉旁取出一瓶红酒。预见到自己在未来的几天将要面临许多压力，我带来了足够的酒。我坐在电视机前，恶劣的天气扭曲了电视画面，扩音器发出刺耳的噼啪声，我沮丧地把电视关了。在这里过一夜，我很可能会发疯。为什么要来？其实我知道答案。

也许我应该在镇中心的酒店预定一个房间，那里俯瞰华丽的大码头、观光步道和海滩，就像我长大的那家旅馆一样。这里的公寓虽然可能比镇上的宾馆和经济型酒店更有名气，但位置坐落在悬崖峭壁，现在又是冬天，实在不适合胆小的我居住，尤其是这里还有我不堪回首的过去。我觉得自己仿佛与世隔绝，曾经看过的恐怖电影和恐怖电视节目在脑中循环播放，怎么也停不下来。

我现在无比想念自己在伊斯灵顿的房子，并非因为我不习惯孤独，除了短暂的婚姻和几次合住的经历之外，我一直都是独自生活的。真正的原因是，在伦敦，我可以从那些熟悉的声音中得到安慰——马路上几乎一成不变的车流声、喇叭声、警笛声、孩子们的大呼小叫、飞机微弱的轰鸣——它们仿佛在告诉我，我永远都不会远离人群、远离文明。伦敦从来不会真正地安静下来，就连死寂的夜晚也是有声音的，在这样的一座城市里生活，我早就忘记了什么叫作震耳欲聋的沉默。

然后我想起穿着脏工作裤和沾满泥巴的靴子的迈克，他把厨房弄得一团糟，在走廊里留下肮脏的脚印，想到这样一个家伙居然占据了我的家，我又觉得愤怒起来。

他一定会读心术，否则为什么我的手机会在这个时候响起来，屏幕上显示的恰好是他的名字？

"迈克？"同样受到天气的影响，手机信号不怎么好，但我可以听到电话那头背景音里的交谈声、碰杯声和模糊的音乐声，他显然在酒吧里。

"我只想问问，你在那边还好吗？"他说。虽然这样的问候本身无可厚非，但它说明我们之间的关系存在问题：迈克想从我这里得到我无法给予他的东西——承诺和孩子。虽然我们从未谈到过爱，但我能从他的亲吻、偷看我的眼神、我们听音乐和看电视时他的手指亲热地拨弄我的发梢的动作感觉到他爱我，可我永远不能以同等的爱来回应他，我虽然喜欢他，却无法给他更多的承诺，因为他并非我内心深处的合适人选。你知道吗，索芙？第一次遇到他时我就意识到了这一点，我为他感到难过，却又不忍心拒绝他，因为我不愿意伤害任何一个迷失的灵魂。

我告诉他，我已经平安抵达了小镇，眼下正住在一个偏远的公寓里，然而他激动地打断了我："我一直在考虑，我为什么不能过去陪你呢？想到你孤零零一个人在那里，我就感到难过，我们从来没有一起共度过什么美好时光，平时你总是工作到很晚，而我现在恰好不是太忙……"

他要来这里吗？我恐惧地想。"我是回来帮助丹尼尔的，迈克，我可没打算在这里跟你过什么二人世界。"我的语气比自己想象中的更严厉。

"弗兰……"手机信号突然受到干扰，为了听得清楚些，我走到窗前，他的声音断断续续，"……你推开我……不想和我在一起？……老实告诉我……有时对我太冷酷……"

"信号不好，我听不见你说什么。"我叫道，然后电话就彻底断线了。我跌坐在沙发上，仍然抓着手机，风在窗外号叫，我又倒了一杯酒，不知怎么想起了杰森。

你还记得我们第一次见到杰森的时候吗？我妈妈雇他在旅馆厨房帮忙，做培根、黑布丁和烘豆，他想当厨师，当时十七岁，比我们大一岁，是我们十六年来在现实生活中见过的长得最好看的男生，有着波浪形的深色头发和仿佛被阳光亲吻过的皮肤。那年的六月异常炎热，我们终日待在海滩上消夏，牛仔短裤的裤脚和头发里经常沾着沙子，身上一股棉花糖和防晒霜的味道。那天晚上，我们拖着沙滩巾和游泳包回到我家的旅馆，在饭厅里喋喋不休地谈论白天遇到的男生，他就坐在饭厅里的一张松木餐桌旁边，我母亲正在面试他，他的表情很严肃，想要表现得成熟稳重（这是后来他向我承认的），而且非常希望得到这份暑期工作。我还记得他当时穿着卡其色的T恤——前胸印着太阳图案、一条宽松的牛仔裤——脖子上挂着狗牌，他喜欢这一类的东西，不是吗，索芙？他死的那天晚上，脖子上还挂着它们。

我被婴儿的哭声吵醒，那声音久久不散，像是在尖着嗓子嘶叫，我刚才一定是在沙发上睡着了。醒来之后，我发现自己枕着紫色的沙发靠垫，脖子弯曲的角度很奇怪，我坐起来，揉搓肩膀，活动关节，面前的咖啡桌上摆着一只空酒瓶，我看看手表：凌晨两点，炉火早已熄灭，室内冷得要命，不知道婴儿的哭叫是从哪里来的，似乎来自这座公寓楼中的某个角落，可丹尼尔不是说，除了我正下方的一楼那套公寓里有人住，别的房间都是空的吗？

我费力地从沙发上站起来，四肢僵硬，双脚麻木。飘窗上的窗帘大敞着，窗口像一只巨大的相框，将远处的老码头定格在我面前，码头上的那两根维多利亚风格的灯柱依然趾高气昂地屹立在入口处，我皱起眉头，迷惑不解：我怎么不记得自己什么时候拉开了窗帘？事实上，我几乎非常肯定，睡着之前我已经拉上了窗帘。我走到窗前，望向码头和更远处的大海，就在我正要把窗帘拉紧的时候，透过空灵的薄雾，我看到了你——你就站在码头上，灯光照在你身上，你穿着长长的连衣裙，头发被风吹起，从你脸上拂过……我眨了几下眼睛，应该是错觉——我喝得太多了，仍然处于半睡半醒的状态，当我再次望向码头时，不出所料，那里果然空无一人。

我从来不相信我们小时候讲的那些鬼故事，可是，虽然我的头脑很理性，身体却依然不由自主地发寒，我匆匆拉上窗帘，把老码头——还有你——挡在外面。

为了转移注意力，不再胡思乱想，我拿出笔记本，搁在腿上，想要完成一些工作。随着新酒店的开业，有很多事情要做：监督装修、聘请员工。幸运的是，我父亲雇用了一位勤奋能干的经理斯图亚特，尽管如此，在他中风之前，为了让我的父母可以半退休，我就承担了更多的责任，父亲中风后，因为需要照顾他，母亲更是帮不上我。想到自己现在无法陪在母亲身边，我心里涌起一阵愧疚。

开车过来这里之前，我曾经绕道过去看望了我父亲。

他的房间里异常温暖，甚至有些不自然，有一股水煮青菜和消毒水相混合的气味。看到他躺在病床上，几乎不能动弹，胳膊上插着针管，我的眼泪夺眶而出。我那曾经强壮能干的父亲，我所敬佩和仰望的对象，现在却形容枯槁，老态龙钟。他中风已经三个星期了，病情却没有什么好转。

我进来的时候，母亲几乎没有抬眼，因为我很少早晨过去，她根本想不到我今天会来，平时我都是下班之后去看父亲。看到我走过去的时候，我母亲并没有停止忙碌，继续给我父亲擦额头，梳理他花白的头发，又在他的嘴唇上放了一块湿海绵，从她僵硬的肩膀和紧抿的嘴角可以看出，她觉得我来探望父亲的次数不够。我想要朝她尖叫，告诉她我有许多工作要忙，而且每次我抽出时间过来的时候，她又要故意做出"这里并不需要你"的样子，不过，最后我还是忍住了冲动，把怨恨吞进肚子里，告诉自己，我来这里是为了我父亲，而不是为了她。我拖过一把椅子，在他床边坐下，塑料椅腿划着地板，发出尖锐的声音，我母亲不由得皱起眉头。

"你非得把椅子拖过来吗？就不能搬起来，弗兰西丝卡？"她脸上露出痛苦的表情。

我握住父亲的手，没有搭理她；他的手沉重冰冷。"爸爸，"我低声说道，我知道他能听到我说话，因为他睁开了眼睛，"你今天好吗？觉得舒服吗？"他眨了两下眼睛，这代表肯定的回答，眨一下眼代表否定。几天前，医生告诉我们，他们发现我父亲左边肩膀似乎能活动了，但也不确定他是否能够进一步恢复，以及恢复到何种程度。

　　我朝他微笑，轻轻地捏捏他的手，不确定他是否能够感觉到。"我很高兴。"他似乎在说，试图回应我的微笑，但他的嘴唇扭曲着，更像是在做鬼脸，"我准备暂时休息几天，回奥德克里夫去。你相信吗？已经十八年了，他们竟然发现了索菲的尸体，爸爸。她哥哥……你还记得他吗？丹尼尔。他希望我回去帮忙查清真相——"

　　我被父亲发出的一声粗嘎的喉音打断，他狂怒地眨眼，我意识到他很想说话。

　　我的母亲冲过去，差点把我的椅子撞翻，我不得不站起来。"没关系，阿利斯泰尔，亲爱的，你没事的。"

　　我的眼泪再一次涌上来。"别担心，爸爸，"我站在母亲身后安慰他，"我就去几天，酒店有斯图亚特照管，你知道他多么擅长处理各种事务。"

　　爸爸还在发出那种恐怖的声音，在房间里制造出更加可怕的回声，我脖子后面的汗毛竖了起来。

　　"我想你该走了，"我母亲说，没有看着我，"你让你爸爸伤心了。"

独自一人坐在公寓里，我突然毛骨悚然地意识到，我父亲——更是我的保护人——并非担心酒店的生意，而是想警告我不要回到这里来。

想起他绝望的眼神，我吓坏了，为了分散注意力，我试着连接网络，果不其然，这个穷乡僻壤没有Wi-Fi，意识到连网都上不了，我的心沉了下去，我突然想起手机可以使用4G网络，就从包里摸出手机，却发现没有信号，不知道是天气不好还是位置偏僻的缘故。我沮丧地把笔记本和手机丢到了沙发上。

我尽量不去想这里没有手机信号、没接入互联网的烦心事——我完全与世隔绝，与伦敦和我熟悉的生活切断了联系，在这种情况下，我发现楼下的婴儿哭叫竟然具有一种奇异的安抚功能，让我知道自己并非唯一一个被外面的风暴吵醒、无法继续入睡的人，让我觉得自己的反应是正常的。即使过去了这么多年，我也没有放弃自己的憧憬——总有一天，我自己的孩子会在隔壁房间啼哭。虽然内心深处明白这恐怕不太可能，但我至少还可以做做梦。

百无聊赖之中，我换好睡袍，躺到床上，脑子里全都是莱昂、杰森和你——徘徊在我的过去的幽灵。那个婴儿还在尖叫，哭喊声越来越刺耳。当我终于睡着时，我梦见了你，你站在码头边缘，光着一只脚，另外一只脚套着运动鞋。你穿着一件漂亮的白色连衣裙——这没有道理，因为失踪当晚，你穿的是牛仔裤。当我试探着靠近你的时候，你朝我转过身来，发出穿透耳膜的尖叫声，我一下子惊醒，直挺挺地坐起来，全身颤抖，汗水湿透了睡衣。

婴儿还在楼下的公寓号啕大哭，仿佛心碎了一般。

第二天早上，我觉得肚子里有什么东西在搅来搅去，窗外传来断断续续的汽车喇叭声，令我头疼不已，我恼怒地一把扯开客厅里的窗帘，惊讶地看到丹尼尔开着他那辆锈迹斑斑的旧车停在车道上，他抬起头，看到了鼻尖压在玻璃窗上的我，打手势让我下去。

　　我对着壁炉上方的镜子理了理头发，又补了一点口红，这才拿起包，快步走出公寓。走廊里很安静，那个吵了我一夜的婴儿显然终于睡着了。1号套间里肯定有人住，也许他们不喜欢人多，特意选在旅游淡季的时候休假，虽然昨天晚上的噪音让我觉得他们不像是在度假。

　　来到楼下，我听到一楼公寓的门关上了，要是早下来一会儿，或许我就能和新邻居打个招呼，做个自我介绍。知道楼下公寓里也住着人的时候，我突然觉得自己没有那么孤单了，虽然我并不认识他们。

　　正要走出前门的时候，我发现门口的垫子上有个棕色的A4信封，皱巴巴的，还有点潮湿，收信人的名字引起了我的注意——信封上整整齐齐地打着：弗兰西丝卡·豪伊。我把它捡起来，发现上面竟然没贴邮票，真是奇怪，这里的人谁会写信给我？

　　我饶有兴趣地撕开信封，从里面抽出一张纸，扫了一眼上面的内容，纸上仅有的八个粗体字吓得我无法动弹，信封和信纸从我无意识中松开的手掌中滑落，飘到地板上，正面朝上，所以我仍然看得到上面的字：

　　　　我知道你做了什么。

弗兰琪

2016 年 2 月 13 日 星期六

　　我站在走廊里盯着这封信，八个粗体字在我眼前飘来飘去。怎么会有人知道我在这里？我昨天下午才过来，有人就费心思地打了这么一句没头没尾的话，亲自跑来交给我。丹尼尔昨晚六点左右离开的时候，这封信还没送来，因为我和他一起下的楼，站在敞开的门口，目送他跑上车，雨水打湿了他黑色羊毛外套的背部。难道有人一直站在黑暗中——顶风冒雨——看着我吗？这个猜测让我打起了寒战。

　　这句话只能意味着一件事——有人知道了。我们不是说好要保密的吗，索芙？一定有人知道了杰森死的那天晚上发生的事情。

　　我被突如其来的敲门声吓了一跳，赶紧把信纸和信封塞进包里，这才过去应门。丹尼尔站在门口，穿着昨天那件黑外套，下巴藏在条纹围巾后面，一副不耐烦的样子。"弗兰琪，"他闷闷不乐地说，"我已经坐在车里等你很久了。你在干什么？"

　　我犹豫不决，不知道该不该给他看看那封信，但他是唯一知道我住在这里的人，不是吗？如果是他昨晚跑回来把这封信塞到门底下的呢？抑或是今天早晨才把信塞进来，然后又溜回车上，假装刚刚过来？虽然逻辑告诉我丹尼尔永远不会这样做，他站在我这边，而且总是站在我这边，但我还是决定暂时保密。我喃喃地向他道歉，跟着他穿过车道，来到车子前，坐在副驾驶座。过去了这么多年，我还要再次面对莱昂，已经够糟糕的了，现在又出来这么一封信，我只觉得脑袋眩晕沉重，浑身疲惫不堪。

"你知道吧，"丹尼尔沿着被雨水浸湿的街道朝海边公路开去，似乎没有注意到我的痛苦，"我一直都不喜欢莱昂。"

我尽最大努力把那封信和杰森搁到脑后，不去想着它们。丹尼尔盯着前方的路，双手紧握方向盘，苍白皮肤下的蓝色静脉血管格外清晰。"女孩们总是迷恋他。我曾经问过索菲，为什么那么喜欢他，还说他有内涵？"他冷笑着哼了一声，"内涵个屁！不过是'喜怒无常''笨口拙舌'和'怪胎'的委婉说法而已！"

他的话把我逗乐了。"你知道，她就是那样，总喜欢幻想浪漫的事，她说莱昂就像她喜欢的小说里的男主人公，思想深刻，气质忧郁，比如希刺克利夫或者达西先生。"其实，我从来没能真正明白你的意思，我对阅读小说不感兴趣，特别是你和我父亲喜欢的那些经典作品。你总是手不释卷，去你家过夜的时候，发现你宁愿看书也不和我聊八卦，我甚至有点生气。

你常说，莱昂读的书很有品位，还有他写的那些可怕的诗（当然，你觉得它们魅力十足），充分表明了他的艺术鉴赏力。他的诗我只读过一次，还是我在你的床头柜上发现的，夹在一本《安娜·卡列尼娜》（也可能是《简·爱》）里面，我可没打算偷窥，当时你在洗澡，我不过是忍不住瞟了一眼。在我看来，他的诗激进、黑暗，又有点扭曲，让我毛骨悚然。

我瞥了一眼丹尼尔，你哥哥显然不是什么有内涵的人，他总是外向而友好，像广告牌那样，喜怒哀乐都写在脸上，大家都看得到。

那封信不会是你哥哥搞的鬼，对不对，索菲？他永远不会写匿名信，那是懦夫的行为。丹尼尔是我认识的最勇敢、最诚实的人之一。记得你曾经告诉过我，八岁的时候，为了保护你母亲免受你父亲的欺凌，他的肚子狠狠挨了一拳，还有，尽管你担心他在学校不努力学习，整天混日子，他也从来不曾逃学，或者对你母亲说谎，因为他见多了你父亲对她说谎和逃避责任。

我闭上眼睛，揉了揉鼻尖。丹尼尔还在谈论莱昂。

"他太激进了，控制欲太强。她死的那天晚上和他吵架了，还分了手。她失踪几周后，他就逃到国外工作去了。无论如何，我相信他愿意和你谈谈。"

你怎么就这么肯定呢？我很想反问他，但是没开口。然后我冒出一个新的猜疑：写信的会是莱昂吗？

我的手机响了。我从脚下的包里翻出手机，看到迈克发来一条短信：我很高兴，终于看清了你的真面目，你这头铁石心肠的母牛，弗兰。谢谢你的提醒。隔着手机屏幕都能感受到他的憎恨和敌意，我的呼吸急促起来。

丹尼尔皱着眉头扭过脸来。"你还好吗？"

"哦，不过是前男友的一条短信而已。"我故作镇定地说，把手机塞回包里。我倚在座位上，闭上眼睛，揉着太阳穴，这才意识到我昨天半夜究竟做了什么——醉醺醺地给迈克打电话，发现没人接，就冲着他的语音信箱骂了一通，告诉他我们的关系完了，希望他在我回去之前就搬出我的房子。我没觉得他会收到留言，因为昨晚的手机信号相当差劲，可从短信的语气看，他显然是收到了。没错，我早就打算结束我们的关系，但我父亲中风之后，我根本没心思和迈克摊牌。明知道我们的关系没有前途，却还要拖着他，是我自私。假如你知道这件事，几个月前你就会劝我和他分手，对不对，索芙。无论如何，回到小镇是个和他分手的绝好机会，然而，即便如此，通过语音信箱来传达分手信息，也是不可原谅的轻率举动。

"我昨晚和男朋友分手了，电话里分的。"我说，我的眼睛还闭着，"我喝醉了，一冲动就摊牌了，他现在无法接受。"

"啊。"丹尼尔会意地说。但他没有再说别的。

"我已经考虑了一段时间，关于分手。"发现他的"啊"里面夹杂着主观评判的意味，我感到恼火，觉得有必要解释一下。我继续按摩着太阳穴，说："但我不应该在电话上分手，尤其是在喝醉的时候。我处理得不好。"

我睁开眼睛，看到丹尼尔笑得挺得意。

我坐起来。"怎么了？"

他笑出了声。"你还真是一点都没变，对不对，弗兰琪夫人？无论你走到哪里，总有人会为你心碎。"

"我不是……我不是故意……"

"你永远不会是故意的。"他讽刺地说。我打量着他的侧脸：棱角分明的下巴、长鼻子、与苍白的皮肤对比鲜明的黑头发。这些年来，我也伤过他的心吗？

“不管怎样，莱昂不知道我们要来，所以……”

　　“什么！”我的脑袋更晕了，“你是什么意思？他不知道我们要来？我还以为你安排好了！”

　　他看起来很尴尬。“我知道，但是我好几年都没有见过他了，弗兰琪。我们又不算是哥们儿。你不记得发生了什么事吗？”看到我困惑的表情，他不无自豪地解释道，“我们打了一架，我把他打成了熊猫眼。”

　　我想起了那场战斗，那是你失踪后不久发生的事，但我不曾详细询问他们打架的原因，毕竟当时大家都很紧张，尤其是镇上还来了个四处调查你的失踪案的侦探，我们都非常担心你。几天后，一些孩子供述说，那天晚上，他们在大码头开沙滩派对，曾经看到你一个人沿着海滨步道闲逛。然后调查的人就在老码头的一段破旧的栏杆旁边发现了你的运动鞋，警察猜测你当时喝了很多酒，决定步行回家，结果不慎落水。

　　“如果我没记错的话，他把你的嘴唇揍裂了？”

　　丹尼尔给我一个“看吧，我告诉过你”的微笑，“没错，太有暴力倾向了。”

　　我摇了摇头，恼怒地问道：“你怎么知道他回来了？万一他没有呢？”

　　“我没有瞎说。莱昂的哥哥洛肯跟西德说他弟弟回来了，应该就在几天前。当然，我也做了一些调查，他现在就和洛肯住在他家的老房子里，你能相信吗？”

　　“怎么这么巧，我是说，事情过去这么多年，为什么他偏偏这时候回来？”我想起上一次看到莱昂的时候，那是你失踪后第二年的夏天，我们刚刚搬到伦敦，丹尼尔和你妈妈那时已经离开了奥德克里夫，说是要开始新生活，远离悲伤的回忆。我理解他们，他们不再只是丹尼尔和安妮了，同时也是‘可怜的索菲·科利尔’悲痛欲绝的家人，无论走到哪里，都有人或怜悯或恐惧地注视他们——毕竟，坏运气可能会传染。街上的行人避而远之，因为不知道该对他们说什么，他们也是商店和酒吧里的人的谈资。我理解他们的感受，因为在某种程度上，我也是受害者。“快看，那是索菲·科利尔最好的朋友。”不要误会我的意思，索芙，不是我不喜欢别人把我们相提并论——我愿意做你最好的朋友，而是因为，没有了你，奥德克里夫就不一样了。我和你的家人都意识到，我们无法继续在你曾经快快乐乐地生活过的地方待下去，我们不能假装一切都像以前一样，因为你的死已经改变了我们的世界。

　　莱昂肯定也有同样的感觉，因为你失踪几个星期之后他就离开了，有传言说他去旅行了。九个月后，我在伦敦苏荷区的一家酒吧偶遇他，我们谈到了你。那天我们说的全都是你的事，索芙，真的。我们不是故意要一起睡的，我们只是喝醉了，又想起了往事。第二天早上，他飞也似的逃离了我的床，在我的床头柜上留了一张纸条，说这是个错误，他很抱歉。从那以后，我再也没见过他。

　　对不起，索芙。我似乎终于还是背叛了你。

　　丹尼尔什么都不明白，尤其是关于莱昂的事，而我不知道如何才能把这一切都解释给他听，同时又让他觉得我并没有那么……肮脏和……大错特错。

我盯着窗外，避免和他说话。老码头被浓雾笼罩，只能看清一个模糊的轮廓。海湾里的水面比岸边的海水还要灰暗，维多利亚时代的房屋慢慢消失，被更为现代化的半独立式住宅所取代。然后我看到了我们的目的地——"鸟舍"。我们拐进斯塔林路，这条街的角落里开了一排商店：一个美发店、一家宠物店和一家小小的高品连锁超市，几家店铺在一座丑陋的灰色混凝土建筑中，一群年轻人在房子侧面的垃圾箱周围转悠，与我们那时候的年轻人相比，他们的不同之处也许只有衣着。

我皱起眉头。"鸟舍"看起来比我记忆中的还要糟糕，也许由于年深日久，它变得更加破败了，无论如何，我都不希望莱昂住在这种破烂地方。我突然想起一件事："你不在这边住了吧，丹尼？"

丹尼尔扭头看我，脸上满是讥讽的表情。"不，当然没有。但就算我还住在这边，那又怎么样？别那么势利眼，弗兰琪。"

他的话使我的脸颊发烫。他就是这么看我的？一个势利眼？

丹尼尔左转进入多佛路。我记得很清楚，这里离你长大的地方就隔着几条街。

他把车停在59号外面，59号位于马路尽头，车库旁边的砖地上停着一辆生了锈的绿色雷诺，车轮子不见了。我们小的时候，这里停着的是一辆报废了的福克斯科蒂纳，我记得你很讨厌它。

"但愿莱昂还在这里。"丹尼尔说。他刚要打开车门，我就惊慌失措地伸出胳膊，抓住了他外套的衣袖。

"丹尼尔……你应该知道……"

他停下来，手指放在门把手上。"弗兰琪，你这是什么意思？"他的声音很温和，那一刻，我很想把一切都告诉他，然而我不忍心用真相击碎他的幻想。意识到我的迟疑，他把手从门上拿开。"你知道，你什么都可以告诉我，不是吗？我会理解的。"

我咬着嘴唇。我还没有准备好告诉他，我只希望莱昂保持沉默。

"弗兰琪？"

"没关系，我以后再对你说。"我注意到，当他默默无言地从车上下去时，脸上闪过一丝失望，尽管本能尖叫着命令我留在座位上，但我别无选择，只能走出车子。

我站在房子前面的人行道上，天空下起了毛毛雨，车库的红油漆已经剥落，露出下面的锡色，一切都变得比我记忆中的更加灰暗狭小，我周围的一切好像都缩水了。

鸟舍的布局就是如此，必须走过车库、穿过后花园才能来到房门口。我跟着丹尼尔穿过一扇大木门，觉得自己仿佛在非法侵入他人领地，而且好像有人在注视着我。杂草丛生的花园里躺着生了锈的儿童秋千和一只废弃的自行车轮，一道厚厚的莱兰德树篱将花园与邻居家的园子隔开，花园另一侧是马路，路边有一道栅栏。一堵矮墙在花园里隔出一个狭小的天井。我跟着丹尼尔穿过水泥路，他抬起手来敲门，我站在他身后等着，不知不觉屏住了呼吸。

我数着他敲门的次数。一、二、三、四……门开了。

莱昂出现在门口。他的头发依然是黑色的波浪形，其中几绺已经变为灰白，皮肤还是晒得黑黑的，假如见到现在的莱昂，你还会不会喜欢他？我猜很可能会。

在伦敦生活的这些年，我与银行家、律师、医生和商人约过会，都是光鲜性感的都市帅哥，后来迈克出现了，我喜欢他，因为他流露出与莱昂和丹尼尔一样原始的性吸引力，他们天生拥有这样的魅力，无须花费许多时间在卫生间脱毛剃须、美发护肤。

身材高大的莱昂脑袋几乎顶到了门框，他用那双我所熟悉的、洞察一切的蓝眼睛打量着丹尼尔。"你来干什么？"他问。

"谈谈。"

莱昂转脸看我，我们同时沉默了片刻，似乎在端详对方这些年来出现了哪些或微妙或明显的变化，然后，他突然缓过神来，开口道："弗兰琪，我听说你回来了。"

这么说他已经知道了。我的心揪了起来。那封信是他写的吗？你永远不会告诉他我们做了什么，对吗，索芙？

"你好，莱昂。"我想要微笑，但脸上的肌肉就像被冻住了一样，我使出所有力气，才勉强扯了扯嘴角。

"还是进来说话吧。"他让出位置，我们跨进门槛。

"你回来多久了？"我们三人来到厨房，室内的装潢是老式的农舍风格，护墙板是玉兰木的，冰箱上贴了一张小孩画的猫，由一只斯特诺线轮渡公司的冰箱贴压着。整个厨房里有一股湿抹布和漂白剂的味道。

莱昂把水壶搁在炉子上。"才回来几天。我不打算久待。洛肯和斯蒂芙几乎没地方住了。"他做了个鬼脸，"五个孩子，一个孙子。"

我想问他为什么要回到这里，还有自从我上次见到他以来他一直在做什么，可我说不出来。

丹尼尔似乎读得懂我的思想，他替我开口了："那你还回来干什么？"语气有些咄咄逼人。

莱昂耸耸肩。"我的工作合同到期了，所以我打算回来，重新整编，想想下一步该做什么。"重新整编？我过去认识的那个莱昂可不会使用这种一本正经的商业用语，他似乎排练过这些说辞，好像知道我们会来找他。"你们先进去，我等一下把茶端过去。"他指了指通往走廊的门，我没有立刻跟着丹尼尔出去，而是留在原地，希望能和莱昂单独谈话，但是他背过身去，我别无选择，只好跟着丹尼尔走进客厅——也是休息室兼餐厅，就像你们家的老房子那样，房间里有个石头壁炉，上方挂着宽屏电视，我记忆中的那块九十年代的花卉图案的窗帘已经被木质的百叶窗取代。

我需要把我和莱昂的事告诉丹尼尔。假如等着莱昂不小心说出来，丹尼尔会不会埋怨我从来不告诉他？会不会不再相信我？诚然，即便我首先对他坦白，他也会对我改变看法，但假如先从莱昂那里知道了我们的事，丹尼尔肯定会认为我是个骗子。"丹尼尔，"我们坐在米色的沙发上时，我平静地说，"有些事你该知道——我和莱昂的。"

他瞥了我一眼，我第一次注意到他灰色眼睛周围的紫色污迹。"什么事，弗兰琪？"

我刚要张嘴，莱昂就走进房间，端着一只茶盘。

"你们自己加奶和糖。"他朝茶盘挥挥手，然后懒洋洋地坐在我们对面的椅子上，跷起二郎腿——脚踝架在另一条腿的膝盖上——我对这个随意中透着熟练的动作印象深刻。我往自己的茶里加了牛奶和糖。

"他们发现了索菲的残骸。"丹尼尔突兀地说，我没想到他这么直截了当。

莱昂向前倾身，抓住茶杯。我注意到他的双手变得粗糙多了，还出现了许多纹路。你以前总是说他的手很漂亮，皮肤光滑、骨骼精致。"她的残骸？"他说，"你什么意思？"

这句话也像是排练过的，仿佛他早就知道了。这是一个小镇，消息会像森林大火一样蔓延开来，它毕竟登上了当地报纸的头版头条，然而他为什么要假装刚刚知道呢？

丹尼尔翻了个白眼。"你觉得我是什么意思？她死了，莱昂。"

莱昂看看丹尼尔，又看看我，脸色苍白，眼神疲倦。房间里气氛沉重，大家都没有说话，却又很想一吐为快，话语就像暴雨前积聚的乌云。莱昂抬起一只手，摸了摸脸，唯一可以听到的声音是壁炉架上的时钟嘀嗒声。他双手抱着头，我感觉他马上就要失控爆发了，便把茶杯放回茶盘，在他面前蹲下，一只手放在他的膝盖上。

"过去你是不是一直怀疑她没死？"

他抬起头，眼睛盯着我，表情难以捉摸。"我从来没有放弃希望。"一道阴影从他的脸上掠过，他把我的手从膝盖上抖掉，似乎被我的触碰冒犯到了。

当我坐下时，我看到丹尼尔眼中冒出怒火。

"真是太感人了。"他讽刺地说，"但是，莱昂，我需要你告诉我那天晚上发生的一切。"

"为什么？你为什么还要费这个事？"

"我认为她是被谋杀的。"

"警察怎么说？"

"他们始终认为，她是失足掉进海里淹死的。"我插话道，"码头不安全，那里早就应该封起来了。"

莱昂清了清嗓子，无视丹尼尔，却看着我。"也许她就是不小心掉下去的。"

丹尼尔嘲弄地说："你希望我们相信这个推测，不是吗？"

莱昂站起来，拳头紧握在身侧。"你什么意思？如果你有话要说，丹尼小宝贝，那就说出来！"

丹尼尔也站起来，两人隔着茶几四目相对，仿佛马上就要开打。

"都冷静一下。"我叫道。我得承认，假如是在别的情况下，看到他俩如此针锋相对，我会觉得滑稽。丹尼尔真的相信莱昂多年前做了伤害你的事吗？抑或是真相比这还要复杂？丹尼尔对莱昂的憎恨源于嫉妒吗？他是不是觉得，我只要看上莱昂一眼，就会忍不住拉着他在夕阳下私奔、远走高飞？就像老电影里演的那样？要知道，虽然你喜欢他，索芙，但这并不意味着每个人都喜欢他。

幸运的是，最后丹尼尔保持了冷静的风度，他面有愧色地跌坐回沙发上，手里仍然拿着自己的茶杯，杯子上还画着小驴屹耳，如此荒谬的对比让我想笑，为了压抑笑意，我警告地瞪了莱昂一眼，他也坐下了。

"拜托，莱昂，"我说，"告诉我们发生了什么事，然后我们就走。"

"我当时告诉了他一切。也告诉警察了。"他不高兴地回答。

"可他们根本没有深入调查，我知道事情过去很久了，但我们只想弄清楚发生了什么。她为什么要去码头？是不是要和谁见面？如果是的话，她要和谁见面？你难道都不在乎这些疑点吗？"丹尼尔说。

莱昂叹了口气。"我当然在乎，但我什么都不知道。我以为我们相爱了，直到……"他突然用强硬的眼神盯着我，让我局促不安。我知道他的眼神是什么意思——这意味着他知道，不是吗，索芙？他知道我们对杰森做了什么，他无法原谅你。

"直到……"丹尼尔提醒他。

"直到我们大吵了一架，然后分手了。"

"你们为什么吵？"丹尼尔催促道。

莱昂耸耸肩，眼睛依然盯着我，一绺黑色的鬈发落在他的脸上。"我想你知道，不是吗，弗兰琪？"

索菲
1997 年 7 月 5 日·星期六

　　我发现了一件可怕的事，是关于莱昂的。我宁愿自己对此事一无所知。

　　一切都进行得如此顺利。昨天晚上七点，在老码头，我和他第一次约会。我们坐在海滩上谈论音乐、各自的家庭和梦想，还有我们期盼有一天离开奥德克里夫。我们坐在沙滩上喝苹果酒，他问起了我的父亲，虽然知道这个问题早晚会被人问到，但听到话语从莱昂口中吐出，我依然觉得肋骨下方像被我父亲打中了一样疼——我想起魁梧的他是如何打骂我瘦弱的母亲的，还有听到他摔门而出之后的解脱，看着母亲被打肿的脸上涌出鲜血，流到蘑菇色的地毯上，丹尼尔和我吓得不知所措，当时我六岁，他八岁。这天挨到的打是压垮我母亲的最后一根稻草，她再也受不了了，当晚就带着我们逃了出去，我们收拾好仅有的一点财物，开车来到距离达勒姆三百多英里的一处女性收容所——就在奥德克里夫的郊外，我们把自己的姓氏改成了科利尔（克里斯托弗·里夫在我母亲最喜欢的电影《时光倒流七十年》里扮演的角色就姓科利尔），据我们所知，父亲从来没有找过我们。

　　莱昂的眼睛探寻般地看着我，等待我的回答。"我父母在我很小的时候就分手了，我从来没有见过他。"我说。他一定察觉到我不想谈论这件事，因为他轻轻地捏了捏我的手，似乎在说"我明白"。我们走上老码头，在太阳沉入海中的时候接吻，多年以来，我从来没有如此和一名男性亲近过，我认为他就是我想要的人。

然而，听了弗兰琪今天告诉我的话，我觉得自己看错了人。

下班后我去找她。我知道这很可笑，但是想到要告诉她我和莱昂交往的事，我就觉得紧张。我们约定在我售货亭的工作交班后见面。今天又是一个炎热的夏日，来度假的老年人和游客纷纷涌向海滩，售货亭忙不过来，所以我迟到了。当我走到酒店的时候，已经是下午四点了。

"美景观光酒店"曾经称得上精致优雅，然而，二十世纪五十年代，不知是谁出的主意，这里装潢成了以浅粉色为主调的酒吧风格，使其在主街两侧的众多酒店中"脱颖而出"，成为病态艳俗的典范。

给我开门的是弗兰琪的父亲阿利斯泰尔，虽然三年没有见过他，但我一直都很喜欢他。当我还是个孩子的时候，他就非常欢迎我到他们家去，我认为这主要因为弗兰琪是独生女，他希望女儿有人陪伴。因为我自己的生活中父亲缺失，我几乎把他当成父亲看待。他很有魅力（现在也是），聪明机智，而且很会穿衣服（作为一位父亲来说！）。我不得不承认，当我还是一个十几岁的小女孩的时候，对他有点迷恋。"索菲·萝丝·科利尔！"看到我时，他喊道，"流浪的姑娘回来啦，而且都长这么大了。"

他上一次见到我的时候，我还是个十八岁的迟钝少女，性格腼腆，正准备上大学，眼睛近视，膝盖骨突出。他领着我进了走廊，一直问我大学生活如何，比如我上过什么课、取得英语学位需要读什么书、我的成绩怎么样、未来有什么计划……这也难怪，他总是对我的学习感兴趣。

再次来到旅馆、见到阿利斯泰尔，我自然而然地想起了童年。旅馆一点都没有变：大厅、楼梯，楼梯平台铺着金色花纹的红地毯；奶油色的墙壁；豪华酒吧区陈列着沉重的木头家具；高高的天花板上悬挂着巨大的玻璃吊灯；空气里有股红酒和蜂蜡混合在一起的味道。

阿利斯泰尔让我坐在休息室窗户旁的椅子上，所以我看得到外面人满为患的海滩，敞开的窗子上的织网窗帘被夏日的微风高高掀起，窗外的喧嚷（这个词是我今天刚学的！）、车流声和游乐场里模糊的音乐声飘进室内。除了我之外，休息室里没有别的人，客人们都去了海滩或者购物街，尽管如此，我也希望留在这里和他说话，同时也很想跟弗兰琪谈谈，因为我必须告诉她一件她听了很可能会觉得不高兴的事情。

“现在喝酒是不是有点早？”阿利斯泰尔问，随后却出乎我意料地走到房间另一头的吧台那里拿酒。虽然我已经二十一岁了，但我母亲从来不给我酒喝，她自己也滴酒不沾。可阿利斯泰尔总是把我当作成年人来尊重和对待，即使在我还小的时候，他也会认真倾听我的想法，似乎它们自有其意义。并非我母亲不愿意听我说话——她是个了不起的人——但她始终很忙，需要凭一己之力拉扯两个孩子，根本没有时间和我交流。

我正要回答阿利斯泰尔，这时弗兰琪恰好走进来，转移了他的注意力。像往常一样，她看起来很漂亮，穿一件紧贴大腿的花朵图案太阳裙，浓密的头发编成几条小辫，搭在肩上，皮肤不用怎么晒就是棕褐色的（这要归功于她的意大利血统，她母亲来自那不勒斯）。与弗兰琪相比，我觉得自己更苍白瘦长，阿利斯泰尔曾经将我和弗兰琪分别比作"英格兰玫瑰"和"黑美人"。可我一直想成为"黑美人"。

我站起来迎接她。她紧紧地搂住了我，兴奋地睁大眼睛，似乎很想告诉我什么事，我不想让她听到我带来的消息之后情绪低落，于是决定让她先说。

"我就不打扰你们两个姑娘了。"阿利斯泰尔说，但我注意到他给自己倒了一杯酒。快要走到门口时，他转过身来，懒洋洋地靠在门框上看着我，没错，阿利斯泰尔走到哪里都是一副慵懒的样子。

"你不想找份工作吗，索菲？我们这里正好缺个人手，学校很快放假了，接下来的两个月，旅馆这边会很忙。"

我满心兴奋，因为我知道弗兰琪在旅馆帮忙能赚不少钱。"需要我做什么？"

他漫不经心地挥了挥手，"哦，无非是铺铺床、给茶盘里摆上干净杯子、打扫一下什么的。"

弗兰琪一下子搂住我，"我们可以一起干活，会很有意思的，索芙！"

阿利斯泰尔朝她溺爱地一笑，那一刻，我不由得非常嫉妒这对父女，弗兰琪有父亲，阿利斯泰尔只要动动手指，就能让女儿有一整天的好心情。

"好极了，你明天可以开始吗？"

我想了想售货亭，还有我那个好色的老板斯坦和他的大肚子、酒糟鼻，他总是隔着摊位色眯眯地打量我——以及奥德克里夫所有的年轻女人——于是我毫不犹豫地同意了。

阿利斯泰尔微笑着离开了，弗兰琪挎着我的胳膊，我们一起朝海滩走去。她向我唠唠叨叨地抱怨杰兹还没有给她打电话，我心不在焉地听着，因为我正在想着莱昂，还有该如何和弗兰琪提起他。

"瞧瞧我爸给我买了什么。"她突然在马路中间停下脚步，挡住了一个推婴儿车的女人的去路，女人愤怒地看着她，弗兰琪却根本没注意到，只见她拿出一部诺基亚手机，我感到一阵嫉妒。"手机！我终于有自己的电话了，我求了他很久他才给我买的。我幸运吧？"她把手机递给我，我像个外星人那样好奇地研究着它，"是预付费的，我爸已经预先给我充了十镑话费。"

有趣的是，她经常单独提到自己的父亲——而且往往是为了炫耀他给她买的东西，却很少同时提到父母两个人，甚至几乎不怎么谈论自己的母亲，好像她那位终日忙于清洁、整理和烹饪的母亲无足轻重似的。说句公道话，虽然我喜欢和欣赏阿利斯泰尔，但他常常站在店堂里，手里拿着一杯酒，悠闲地和顾客聊天，与此同时，他的妻子却像个奴隶一般在厨房干活。他的脸上常常挂着一种事不关己的表情，仿佛只是在偶然之间撞进了这家旅馆，看到人们在热闹地聚会，就走上前和人家轻松悠闲地搭讪几句，淡漠超然得像个局外人。弗兰琪告诉过我，旅馆曾经属于她的外祖父母，他们退休后回意大利去了，把旅馆交给了唯一的孩子玛利亚——弗兰琪的母亲——管理，与玛利亚相识之前，阿利斯泰尔是英语讲师，不知道他是否曾经因为放弃了教职、转行经营旅馆而感到后悔——虽然后者赚得更多。

他知道我从小就喜欢看书，弗兰琪却对书不感兴趣，所以他很乐意把自己的经典名著借给我读，现在我的书架上还有他的《1984》和《远大前程》。记得我小时候，他每个星期都会借给我一本小说，那是我每周最盼望的时刻，拿到书后，我首先会认真地浏览一遍，猜想读完之后我们会讨论些什么问题……无论如何，我一直认为他放弃教职的做法令人不齿。

我把手机递还给她。"真是太棒了，可你还认识哪些有手机的人？你准备给谁打电话呢？"

"我也不知道，但是别人可以用家里的座机给我打电话，不是吗？"

"别问我，我根本不懂这些。"我笑道。她把手机放回包里，我们继续向前走，她又把胳膊搭在我身上。我们来到防波堤，坐在上面俯瞰海滩。整个镇子都给我一种吵吵嚷嚷的感觉：孩子们玩水时的尖叫、海鸥一拥而上抢食的叽叽喳喳、游乐场的刺耳音乐、海浪拍岸的轰隆声、模糊不清的交谈声、摩天轮转动时的吱呀声……喧闹程度足以让任何人头疼，所以有时候我会向往沃里克郡宁静的绿色田野，更加坚定了永远离开这个地方的决心。

"喜欢我的新指甲油吗？"弗兰琪问。她已经脱掉了人字拖，正在伸展脚趾，她的脚趾甲涂成了深紫色。"这叫'多莉混合色'，很酷，对吧？"

我知道必须把事情告诉她了。

"昨天晚上，我和莱昂出去了。"我脱口而出。我能感觉到她的身体变僵了，连脚趾都不扭了。

她转身看着我，猫一样的眼睛眯了起来，鼻孔张大。"你和莱昂好上了？什么时候开始的？怎么好上的？"

于是我解释了原委——莱昂留字条约我在老码头见面。"他住的地方离我家只隔着两条街，是不是很棒？"

她拉长了脸。"没觉得，这是个小镇。"

"呃，是的，我知道……但是——"

"你又不了解他。"她打断我，声音冰冷，手指缠住自己的一绺头发，狠狠拽了一下，我这才想起，以前在学校时，每当感到有压力，她就会做这个动作。

她的轻蔑让我深感烦恼。"我想我了解。"我说。

"是吗？就因为你昨晚和他一起待了几个小时？"

是的，我很想这样回答，可还是忍住了。"他看起来像个好男人。"我说。

"你和他睡了？"

我火冒三丈。"这不关你的事。"

我当然还没有睡他——第一次约会就上床？——但我不想和她多说。

她瞪大了眼睛。"我们曾经无论什么事都告诉对方。"她的声音憔悴而愤怒，"还记得你和詹姆斯·弗雷斯特上床的事吗？也是你的第一次？你首先告诉的人是我。"

我想张嘴解释，那是三年前的事了，三年前我们还彼此信任，而如今我再也不是昔日那个戴着眼镜和牙套、头发蓬乱的怪异女孩，不再把她的每一句话都奉为圭臬，现在的我只属于自己，我已经走出她的阴影，读了大学，在没有她的帮助的前提下创造了自己的人生——可她看起来非常失落，我不由得闭上了嘴。我是在自欺欺人吗？没错，高中最后一年和大学的三年中，我确实觉得生活中仿佛缺少了什么东西，虽然我讨厌承认这一点，但在弗兰琪身边的时候，我会感觉更自信，好像什么事情都能做。我知道，假如读大学时有她和我一起，我会享受到更多的乐趣，更有勇气尝试没有她时我所不敢尝试的冒险。

"我原本想告诉你的——"

"这么说，你根本不在乎我的感受了？"

"难道你又会有什么损失吗？"我恼火地提高了声音，"他并没有侵犯你，他只是喜欢你，而你已经拒绝了他，他后来不过是有点执着而已，那又怎么样？"我讨厌争论，特别是和弗兰琪争论。

"那又怎么样？"她模仿着我的语气说，说着便扭过身去，面向林荫大道，跳下防波堤，脚伸进人字拖，拿起手提包，挂在肘弯里，"好吧，假如你觉得这没什么的话，那很好。但是，你要记住我警告过你的话，要小心他。"

我转头看着她，搭在防波堤上的腿摇来晃去。"谢谢，但我已经长大了，可以照顾自己了。"我尽量用沉稳的声音说。弗兰琪和我不知道吵过多少次，毕竟我们七岁起就认识了，但自从我们重逢以来，彼此都很克制，都试图表现出自己最好的一面，简直像刚刚陷入热恋的情侣那样。

她愣了一下，眼睛盯着我的脸，似乎不知道是否应该对我摊牌。她皱着眉头说："你准备和他约会吗？"

我耸耸肩。"我真的很喜欢他，弗兰琪。而且他也喜欢我。"

"那么你应该知道一件事。关于他的事。"她说。

我叹了口气，也许在追求她的过程中，他还做过更加夸张的事。"什么？"我交叉双臂，抱在胸前，好像打算用这个动作抵御她即将说出的话对我产生的影响，但是，她接下来所说的出乎我的意料。

"他是杰森的表弟。"

弗兰琪

2016 年 2 月 13 日 星期六

开车回家的路上，丹尼尔很安静。雨一直连绵不断地下，老码头的最远端被羽绒被般厚重的白色云层遮了个严严实实。

他把车停在度假别墅外面，凝视着前方。发动机依然嗡嗡作响，整座别墅黑漆漆的，没有一间窗户亮灯，将它与邻居家的院子分隔开的厚厚的灌木丛也是黑色的，但即便在暗影中也能分辨出它那向四面八方伸展的嚣张的尖刺。

远处，有个女人朝我们这边走过来，她穿着长长的雨衣，撑着一把雨伞，我扭头看向丹尼尔，他的表情一反常态地阴郁，让我不由自主地想起我们在莱昂家的对话——是我说错了什么或者做错了什么吗？莱昂说他认为我知道你和他分手的原因，他是什么意思呢？难道是在暗示杰森的事？你告诉他了吗，索芙？

假如你真的告诉了他，我也能理解，毕竟，当莱昂审视着你的时候，他那凌厉的眼神谁都难以抵挡，简直能把房间里的氧气全部吸走。你曾经说过，他的眼睛几乎能够看穿你的灵魂，今天我终于明白了你的意思。

假如我的手机没有在他紧盯着我的时候恰到好处地响起，我根本不知道自己情急之下会说出什么话来，我如释重负地把它从包里掏出来，屏幕上显示的是斯图亚特的名字，我喃喃地告诉丹尼尔和莱昂，我得接一个重要的工作电话，然后便快步走出门去。

站在花园里，我的脚冻得发麻，华而不实的靴子根本不具备任何保暖功能。斯图亚特在电话里说，打扰我过周末，他十分抱歉，但现在出了一个不大不小的乱子，可能会影响新酒店的开业，我尽可能冷静地与他讨论对策，努力不去想莱昂和丹尼尔还在屋里等我进去。在奥德克里夫接工作电话，感觉实在怪异，仿佛两个完全不同的世界发生了融合，这让我觉得不安。我必须把你、丹尼尔和莱昂从脑子里赶出去，集中精力思考斯图亚特给出的应对建议。我不知道自己打了多长时间电话，但最后我察觉到有人鬼鬼祟祟地躲在我身后，我转过身去，发现丹尼尔踮着脚尖站在草坪边缘，竭力假装没在偷听我说话。"我稍后再打给你，"我告诉斯图亚特，"但别忘了打电话给供应商。如果有必要，你就假装不知道。还有，警告一下保罗，这不是他第一次犯错了。"我把手机放回包里，丹尼尔的出现一下子把我从自己熟悉的商业世界拉回到了奥德克里夫。

"走吧，我们离开这里吧。"他表情严肃地踏上花园小径，大步向前走，我不得不小跑起来才能跟上他。

"一切都好吗？"坐在车上，我问他，车厢里的沉寂把我的声音衬托得特别响。

"他是什么意思？"丹尼尔说，"莱昂为什么说你知道他和我妹妹分手的原因？"

他依然没有看我，我知道必须对他说实话。

可我又怎么能说实话？莱昂也有可能并不是暗指杰森，他或许完全是在谈论别的东西。

"我们找地方吃个午饭吧？"我说，"顺便谈谈？"

他终于转过头来看我，表情有所软化。"我不知道，弗兰琪……我今天应该找时间到新闻编辑室去……而且……"

"噢，来吧，我们需要吃东西。"

"是吗？好吧，既然如此，我怎么能拒绝呢？"他笑了，但听起来像是被迫的。

"你在心烦什么，丹？"

他耷拉着肩膀，一副垂头丧气的样子。"我也不知道，弗兰琪。我只是担心这一切的努力……"他展开双臂画了个圈，"……毫无用处，我永远都不会知道我妹妹遇到了什么事。"

"丹尼尔……"我顿了顿，"我们确实有可能永远不会知道索菲遭遇了什么。"我温柔地说，伸出手去摸他的手臂。

他脸色阴沉下来，耸了耸肩，抖掉我的手。"不，我受不了这个想法。我需要知道真相，弗兰琪。"他的表情很痛苦，我突然产生了一种"要把他的悲伤吻掉"的冲动。

这时我突然想到一个问题，于是问他："你妈妈还好吗？"尽管时隔多年，岁月流逝，安妮的面容在我的记忆中变得越来越模糊，像一张年久褪色的照片，但我依然记得那个穿着蓝色护士服的女人和她脸上坚定的纹路，染成金色的头发总是和她的肤色显得有些不协调。她是个勤恳的工人，也是痛失爱女的单身母亲。

"她很好。索菲失踪之后，她回到爱尔兰和姐姐一起住在农场。然后她遇到了蒂姆。他是个好人，他们现在结婚了。我去过那边，她说不想回来了。无论如何，她相信索菲是失足落水的，和警察的看法一致。"他的声音悲哀而疲惫。

"也许这就是事实，"我轻声说，"只是一场不幸的事故。"

"没有这么简单。"

"你怎么知道的？"

"因为我了解——至少是曾经了解——我的妹妹，弗兰琪。我们很亲近，我了解她。她去世之前非常不对劲，有些事情在困扰着她，不好的事情。真希望——"他悲伤地摇摇头，"真希望我当时能更加注意她，可是我没有，我太忙了，现在回过头来看，当时肯定有事情不对劲。"

"事后聪明谁都会，但当时你自己也是个小孩，只有二十三岁，按照你的逻辑，我也有责任，我是她最好的朋友，却没有发现任何异常。"

其实我所说的也并非确切的事实。

他叹了口气。"莱昂是什么意思？他们当时为什么吵架？"他再次问。

我坐立不安，虽然不能透露真相，但我需要告诉他一些事实。"我警告索菲要小心莱昂，我告诉她，他没有那么好……"我迟疑了，没有继续说下去。

"为什么？"他盯着我。

"因为……因为他追求过我，我拒绝了他，他却骚扰我，甚至跟踪我，简直太吓人了，丹。"

他沉下了脸。

"还有……"因为心有愧疚，后面的话我有些难以启齿。

"我和他睡过。就在索菲失踪近一年后。只有这一次。我们两个是偶然遇到的，在伦敦。我们见面后就一直谈论索菲，后来我喝醉了……"

"他借机占便宜。"

我叹了口气。"我不知道。也许我们是互相占便宜，我猜。"

丹尼尔再次别过脸去不看我。我们一起看着那个撑伞的女人越走越近，她有着粗硬的白头发，戴着眼镜，贴着院子里停着的一排车的车头朝博福特别墅走，她和被风刮得扭来扭去的雨伞搏斗，好像在跟某个看不见的人进行一场拔河比赛。最后，她停在大门外，在包里摸索着。写匿名信的人会是她吗？她从包里掏出一把钥匙，打开前门。她一定就是住在一楼的租客，也许她是昨晚那个哭叫的孩子的祖母。她朝我们眨了眨眼，甩掉雨伞上的水，把它丢在台阶上，然后关上了门，几分钟后，楼下公寓的灯亮起。"我们去酒吧吧，"我说，"我们可以谈谈下一步的计划。我只能在这里待几天，还记得吗？然后我就得走了。"

他微笑着转过脸来，看上去又变回了我记忆中那个厚颜无耻的丹尼尔。"好吧，你总能说服我，弗兰琪夫人。"

他把变速杆挂到一挡，我重新系上安全带，松了口气——我又可以在外面消磨几个小时再回公寓了。丹尼尔驱车掉头的时候，我住的那套公寓的凸肚窗里突然有什么东西一闪，我抬头望去，吓了一跳：玻璃上贴着一张脸，凝视着我们。我的血一下子变凉了，是你吗？我伸长脖子，想看个清楚，但为时已晚，丹尼尔已经把公寓甩在车后，朝悬崖下方的沿海公路开去。

时隔二十年，"海鸥"酒吧几乎没有任何变化：老式的佩斯利墙纸；面色红润的老男人在吧台前慢吞吞地喝酒，每个人都牵着一条臭烘烘的宠物狗，薯条和醋的味道混合着湿漉漉的狗腥味，在空气中久久不散——与我的记忆分毫不差；连天花板上挂着的假鸟模型和窗台上陈列的海鸥标本都跟过去一样。我有种一步踏进时光胶囊、穿越到过去的感觉。

酒吧位于小镇边缘，俯瞰风雨如磐的大海，沿海岸前行，沙滩越来越窄，抵达老码头的时候，沙地会完全消失。一个中年男子独自坐在角落里的桌子前喝啤酒、读小报，虽然他深色的头发稀疏了不少，肚子也变大了，我还是一眼就认出了他——莱昂的哥哥洛肯。

丹尼尔向酒吧里的男人们和给他们送啤酒的女人点头致意，女人高大丰满，年纪比我大，灰褐色的头发，我躲躲闪闪地跟在她身后，希望不被洛肯看到。

"丹尼尔，亲爱的，"女人西南乡村的口音浓重，讲话像唱歌一样，"好久不见，报社的工作很忙吧？"

丹尼尔笑道："是啊，海伦，整天工作，没时间玩。"

她咯咯地笑起来，这才注意到我，与她视线相对之后，我突然想起这是谁。

海伦·特纳，你在公寓房那边的朋友。

她原本快快活活的一张脸拉长了。"弗兰琪？哎呀，哎呀，哎呀。"她讥讽地说，不敢相信地摇着头，"看来传言是真的，你果然回来了。"

我知道我不应该感到惊讶，八卦的声浪——弗兰琪回来了——已经像墨西哥洋流一样对奥德克里夫造成了震撼性的影响，但我确实觉得惊讶，因为我早已忘记在一个小镇生活是什么感觉，而在闷热的酒吧里再次体验到这种感觉让我更加燥热，我突然意识到，那些熟知我的过去并且依然住在这里的人都有可能给我寄匿名信，他们显然都知道我回来了。

刷着啤酒杯的海伦不时地对我怒目而视，这让我想起上学时她有多么不喜欢我，我一直怀疑，她对我抱有敌意的原因是她想代替我成为你最好的朋友，所以她嫉妒我。我高中最后一年去上寄宿学校时，她一定非常高兴。我记得当我在酒吧里再次遇到你——而且我们还像过去那样亲密，她看起来多么生气。我知道你为她感到难过，所以我们那个星期六晚上去"地下室"夜总会时，也带上了她，但就大部分时间而言，海伦只是我们的随从，她在你的人生中只扮演一个微不足道的小角色。

她相貌平平，而且不再年轻，海风给她曾经光滑的皮肤带来了伤害，使她的毛孔变大，鼻子发红。"你好吗，海伦？"我说，在这个穷乡僻壤的小酒吧，我不带乡村口音的腔调显得与环境格格不入，非常引人注意。

"哎呀，别跟我用那么讲究的口音说话。"她嗤笑道，酒吧里的男人们也跟着她狂笑起来，"瞧瞧你这身打扮，真是太时髦了。"穿着黑裤子、红色羊毛外套，系丝绸围巾的我觉得浑身不自在，"你还回来干什么呀？"

我的脸颊不受控制地变红了，"我，呃，嗯……"

"说说吧，亲爱的。"其中一个男人说，他是个秃顶的矮胖子，戴着眼镜，看起来像我们小时候玩过的游戏"猜猜是谁"里那个讨厌的角色。

　　"她是来看我的。"丹尼尔插话道。

　　海伦的脸色阴沉下来。"真的？我怎么不知道你们两个还有联系？"接着，她又仿佛自问自答般地耸了耸肩，"算了，人这种东西特别奇怪，我懒得去搞清楚。你们两个为什么不坐下呢？我给你们拿喝的。弗兰琪，你想来点什么？"

　　"请给我一杯白葡萄酒，"我说，"普通的就可以。"趁她还没说出更多的风凉话或者问我是不是更喜欢香槟之前，我补充道。

　　"给我一杯啤酒，谢谢，海伦。"丹尼尔将吧台前的我拉到一旁，在我耳边低语，"她可能掌握了不少信息，她以前对索菲很好，不是吗？"

　　"不记得了。"我生硬地说，海伦对我的口音与衣着的嘲笑——以及她对我本人的轻蔑——依旧令我心烦。

　　我们别无选择，只能绕过洛肯的桌子往里走，他抬起头，恰好对上我的眼睛，随即放下报纸，用手背抹了抹嘴。"果然是你，"他说，他的语气让丹尼尔停住脚步，转过身来，"弗兰琪·豪伊。"

　　我叫弗兰西丝卡·布鲁姆，我很想喊出这一句，但考虑到海伦和酒吧里的那些男人会作何反应，我又把嘴边的话咽了下去。我看着坐在角落里、工作服上满是油漆的洛肯，他虽然是莱昂的哥哥和杰森的表兄，却不像他们那样拥有一副好相貌，反而继承了父母长相最糟糕的部分，莱昂继承的则是所有优点。不过，我得承认，他二十五六岁的时候也曾有过那么一点点的吸引力，就是让许多女人神魂颠倒的那种爱尔兰人的放浪气质，但他的眼睛——尽管和莱昂的眼睛一样蓝得惊人，然而两眼之间的距离实在太近，鹰钩鼻太明显，下巴也太大，算不得英俊。

我突然想起一件事。有一次，我们在"地下室"里跳舞，他挤过来捏你的屁股，你并没有发火，只是轻轻把他推开，但已经过了十八年，我记不清了，也许当时你发了火？反正我们都喝醉了，后来莱昂走过来拉开了他，打了他几拳，最后洛肯灰溜溜地钻进了人群里。

洛肯喜欢过你，我竟然差点忘记这个事实，他喜欢你，甚至对你动手动脚，而你是他弟弟的女朋友。

"你还好吗，弗兰琪？"丹尼尔担忧的声音打断了我的思绪。洛肯正盯着我看，嘴角挂着嘲弄的笑容。

"我听说你回来了。"他说，我看到他嘴里缺了一颗牙。

"莱昂告诉你的？"

他扬扬得意地笑了笑，手指敲打着鼻梁侧面："这是个小镇，消息传得很快。"我怎么没想到？他把报纸叠起来，夹在胳膊底下。"好了，我该走了，我可没时间和你这样的闲人聊天，我有工作要做，刷房子。"说着他站起来，我被他的身高吓到了——我忘记他有多高了，比丹尼尔还高，而且肩宽背厚，很是强壮。

我侧了侧身，让他从旁边过去，我们目送着他摇摇晃晃地走出酒吧。

"我一点都不羡慕那个请他刷房子的人。"丹尼尔盯着他的背影，冷酷地说，"瞧瞧他，醉成那个样子。"

我笑了。洛肯终于走了。我们在他腾出来的桌旁坐下，海伦端来饮料，我们又跟她点了吃的。她走开后，我向前倾身，低声对丹尼尔说："我记得洛肯的一些事。"

丹尼尔喝了一大口啤酒。"上帝啊，我需要你的信息。你还记得什么？"

"他曾经喜欢索菲，还对她动手动脚，在'地下室'里，莱昂当场揍了他，他气坏了。"

"他那时不是已经结婚了吗？"

"是的，但结婚也不能阻止他胡作非为，我记得莱昂告诉我，他哥哥是个花花肠子。"

丹尼尔隔着啤酒杯打量我，"你什么意思？你觉得洛肯和索菲的死有关？"

"我不知道，不过，你自己也说了——索菲当时似乎很害怕什么人，这个人会是他吗？"

他的脸上掠过一道阴影，"也许她离开'地下室'的时候，他曾经跟踪过她，他那天晚上也在'地下室'吗？"

我回想着，"我不知道……我记不起来了，我一直认为……"

"什么？"

"我认为她那天晚上打算去码头见什么人，那个人当晚并不在'地下室'。"丹尼尔皱起眉头，我补充道，"她为什么不告诉我们就离开夜总会去了码头？这很奇怪，你不觉得吗？"

"没错，我也觉得奇怪，"他说，面有怒色，"所以我才会调查该死的内情，索菲独自去老码头，这不符合她的性格。"

他又喝了一口酒。我们都没有说话，各自沉浸在自己的想法之中。海伦从容不迫地慢慢踱过来，端着我们点的带皮烤土豆，我发现，她把我的盘子搁在我面前的力度要强过放下丹尼尔的盘子的力度，以至于我盘子里的几块土豆掉到了桌子上，我动作夸张地把它们捡回盘子里，但海伦似乎并没有注意到，若无其事地走开了。

"你知道的，"丹尼尔嚼着满嘴的食物，冲着海伦的方向点点头，"我们需要和她谈谈。"海伦边擦桌子边哼歌。"那天晚上她在'地下室'，我知道，因为西德那天和她约会了。"

"西德？"

"你不记得了吗？大个子，比我大几岁，我们乐队的，唱歌很难听的那个。无论如何，她现在嫁给了他，这家酒吧是他们两个人的。"

"我记得他。谁还能忘了他唱歌？"我拿叉子戳着盘子里的土豆，"我吃惊的是她那天晚上竟然和他约会，而且后来还嫁给他了。"西德不仅五音不全，还长了一张可能只有他亲妈才会喜欢的脸。

"噢，管他呢，无论如何，海伦可能记得一些有用的东西，值得一试。"

海伦有没有可能比我更了解你的生活呢？

"这太令人沮丧了。"我们离开酒吧时，丹尼尔大声说。

又开始下雨了，海面波涛翻涌，冲击着覆盖海藻的黏滑礁石。

丹尼尔大步朝他的阿斯特拉汽车走去，穿着高跟靴子的我快步跟上。来到车旁边，他停了脚，说："我为什么总觉得人们知道的比他们说出来的多呢？"风雨声太大，他不得不大声喊叫才能让我听见，"莱昂、洛肯，甚至还有海伦，我感觉他们都有事瞒着我。"挫折感如同蒸汽一样从他身上冒出来，我觉得他似乎对我也有意见，可海伦不和我们说话又不是我的错。

刚才我们问海伦那天晚上发生了什么，她坚持说自己什么都不记得了，然后就再也不肯多说一个字，我知道今天我们是无法从她那里探听到什么了。不过，从她的神情和动作——烦躁不安、避免与我目光接触——判断，我猜测她有所隐瞒。我从来没有信任过她，她在学校里欺负过我，而且显然依旧恶习不改。

"别那么偏执，"我告诉他，"毕竟是很久以前的事了。"我没法告诉他的是——虽然在我们眼中你非常重要，但在某些人眼里，你不过是个不知所踪的平凡女孩而已。

"我想我们明天应该去拜访一下洛肯，我想了解更多关于他的信息。"

我有点慌张，"丹尼尔，明天是星期天，洛肯会和他的家人……"

"有人抢走了我的家人，这个人也有可能就是他，我需要知道真相。"

他示意我上车，但我摇摇头。"我准备走回去，呼吸点新鲜空气。"我说。现在还不到三点，回去为时过早。

"你疯了吗？下雨了，天也开始黑了。"

我没法告诉他，我宁愿顶风冒雨地走上几英里的路，也不想回到那个孤独的公寓。他可能会以为我不知好歹。度假公寓确实环境优雅，但我不感兴趣，而且窗外的景致让我胆战心惊。

"不用担心我。"我坚持道。

"等会儿我给你打电话。"他钻进车里，关上门，放下车窗，皱起眉头，他的脸和头发都被雨淋湿了，"你确定你会没事？"

"我已经长大了，丹尼尔。"我笑道，记得我担心你和莱昂交往时，你也曾经对我说过同样的话。你为什么不能接受我的忠告呢？

他暖心地微笑着，眼睛闪闪发光。"弗兰琪夫人，你一直都很固执。"他笑出了声，我的心跳加快了。我真正希望的是他能到度假公寓陪我，但我不好意思说出来，他已经说过自己没有结婚，但这并不意味着他是单身，他手指上的那个戒指暗示着他的生活中有个特别的人存在，我不由自主地幻想了一秒钟他亲吻我、脱掉我的衣服的情景，随后赶紧摇摇脑袋，强迫自己停止胡思乱想。我感到十分愧疚——在这种情况下，我居然还会对你的哥哥产生这样的想法。

"我明早去接你，十点半左右。"他发动汽车，朝我喊道。

街上空荡荡的，空气清新宜人，带着新鲜的雨水和海藻的味道。然而海鸥嘲讽般的叫声让我畏缩不前，我已经忘记我有多么讨厌这些该受诅咒的东西。过去，我的父亲常说，它们是"海里的败类"，我一下子想起他昨天躺在床上，喉咙里发出可怕的声音的样子——他肯定很想告诉我什么。

沿着人行道向前走的时候，我不得不和雨伞搏斗，防止它被风吹翻，但最终我还是放弃了，把雨伞放回包里，任凭雨淋湿我的头发，这时我反倒有种重获自由的奇怪感觉，我深深吸了一口气，然后呼出，让最近几个月的压力消散在雨中。

人生何时变得如此复杂？

我在曾经属于我们的"美景观光酒店"外面停下来，你现在应该认不出这家旅馆了——连我都认不出来，我从童年时就记得的花边网眼窗帘一去不复返，早已被白色的木制百叶窗取代，整座建筑被重新粉刷成蓝色。如果眯起眼睛，我几乎可以看到我的父亲骄傲地站在大门边往街上看，朝行人点头打招呼，穿着斜纹棉布衬衫，年轻英俊。噢，父亲。我把包甩到肩膀上，快步向前走，经过邻近的酒店和宾馆，一直来到灯火通明的游乐场。我在门洞里躲了一会儿雨，看着一群青少年围着一个脸上长满粉刺、正在玩模拟摩托车游戏的年轻人大声叫喊，七嘴八舌地指挥操纵"摩托车"握把左扭右拐的年轻人玩游戏。

我回到倾盆大雨中，穿过马路，朝海边走去，伴随着孩子们的尖叫声，身后的游乐场响起一阵快节奏的舞曲。

我沿着覆盖着沙子的步行道向前走，经过金色螺旋顶的钟塔和废弃的露天泳池，海滩上的蹦床、摩天轮和游乐帐篷夏季颇受欢迎，现在却空空荡荡，我转过街角，高跟鞋底敲打着人行道，老码头黑暗的轮廓呈现在我眼前，小镇的这一带比较安静，没有商店和咖啡馆，只剩下几家较大的酒店，通往度假公寓的小路蜿蜒伸向山顶，我决定先不过马路，继续走在点缀着奇怪的金属长椅的步行道上，老码头逐渐逼近，雨水浇在我身上，但我不在乎。

手机突然在我的口袋里震动起来，海浪和大雨的咆哮声盖住了手机铃声，迈克的名字在屏幕上闪烁，我心情沉重地按下接听键，感觉上次那条醉醺醺的语音留言实在有些对不起他。

　　"嗨。"我说，声音微颤。

　　"弗兰？是我，迈克。"他多此一举地提醒我。信号很糟糕，我转身背对大海，用手指堵住另一侧的耳孔，试图挡住外面的噪音。"你还好吗？"

　　尽管很愤怒，可他仍然关心我。"对不起，"我对着电话说，忍耐着眼泪，"我很抱歉，只给你发了一条留言，你说得对，我是个胆小鬼。"

　　"最近你遇到了很多烦心事。"他说。听他说出这句话，我以为他打算挽回我们的关系，刚想考虑一下，这时却又听他说道："我都理解，我只想问问你，我能不能在你家住到这周的周末，趁你不在的时候？"

　　我犹豫了，尽管很失望，也不想继续收留他，但他的态度并不强硬，我没有理由直接拒绝，否则会显得我铁石心肠。你一直觉得我对待自己的男朋友不好，是不是？那是因为我没找到命中注定的那一个，而我一直以来都觉得不错的那个人……却对我没兴趣。

　　"我很快就回去了。"我疲弱地说。

　　"我哥们儿有个房间，我可以搬过去，但房间周末才能腾出来。"手机信号开始时断时续，我朝听筒里大声说"好"，同意他待到周末，然后就断线了，雨水在屏幕上汇集，我把手机放回口袋里。

　　我们的关系彻底结束了，尽管他一开始很愤怒，但内心深处也明白这一点。我在释然和失望之间摇摆。

我继续向前走，空荡荡的街道与我此刻的孤寂很是相配。虽然下午四点刚过，但由于下雨，天已经开始变黑，我这才意识到周围没有其他人，我可以看到远处老码头入口两侧的老式灯柱，琥珀色的灯光在天空的炭黑色背景上投下两团柔和的光晕，照亮了雨幕。听到身后有脚步声，我加快了速度，告诫自己不要惊慌，天色虽然有点暗，但还没有到晚上，而且在伦敦的时候，无论什么时间我都可以在外面独自走路——可是，为什么这个小镇总是让我有种毛骨悚然的感觉？

我向身后瞥了一眼，透过雨帘，我只能分辨出后面的人戴着兜帽，穿深色雨衣、长裤和结实的步行靴，看不出是男是女，但身高和苗条的身材让我觉得更可能是女性。不知道是什么让我感到害怕，也许是这个人挑衅般的姿态和并不友善的举止，似乎不怀好意地企图接近我，本能驱使我突然间跑了起来，我穿过马路，跑上通往博福特别墅的斜坡，身后的脚步声也变得急促起来，我的心跳随之加快，我被跟踪了吗？

我继续向前跑，但高跟鞋很难让我在速度上摆脱追踪者，鞋跟还经常陷进路上的小坑洞里，有好几次我都差点绊倒，我觉得似乎有人在喊我的名字，但也可能只是风声的呼啸，就这样，大汗淋漓、气喘吁吁的我终于抵达山顶，可我不敢停下来歇口气，因为身后的脚步声正在接近，我需要赶紧逃走。我的腿已经没了力气，但我坚持跑到别墅门口，双手颤抖着从包里摸出钥匙，我觉得后面的人随时都有可能伸出冰冷的手指抓住我的肩膀，我强忍着尖叫的冲动，把钥匙对准锁孔，谢天谢地，门开了，我放松地踏进走廊。

关上自己公寓的门之前，我看到窗外的车道尽头站着一个人，腿被我的车挡住了，夹克上的兜帽把脑袋遮得严严实实，双手插在口袋里，虽然我看不清对方的长相，但我清楚地看到一绺金色的头发搭在这个人心形的脸庞上，随风摆荡。

索菲
1997 年 7 月 5 日 星期六

莱昂是杰森的表弟。我要疯了,我真的不敢相信。

也许潜意识里我被莱昂吸引的原因是他让我想起了杰森,他们有着一样的黑头发和蓝眼睛,典型的爱尔兰人长相,我对这种相貌毫无抵抗力。杰森死后的一段时期,我曾经每天都会想起他,负罪感啃噬掉了我心上的软肉,直到我感觉心脏周围长出一层冰冷的硬壳,这才有勇气继续生活下去,于是我搬走了,进入大学,试图把杰森赶出脑海,他就像是一件我曾经喜欢却不慎弄坏的玩具,我不忍心把它丢掉,只能塞到衣柜最里面,虽然表面上看不到它,但我知道它就在那里,经常不由自主地想起它。

自从回到小镇之后,杰森的脸更是经常从我的脑海中冒出来,尤其是在我读杂志、吹头发或者看书时的悠闲状态下。

我和莱昂初吻的地方,也正是杰森殒命之处,多么讽刺。

当然,我也曾问过弗兰琪:"你怎么知道的?""你确定你没弄错?""他真的说他是杰森的表弟吗?"最重要的问题则是:"他知道我们做了什么吗?"

结果就是她被我惹火了,比任何时候都要生气。"他当然还什么都该死的不知道,"她嘶叫道,"你以为我会傻到告诉他吗?"

她抓住我的胳膊，强行拖着我走过海滨步道，来到远离镇中心的偏僻角落，压低声音告诉我：她是从她母亲那里得知的情况，所以肯定不会弄错，假如我想保守我们的秘密，就必须远离莱昂。

然而我并不认为自己能远离他，只要不向他坦白，我还是可以和他在一起的，不是吗？我和弗兰琪才十六岁，不过是两个孩子，既年轻又愚蠢，我们都喜欢杰森，总是在想方设法地吸引他的注意，我们怎么知道会发生什么？

可我为什么会有一种不祥的预感？就像我已经知道我的过去会毁掉我的未来。

因为他的死其实是我们的错。

这些年来，我们一直在保守这个秘密。

弗兰琪和我杀了杰森。

弗兰琪

2016 年 2 月 13 日 星期六

我打开公寓里所有的灯，告诉自己冷静下来，不要继续蠢下去，可我仍然感到不安，甚至没法把脑子里的猜想变为语言：跟踪我的人是你。从逻辑上讲，我知道那不可能是你，你已经死了。我不相信有鬼。我拒绝相信鬼魂的存在。

然而，当我走进客厅，把包丢到地板上时，立刻发觉有人曾经趁我不在时进来过，室内的味道似乎产生了些微的变化，仿佛多出一点淡淡的花香，我出门前拉开的窗帘闭拢了，我读到一半、敞开着放在沙发上的书合上了，而且被竖直放在茶几一角。我的心开始狂跳。今早坐进丹尼尔的车里时，我觉得自己看到公寓的窗户上有张脸，我以为我看见了你的脸——也许是窗户上的哈气让我产生了幻觉。

我的脊椎酸软刺痛，我从来不曾精神失常过，但见过我母亲是如何遭受抑郁的折磨的，尤其在我小时候，我父亲说这是她的"发作期"，我从来没把这事告诉过你，索芙。对此我只想保密。她会在卧室里一连待上许多天，甚至都不起来看看我，直到父亲强迫她去找医生加大药量，或者换用其他牌子的药。有几次，她不得不离开家，到别处去疗养，父亲从来不说她去了哪里，因为他想保护我，但我怀疑她是去了精神病院或者医院，每次回家时她都恢复得像正常人一样，直到再次犯病。但她从来不承认自己有病，更不愿和我讨论她的精神状况，也许在她看来，所谓的病症根本是子虚乌有。多年来，这件事在我们之间造成了巨大的鸿沟，以至于无论什么东西都无法填补它，正因如此，我和父亲更为亲近，我知道自己永远站在他这一边，他也总是爱着我，不像我母亲那样精神不稳定，要么爱我爱得要命，要么对我漠不关心——而且最终冷漠占了上风。另外，对于此事，我始终存在更深层次的担心——我会不会步我母亲的后尘，像她那样精神失常？也许未来的某一天，我会体验到自己的"发作期"。

我从包里拿出手机，给丹尼尔打电话，呼叫被转到了语音信箱。

我懊恼地把手机丢在沙发上，告诉自己要冷静、集中注意力，我不是那种歇斯底里或者贸然得出结论的人，这件事一定有个合理的解释，我看到的那个女人很可能根本没在跟踪我，她长得像你也不过是个巧合，只是碰巧把我吓了一跳。也许我今天早上忘记拉开窗帘了，毕竟我昨晚没有睡好，那本书也是我无意识中合起来搁在茶几上的，抑或是公寓的主人雇有清洁工，今天过来打扫了屋子——但我随即推翻了这个假设，清洁工通常只会在新客人入住前迅速清扫度假公寓，不会在客人住进来之后出现。

接下来的几个小时里，为了分散注意力，我吃了两片烤面包，看了几段毫无意义的谈话节目，然而那张貌似你的脸不断在我眼前闪现，虽然差点喝光一瓶红酒，但我始终无法稳定心神。

我总觉得有人在暗处注视着我，从我来到小镇开始，不可能是巧合。刚才，那个跟踪者就站在车道尽头，看着我狼狈地推开前门。假如眼下是在伦敦，我一定会当面与跟踪者对质，责问对方在玩什么花样，但自从回到这里以后，我又变成昔日那个弗兰琪。我不想变回缺少安全感的弗兰琪，我现在是弗兰，自信、沉稳、成功，一个成年人。

这里对我来说不是什么好地方，回忆太多，鬼魂也太多。

第二天早晨醒来的时候，我觉得自己好像置身于一部超现实版本的《土拨鼠日》[1]电影场景之中，半夜里，那个婴儿又尖叫起来，每一次哭号都像是往我心口捅刀子。多年来我一直想要个孩子，对孩子的渴望变成了痴迷，但一次又一次的流产让我失去了希望，最后我们尝试了生育治疗，第三次尝试后，我终于怀孕了，我欣喜若狂，然而几周后，就在进行第十二周扫描的前几天，我又流产了，我永远不会忘记失去最后一个宝宝的痛苦——生理和心理上的都有，最后的打击令我彻底绝望，甚至怀疑这是杰森的事让我得到的惩罚，我不配拥有幸福。

从那以后，不管我走到哪里，几乎总能看到多产的女人带着活泼的小孩，提醒我想起自己曾经失去过什么，六个月后，克里斯托

---

1. 1993年上映的一部美国电影，由哈罗德·雷米斯执导，讲述气象播报员菲尔被困在"土拨鼠日"，只能不断重复同一天的生活。

弗离开我，和他的同事在一起了，我经常猜想你会怎么看待他——克里斯托弗，我希望你能讨厌他，叫他自以为是的王八蛋，或是背叛了我的蠢货。我质问他的时候，他说会和她一刀两断，做个好丈夫，然而为时已晚，我无法原谅他，所以我叫他搬走，我想离婚。从那时起，我不允许任何人过于靠近我，因为担心他们可能伤害我，包括迈克，但是已经过去三年多了，索芙，我想再次坠入爱河。

当我半夜醒来的时候，很容易想起这一类的事，因为睡不着，我有许多时间思考，沉迷于自怜之中。为了摆脱婴儿的哭叫和我自己的痛苦回忆，我吞下两片安眠药，喝光一杯红酒，倒在沙发上，陷入药物诱导而来的沉睡，所以早晨醒来后，我的头非常疼。

我冲了澡，换上套头衫和牛仔裤，真希望我还带了别的更舒服的鞋，然而我不得不再次套上那双不合脚的短靴。看到厨房柜台上一字排开的三个空酒瓶，我意识到今天得去商店补货了。

敲门声响起时，我正在用微波炉热一碗粥，我吓了一跳，敲门的人不可能来自大门外，因为他们需要首先按下大门口的电动门铃，只能是同样住在别墅里面的人，我踮着脚尖穿过走廊，努力不让脚跟撞击地面，透过门上的猫眼往外看，是丹尼尔，凸面玻璃扭曲了他的面容。

我一下子敞开门，"你怎么进来的？我没有为你打开大门。"

他漠然地耸耸肩，"楼下的女人让我进来的，她正要出去，看到我站在台阶上。你为什么这样看着我？"

"她竟然不问一下就让门口的陌生人进来，我不喜欢这样，她怎么知道你是我朋友？你也许是坏人。"

"老天，弗兰琪，你太多疑了。"

我不能告诉他昨天的匿名信和怀疑你跟踪我的事，那样会透露更多的信息，比如关于杰森的秘密，我突然觉得非常孤单。

"你最好先进来，"我把门又敞开一点，"我还没吃完早餐呢。"他跟着我从狭窄的走廊进了厨房。"你想喝点粥吗？"

他摇摇头，刘海在额前晃动，"不用了，谢谢。吃过早餐了。"

我走到柜台边，舀了一勺粥放进嘴里，感觉到丹尼尔站在背后看我。喝了几口粥，我把依然半满的碗放进水槽。

"别让我毁掉你的胃口。"他站在离我很近的地方，在狭小的厨房里，我几乎要患上幽闭恐惧症，"哎呀，弗兰琪，你才来几天，怎么喝了这么多的酒？"

"我已经在这里待了两个晚上，两个孤独的夜晚，除了生闷气之外，什么都做不了。我昨天晚上打电话给你，直接被转到语音信箱了。"

他有些吃惊地凝视着我，"我没发现有未接电话，不过，这里的信号有时候挺差劲的。"他的表情柔和下来，"对不起。"他靠过来，握住我的手，"是我让你回来的——"他犹疑地端详着我的脸，"你来了，我非常感激你。很抱歉，我不是个称职的朋友，我应该在这里多陪你几个晚上，但情况比较复杂，听着——"他清清嗓子，脸红了起来，"有人和我一起住，一个女人，最近才有的事……"他的声音越来越小。

这么说，他真的有个女朋友。我竭力掩饰着失望的情绪，心里却越来越妒忌。

"明白了。"我无法直视他的眼睛，他极有可能根据我的反应猜出我在想什么。

他低沉而沙哑地说："她知道我过去对你是什么感觉。"

我抬起头来，和他的视线相遇，他从来没告诉过我他对我是什么感觉，尽管我一直都知道。你总是拿这件事来取笑我，虽然我从来不曾回应他的感情，但他对我的喜欢让我觉得很享受。假如我允许自己也喜欢他，情况会有所不同吗？但我深知自己过去肯定不会喜欢上他，那时候他不过是你的烦人精哥哥，虽然我不好意思承认，索芙，我们年轻时，我从来没觉得他配得上我，他既没有雄心壮志，也没有活力，白天喜欢闲逛，晚上扮演摇滚明星。然而，现在我意识到自己多年来一直在想念他，因为他总爱逗我笑，是个善良又忠诚的朋友。我知道你会怎么说——迈克也是这样的，没错，但他给我的感觉和丹尼尔不一样。

我伸出手去，摸摸他的脸，他的皮肤凉凉的，挺粗糙。"丹尼尔……"我低声说，我们的目光依然彼此锁定，我凑上去吻他，想要并且需要感觉到他的嘴唇贴着我的嘴唇，就在我轻轻地碰到他的一刹那，他躲开了，好像我刺痛了他一样。

"弗兰琪……我不能。对不起。"他转身背对我，手指插进头发里，"你不是……我不是……该死的。"他踢了厨房的柜子一脚，我只能无可奈何地看着他内心挣扎的模样。

"丹尼尔——没关系。我知道你和别人在一起，我不应该亲你。对不起。"

他转过身来，再次看着我，眼神中透出谴责。"我的确曾经爱过你。"他悲伤地摇着头说，"我去车上等你。"

他用力关上门，我不由自主地向后一缩。

我用了十分钟平复情绪、化妆、收拾厨房。我害怕下楼，部分原因是门垫上可能会出现新的匿名信，可当我走到楼梯底部时，发现门垫上什么都没有，随后我意识到，这是因为今天的匿名信塞在信箱里：棕色的信封，一半在信箱里面，一半在外面，好像嘴里吐出的舌头。我壮了壮胆，一把将它从投信口里抽出来，毫不意外地看到收信人又是我本人。我撕开信封看了一眼，肚子里的肠子仿佛打了结，这一次，信纸中央只打了两个字，用的是加粗的字体：

凶手。

自从弗兰琪告诉我那件事以来，我又见过莱昂三次，每一次我都无法对他提出分手。

昨天晚上是我们的第四次约会，我又考虑和他说再见，毕竟我们做了那样的事，我怎能心安理得地继续和他谈恋爱？

我还会做噩梦，脑中时常闪现那个炎热的八月夜晚发生的片段。我们还是孩子，只有十六岁，我喝醉了，感谢弗兰琪从她父亲的酒吧里偷出来的烈性酒，我平生第一次喝醉了。那天晚上，我们三个人去老码头喝酒听音乐，因为那里不会有人撞见我们喝酒。我以为杰森爱的是我，弗兰琪却觉得杰森爱上了她，现在回想起来，我们当时为了吸引他而做出的种种举动真是令人汗颜，我们竟然都期待和他发生一段浪漫关系，简直荒唐可笑，假如我不那么痴心妄想，或许悲剧就不会发生，他也能保住性命。

我深知自己永远没有勇气把这件事告诉莱昂。

负罪感有时候会把你变成骗子。

我好像跑题了，现在继续说昨天晚上的事。

我约了莱昂在老码头见面，我们坐在腐烂的木板上，阳光热得灼人，我却浑然不觉，一心只想着"这里就是杰森死去之前待过的地方"，终于，喝下几罐"红带"啤酒之后，我获得了一点引出话题的勇气。

听我提起杰森，莱昂盯着我看，"你认识他？"他紧紧皱起眉头。他专注地倾听我的回答，我讲到杰森在弗兰琪父母的旅馆做过暑期工、我们三个就此成为朋友的时候，他锐利的眼神仿佛要将我穿透。

随着我的讲述，他慢慢握住我的手，无意识地用拇指揉搓我的手掌。"他的死对我们所有人的刺激都很大。"我讲完后，他说。但他说话时没有看着我，而是盯着膝盖旁边的一块碎木头。"我们从小关系就很好，他只比我大六个月，不仅是我的表哥，还是我的朋友，他的尸体是在海里被发现的，死因是溺水，验尸的毒理学报告说，他的血液里有大量酒精，这是导致他死亡的主要原因，但我经常怀疑他是故意的，你明白吗？他有点像是自杀的。"

我震惊极了，那一刻险些要把整件事的丑陋真相和盘托出，强烈的负罪感自心底涌上喉头，像酸液一样充满腐蚀性，我不得不咬住自己的嘴唇才没有脱口认罪。

"为什么……"我的嘴巴太干，根本说不出话，咽了几下口水才说："你为什么认为他是自杀？"

"杰森是个酒鬼，而且很能嗑药，他妈妈——我爸爸的姐姐——也是酒鬼。杰森十七岁就被他妈妈踢出家门，所以他才来到这里，打算开始新的生活，但他一直很烦恼，索芙。"

我想起杰森告诉我的关于他父母的事，他叫自己的父亲"废物"，我们有许多共同点，这很可能就是我那么喜欢他的原因，他是我的初恋。问题在于，弗兰琪对他也有同感。

我一直很确定，他喜欢的是弗兰琪，诚然，我们有着相似的背景和很多共同之处，经常坐在一起聊天——在沙滩上或者老码头找个安静的地方，有时我能察觉到，当我们谈到哲学方面的话题时，弗兰琪会觉得受到了冷落，她会试图分散我们的注意力（但她从来不承认，弗兰琪就是这样一个丝毫不愿示弱的人！），尽管如此，我却早就知道，杰森仅仅把我视为朋友，没有更多的想法。

"他的妹妹怎么样了？"我问，"每次谈起她，他都很动感情。"我只见过她一次，还是在杰森的葬礼上，她在一位老太太旁边孤零零地站着，大约只有十二岁，大大的蓝眼睛很是漂亮，长得像杰森。

莱昂抬头看着我，眼神温柔起来。"她来和我们住了一段时间，她现在很好，很快乐，已经十六岁了，我父母很宠她，把她当成唯一的女儿来疼爱。"他的笑容消失了，"嘿，你为什么这么伤心？"

我眨了眨眼，把眼泪憋了回去。"就是……觉得这是个悲剧，发生在杰森身上的事。"

他紧紧握住我的手，把我拉到他身边，让我坐在他腿上，被他强壮的胳膊搂着，我觉得很安全。"他有自己的苦衷，他也很不容易，"他对着我的脖子喃喃地说，"一个只有十几岁的孩子，却要因为自己的性取向挣扎。"

我一下子坐直了，为了看清他的脸，我把他向后一推，手臂还在他的脖子上。"你什么意思？"

"他是同性恋。你不知道吗？"

我脸上的震惊表情一定非常明显。"同性恋？可他喜欢弗兰琪。我很肯定……我……"

莱昂摇摇头，波浪般的卷发在脸上蹭来蹭去，"不，他不喜欢她。他跟许多女孩要好，但只把她们当朋友，没有那种兴趣。他十四岁的时候就对我出柜了，他一直清楚自己的取向——这是他亲口和我说的。"

我目瞪口呆，我和杰森坐下来谈天说地的时候，他为什么就不能把这件事和我说明白呢？

今天上班时（我已经辞掉了斯坦那边的售货亭工作，目前在旅馆上早班，每周二休息！），我把莱昂所说的告诉弗兰琪，当时我正在帮她给一间双人房换床单，听了我的话，她停下手里的活计，揪着羽绒被的一个被角，脸色慢慢地变白了。我从未见过她这样，感觉她很可能会吐出来，过了好一会儿，她才冷静下来，我为她感到难过。很显然，她和我一样——以为杰森曾经爱过她，此前也许正是这一点帮她减轻了些许内疚，让她不那么难过。她缓过神来之后，恶狠狠地警告我——最好不要告诉莱昂我们都做过什么，然后就快步走出房间，把我一个人留在那里换床单。

那一天她再没和我说过话，好像是我把杰森变成同性恋的。无论如何，我都没有如她所愿地和莱昂分手，可是问题在于，我不知道我和莱昂的关系会持续多久，我知道我们不能永远继续下去，毕竟我们之间还存在着那个巨大的秘密。

弗兰琪

2016 年 2 月 14 日 星期日

　　我拿着匿名信的那只手不受控制地乱颤,我震惊地盯着它,觉得它似乎有了自己的生命,我本人则像一只困兽,手无寸铁,别无选择,只能等待我的掠食者开始下一步的行动。

　　我一直试图埋葬关于杰森的记忆,就像我们这些年来始终在做的那样,索芙,我搬到伦敦重塑自我,竭尽全力改变自己的生活,比起我的父母,酒店生意的扩大更应该归功于我,虽然我母亲一直是业务背后的推动力——父亲更喜欢处理社交方面的事务——但自从他们半退休以后,是我的全身心投入确保了生意大获成功,再过几个月,我们的第三家酒店就要开业了,它们不再是我们小时候印象中的那些俗气的旅馆,而是拥有精致家具和无线网络的精致居所,套房里备有蓬松的白色浴袍和高档洗浴用品,全天候二十四小时运营,接待的全都是挑剔讲究的高端客户,工作人员总是忙忙碌碌——不像我父母过去的旅馆,只有在夏天的旅游旺季时才会忙不过来。

　　我一直在逃避过去,现在过去却追上了我,令我坐立不安,情绪失控。

　　我曾经试图说服你,不应该和杰森的表弟莱昂约会,我怕你会不小心向他吐露我们的秘密。你总是那么善良、忠诚、心地柔软，你比我更容易相信别人，以为他们不会辜负你的期望，可假如你把真相告诉了莱昂怎么办？如果他知道我们与他表哥的死有关系，会不会找我们复仇？

我深吸一口气，敞开大门，快步穿过雨幕，钻进丹尼尔的车厢，手里仍然抓着那封信，浑身不受控制地颤抖。

他的嘴巴抿成一条线，假如匿名信没有把我弄得如此心神不宁，我也许会因为刚才试图吻他而尴尬。"对不起，"他说，眼睛看着别处，"又见到你……"他的脸红了。

我没说什么，他转过脸来看我，视线落到我手中的信上，"这是什么？"

我无言地把信塞给他，他迅速浏览了一遍，"你从哪弄来的？"

我解释了一切，关于匿名信，还有昨晚跟踪我的人。

"你为什么不早告诉我呢？"

"我不知道该说什么，也不知道我能否信任你。"我在包里摸索纸巾。

他目光凌厉。"信任我？你从七岁起就认识我，难道你觉得匿名信是我搞的鬼？"

我摇摇头。"不，当然不是……但是……"我盯着他，仔细观察他的表情，寻找可能证明他与匿名信有关的迹象。他的右眼皮在抽搐。

"什么？"

"你今天早上在门口，"我说，"有没有注意到信箱里的信？"

他的眉毛拧在一起。"没有。"

"这么说，你进屋之后，那个人才把信塞进了信箱。"

他用手托着下巴。"也许吧。我不知道。也许我来的时候它已经在信箱里了，我只是没注意到，老实说……"

我叹了口气。"有人知道，丹尼尔。有人知道索菲和我做了什么……"

我震惊地闭上了嘴，不敢相信自己就这么说了出来。车厢里一片沉默，只能听到雨敲打车顶和风挡玻璃的雨刷扫水的声音，丹尼尔关掉发动机，转过身来盯着我。

"你做了什么，弗兰琪？"

那一刻，我知道我可以信任他。如果我告诉他发生了什么事情，他应该不会报警，因为这件事也牵连到你，他不希望你的名字蒙上污点。

"是我们的错，"我低声说，把膝盖上的纸巾撕成碎片，"杰森的死的确是个意外，真的。但那天晚上我们也在那里。我们和他在一起。"

我小心翼翼地把我认为他需要知道的事情讲了出来。

在我父母旅馆的餐厅里一见到杰森，我们两个就都迷上了他，这一点我倒没有告诉丹尼尔，我也没对你承认过我有多么喜欢杰森——虽然你可以通过我和他调情的方式看出端倪。他是那年夏天我拒绝丹尼尔求爱的原因，我又怎么知道杰森会是同性恋？他从来没告诉过我们，只有十六岁的我也不至于精明世故到怀疑他的性取向。在我眼里，他只是个热辣、性感的大男孩，而且对我们两个很友善——从不厚此薄彼的友善。

几个星期之后，我们就成了朋友，我们三个经常在一起，他似乎不介意同时和好几个喜欢叽叽喳喳的女孩见面，但也好像更喜欢跟丹尼尔和他的朋友们出去玩。我知道他的成长经历并不愉快——当然，他更愿意和你讨论这些事。我知道他视你为家庭背景相似的同类，但我从来不觉得他会喜欢你，恕我直言，索芙，那时候的你很像一只丑小鸭，你只是后来才变成了白天鹅。是你聪明的头脑吸引了他，你们两个可以探讨各种我不感兴趣的问题，比如哲学什么的。虽然你在许多方面都非常天真，但在个别领域你却成熟得超越了自己的年龄。你母亲终日忙于养家糊口，你和丹尼尔只能自己照顾自己，但这并非你母亲的错，她在经济与情感上需要背负的东西实在太多。你很少谈起你的父亲，只说他是个蛮横暴力的恶霸，摆脱他之后，你母亲需要竭尽全力才能保证你们三个衣食无忧。

八月下旬的那个潮湿的夜晚，我们三人计划在老码头碰面，一醉方休。我们都还不到饮酒的合法年龄，生活在小镇的缺点之一就是，大家都知道你今年多大，所以既不会拿酒给我们喝，更不会卖酒给我们。杰森喜欢喝酒——现在我甚至怀疑他有酗酒的问题。因此（同时也为了给杰森留下深刻的印象），我决定从父母那里偷几瓶烈性酒——伏特加和朗姆。

你是醉得最快的那一个，或许因为你的身量小，所以酒量也不大。酒精给了你自信，让你有胆量做出一反常态的事，当你开始以最笨拙的方式撩拨杰森时，我非常震惊。你坐在他的腿上，搂着他的脖子，他看起来并不介意，似乎很享受这种被人重视的感觉，我甚至嫉妒起了你们两个。我们开始往酒里面掺可卡因，但这样也无法缓解醉酒的感觉，夜越来越深，我们也变得越来越醉。

我不记得是谁先挑起争端的——有可能是我，因为杰森过分注意你，也有可能是你，因为你怕我抢走他。作为最好的朋友，我们两个势均力敌，但在抢夺男生方面，通常最后的赢家是我，我喜欢赢，毕竟你总是在课堂上打败我，我也需要有超过你的地方。

我把手里的纸巾扭成一团。"我们吵了一架，"我告诉丹尼尔，"我和索菲。杰森试图阻止我们。索菲把他推开——没有用力，她不是故意的，但他已经喝得烂醉，哪怕轻轻一推也足以使他失去平衡。他撞倒了早已烂掉的木栏杆，掉进二十五英尺深的海水里。

"我们惊恐地看着他在水里挣扎，我们知道他会游泳，因为我们经常一起下海游泳。但是，也许因为潮水，也许因为喝了太多的酒，他没能一直漂浮在水面上，我们什么都不能做……"那一幕像倒带一样出现在我眼前，"只能眼看着他被海水吞噬。

"我们救不了他，你知道吗，丹？完全束手无策，我和索菲醉得厉害，而且那时候谁都没有手机，也许我当时应该跑出去喊救命，请住在附近的人过来帮忙，但我们什么都没做，吓得无法动弹，也害怕惹上麻烦，就这样，我们眼睁睁地看着一个年纪轻轻的生命淹死了。"

车厢里的沉寂像沉重的大锤一样压下来，几乎要将我砸得粉身碎骨。

终于，丹尼尔问："索菲告诉过莱昂吗？"他的语气冰冷生硬，就像好多年都没有开口说过话一样。

我摇摇头。"我真的不知道。我猜她曾经想要告诉莱昂，因为她讨厌对他撒谎，但她也很害怕。你为什么这么问？你觉得匿名信是他写的？"

他耸了耸肩，再次别过脸去，凝视着风挡玻璃，窗户上凝结了一层雾气，他重新发动汽车，再度响起的雨刷声让我感到放松了许多。"还有谁知道这件事，弗兰琪？他死了之后，又发生了什么？"

我闭上眼睛，想起事故发生后我们的震惊和恐惧，你跑到码头的另一侧干呕了半天，然后开始失控地尖叫，我不得不用力扇你耳光，逼你冷静下来，我拽着你的胳膊把你拖走，我们两个拼命往旅馆跑，这时候已经彻底醒了酒。我们冲进旅馆时，我父亲还没睡，坐在客厅看书，守着一杯威士忌。幸运的是客人们都已经睡觉去了，我还记得看到狼狈惊惶的我们时他那吃惊的表情，你的衣服前胸还沾着呕吐物，他张嘴问出"怎么回事"的样子像电影慢镜头一样在我们眼前播放。

我缓缓吐出一口气，睁开眼睛，"我爸爸。我们跑回旅馆，把事情告诉了他。是他要我们别告诉任何人的，他不想让警方介入，这是一个意外，他说。一场不幸的事故。他也不会告诉我妈妈。"

"你爸爸很擅长保守秘密。"丹尼尔说，我瞪了他一眼。

"我爸爸救了我们。"

"你自己都说了，这不过是个意外，你们是无辜的。可你为什么不能诚实一点，弗兰琪！也许这样就不会发生那些悲剧了，索菲也不会死。"他的语气越来越咄咄逼人，口水几乎要喷到我的脸上，我从来没见过他这么生气。

泪水从我眼中渗出，但我没有心思去擦。"我现在知道了。爸爸只是做了他认为正确的事。酒是我们从旅馆偷出来的，我们可能需要负一部分责任，报纸也会围绕这个问题大做文章，你自己清楚。爸爸也许还会因为这件事失去营业执照。"我怒视着他，仿佛当时只有十八岁的他假如知道此事，一定会在报上写文章抨击我们似的，"那他的生意就不用做了。"

"我还是不能相信，你们竟然一直瞒着我。"他说，现在他的语调冷静了一些，不再那么愤怒了，但他还是没有看我。

"我们瞒着每一个人。"

他接下来说出的话让我的骨头缝里直发凉："不是每个人，有人知道了，弗兰琪。他们可能想要报复。"

索菲
1997 年 7 月 20 日-星期日

　　我以为和弗兰琪一起工作会很有趣，但自从上周以来，她几乎没有和我说过话，我知道这是因为我没有按照她的意思和莱昂分手。三年过去了，我已经忘记了她有多么顽固，一切似乎都得按照她的意思来。看来在我们没见过面的这三年里，我的想象力把我们之间的友谊浪漫化了。就像丹尼尔一样，我童年的每一段记忆里面都有她的存在，她也会时常令我感到不安，即使在小的时候，她也很专横，假如我不听她的，她会不理我。我们九岁的时候，有一次我拒绝和她出去玩，因为我要窝在家里读新出的"马洛里塔系列"图画书，结果她一个星期都没和我说话。

　　昨天傍晚，我和海伦一起去了海滩，我忍不住把心中所有的苦水都倒给了她：弗兰琪不希望我和莱昂约会，她和我冷战，我们在一起工作时很尴尬——不过我没有告诉她关于杰森的事情。

　　弗兰琪回来之后，我无意中冷落了海伦，对此我感到很内疚。弗兰琪去上寄宿学校时，海伦是高中里和我最要好的朋友，我读大学时，她在本地的学院读书，我们两个始终保持联系，每年放假回奥德克里夫时，我都会和她见上一面。她有时候可能有点脾气暴躁，不像弗兰琪那样开朗，但我钦佩她的直言不讳。我们的友谊的唯一问题是她不喜欢弗兰琪。高二那年，她们两个大吵一架：有一天，弗兰琪跑进教室，头发上和脸上全都是蓝色的颜料，她径直扑向海伦，指责海伦把她锁在了美术器材储藏柜里，大家都知道弗兰琪有幽闭恐惧症，海伦否认是自己干的，但弗兰琪一口咬定就是她，因为当时美术器材室里只有她们两个人，弗兰琪四处散布消息，说海伦是校园恶霸。其实在此之前她俩就不算什么朋友，此后两人更是经常恶语相向，虽然海伦不愿承认，但我知道她很讨厌弗兰琪。

我们躺在沙滩毛巾上，躲在游乐帐篷的阴影中乘凉，空气沉闷无风，海面风平浪静，正在退潮。顺着海岸线向右看，远处就是老码头，像一个在派对上躲在人群边缘的腼腆少年。

海伦在她的毛巾上扭来扭去。她穿着短裤和比基尼上衣，虽然我们只在阳光下坐了十五分钟，她的胸部已经变成了粉红色。海滩上挤满了人：晒日光浴的一家子、玩水的小孩、扔飞盘的青少年。

"你觉得弗兰琪因为不希望你和莱昂交往，所以不给你好脸色看？"听我说完之后，海伦问。她用手遮住脸，眯起眼睛，太阳在无云的天空中微微膨胀。

我耸耸肩。"是的，她不想让我继续见他。她告诉我，几个月前，他曾经追求过她，被她拒绝后，他就开始缠着她。"

她扬起眉毛。"真的？你相信吗？"

"她为什么要说谎？"

"问题在于，弗兰琪已经习惯了被大家关注，她现在不喜欢你抢走别人对她的注意，而且她对你的占有欲也很强。"

"你这么觉得吗？"

她哼了一声。"那是当然。在学校里，没有人能够接近你，除了她。"

"学校里没有男生喜欢我。"说着，我想起自己以前戴着牙套和"国民健康"眼镜的傻样子。

"我不是指男生，除了弗兰琪，你都没法和别人交朋友，她把你当成私有财产，从小学开始就这样了，你只有她这一个好朋友，对不对？你过去只属于她一个人，现在她却要和莱昂分享你，她不喜欢这样。"

意识到我们竟然以这种方式讨论弗兰琪，我感到愧疚，况且有些事海伦并不知情。

她继续无情地抨击着弗兰琪："她的离开对你来说是件好事，让你有机会从她的阴影中走出来，可现在她却想要重新控制你，但你已经变了，早就不是三年前的那个你了。"

我坐起来，双手伸进晒得滚烫的沙子里，让细小的沙粒穿过我的指缝。我知道海伦说得对，即便莱昂不是杰森的表弟，我也不认为弗兰琪会愿意让我和他或者任何人约会，她早已习惯独占我了。

海伦也坐了起来，她在毛巾上翻了个身，面对着我："你不能再任她摆布了，索菲。"

我烦躁起来。"她没有摆布我……"

"你太善良了，她利用了这一点。她故意表现出不高兴的样子，让你觉得是你惹她不高兴的，愧疚感让你心烦意乱，不由自主地按照她的想法去做。你小的时候她就喜欢玩这种花招，现在还在故伎重演。"

　　我继续用手指耙沙。"友情的双方永远是不平等的，"我若有所思地说，"难道不对吗？总有一方处于相对强势的主导地位，现实就是如此。"

　　海伦皱起了眉头。"友谊意味着给予和接受，它应该是平等的……"

　　"你不觉得这样想有点天真吗？"我插话道，"人与人之间的不同决定了友谊也不是千篇一律的，每一位朋友都会让我们的个性呈现出独特的一面。在我们两个之中，弗兰琪更强势一些，当我和她在一起的时候，我会不自觉地回到我们小时候相处时的状态。"

　　她从包里拿出一瓶夏威夷热带晒黑油（我们喜欢这玩意，因为涂上之后很快就能出现晒黑效果，而且它闻起来像马里布朗姆酒），抹在已经晒黑的胸部。"那我们两个呢？我们的友谊是什么样的？"

　　"我不知道……我们两个非常平等，对不对？"我知道这句话有点水分，有时候海伦的暴脾气挺让人害怕的。

　　"没错。"她高兴地说。她开始给自己的腿擦晒黑油，油膏和沙粒混在一起，让她的小腿闪闪放光。她突然很认真地对我说："说真的，索菲，你过去可没有这么吸引人，我是说吸引男人，可瞧瞧你现在！"

　　我的脸火辣辣的，应该是红了，我不好意思地低头看着自己埋在沙子里的手，"哪有啊。"

　　"真的，不骗你。"

"弗兰琪才叫漂亮。"

"你也是。"

我觉得很不自在——无论别人怎么说，我永远感觉自己还是那个戴着牙套、皮肤不好的瘦小女孩，所以我改变了话题，和她讨论今晚几点去"地下室"。

我们又在沙滩上待了一个小时，然后穿着短裤和拖鞋在镇上闲逛，背上的沙滩包里塞着毛巾和晒黑油。我们在老码头的入口处停下来买冰淇淋，然后溜达到主步行道，五十年代的怀旧音乐在头顶飘荡。

就在这时，我看到穿着牛仔热裤和黑色比基尼上衣（这件衣服可以恰到好处地炫耀她的大胸）的弗兰琪挤开一大堆人，朝我们走来，我哥哥跟在她后面，脸上挂着他最近每次见到她都会露出的花痴表情，哪怕是在大热天，他还是穿着一身黑，不过是把平时的黑套衫和长大衣换成了黑T恤和牛仔裤而已，平时苍白的脸颊变得红扑扑的，前额的黑头发被汗水浸湿了。弗兰琪从来没有真正对丹尼尔感兴趣过——虽然他对她的迷恋非常显而易见，就差在脑门上竖一块"我喜欢她"的告示牌了。

看到他们在一起，我有点吃惊，他们从来没有如此高调地同时出现过。

来到我们面前时，弗兰琪拉长了脸，她看了看我和海伦挎着的胳膊，又看看我手里的冰淇淋，皱起眉头。

"去海滩了呀？"她问我，并没有理会海伦。

"没错，你有意见吗？"我说，虽然我很讨厌用这种语气说话，但我是在为海伦鸣不平，我也想向海伦证明她说得不对，让她看到我并没有让弗兰琪继续摆布我。

弗兰琪的表情有所软化，耸起的肩膀也垂了下来，整个人似乎缩小了一圈，不再像平时那么有气势，当然这也可能是与站在她身后的大个子丹尼尔两相对比的结果。她说："听着，索芙，对不起，我最近表现得非常讨人嫌，因为我心情不好。你今晚要去'地下室'吗？"

我感觉身边的海伦紧张起来，她松开了我的胳膊。

"去，海伦也去。"我说。我不能丢下她，哪怕弗兰琪向我低头示好也不行，这对海伦不公平。

"太好了。"弗兰琪说，仍然避免与海伦目光接触。她向前倾身，给了我一个拥抱。"我在那里等你。"

我们目送她离去，丹尼尔依旧是一副对弗兰琪垂涎三尺的模样。

"你们两个怎么会在一块的？"我们三个一起往回走时，我问丹尼尔。街上酷热难耐，成群的游客却还在悠闲地走来走去。

"她打电话给我，说想和我待一会儿。"丹尼尔面无表情地耸了耸肩，但我看得出他在为弗兰琪约他出去而感到暗自高兴。

"你亲她了？"海伦问。我们现在已经钻出了游客群，快要接近老码头了。

"不关你的事。"他脸红了。

"噢，我的天啊，你亲她了！"我叫道，"瞧瞧你那花痴样。"

"你到底摸了她没有？"海伦讥讽道，"你早就想摸那对大胸了吧？"

丹尼尔脸上的震惊让我们咯咯地笑起来。

"哦，滚蛋，你们两个。"他讪讪地走开了，我们俩留在原地哈哈大笑。

可现在我很担心。

丹尼尔多年来一直爱着弗兰琪，但她从来没有回应过他的感情，她大概只是想要一点关注而已。

如果她真的亲了我哥哥，那也是为了报复我。

真不知道她还能做出什么事来。

弗兰琪

2016 年 2 月 14 日 星期日

我们在洛肯家门口停下车，我突然感到很累，身体仿佛是用石头做的。

我无法忍受再次走进那栋房子，也不想再看到莱昂和他的流氓哥哥，这一切有什么意义？丹尼尔想从这里得到什么？无论他们两个中的哪一个知道发生在你身上的事情，都不会老老实实地告诉我们，我只想回家，回到我在伦敦的生活，我宁愿继续和迈克住在一起。我不应该答应回来的，不过，虽然我是这么想的，但我并没有诚实面对自己的内心：我怎么能放弃这个机会呢？我要帮助丹尼尔辨认你的遗体——残骸——这样才能最终让你安息。

"来吧，你还在等什么？"丹尼尔提高声音催促道。很明显，他还没有原谅我——可能永远不会原谅我——因为我刚刚告诉了他杰森的死因。他永远不会再像过去那样看待我了，我再也不是他想象中的那个人了。

你现在倒是解脱了，对不对，索芙？你走了，把一切留给我来处理，让我背负重担。为什么总是要由我来扮演强者和领导，帮助我俩摆脱困境？杰森死的那个晚上，解决问题的也是我，现在我还要独自面对这一切……

我正想告诉丹尼尔，我不打算回到这座令人沮丧的房子，这时一个高个子男人突然大步走过来，抢起拳头猛砸发动机罩，我吓了一跳，丹尼尔的脸变得更白了——只见洛肯隔着风挡玻璃，恶狠狠地盯着我们，他还穿着昨天那套满是油漆的连体工作服和工作靴，里面只有一件短袖T恤，这个男人难道不冷吗？他又砸了一下发动机罩，丹尼尔跳出车外。

　　我的疲劳消失了，肾上腺素飙升，也跟着跳了出去。

　　"你到底在干什么？"丹尼尔叫道，"别再打我的车了。"

　　"你想让我揍你吗？"洛肯咆哮着，"你到底在干什么？莱昂告诉我你昨天过来了，我们没有什么要告诉你的。"愤怒让他的西南乡村口音更明显了。

　　我绕到丹尼尔身旁，轻轻地捏了捏他的手臂，试图把他拉走，但他站在原地纹丝不动。"我只想知道，我妹妹失踪的那天晚上发生了什么。"

　　洛肯的脸拉得更长了。"我们没有什么可以告诉你的。赶紧滚出去。"

　　我觉得他们两人随时可能拳脚相向，现在我只能硬着头皮转移一下洛肯的注意力，于是我上前一步，说："洛肯，我知道你喜欢索菲，我记得你在'地下室'对她动手动脚，你那是骚扰她吗？你已经结婚了……你妻子知道了会怎么想……"

　　他朝我这边跨了一步，冲着我晃晃拳头，"去你的，高高在上的贵族小姐，你算哪根葱？过去这么多年还回来瞎掺和，想找我的事？白痴婊子。"

"够了，"丹尼尔喊道，他挡在我面前，盯着洛肯愤怒的脸，"不关她的事。"

"她可不能随随便便血口喷人。"洛肯唾沫横飞地咆哮道。

"她没有指责任何人。我们只是想和你谈谈……我们昨天和莱昂谈过了，他很愿意帮我们，可是……"

洛肯摇摇头，看了几眼丹尼尔，脸色有所缓和。"听着，伙计，"他用安抚的语气说，"对于你妹妹的事，我很抱歉，真的。我听说他们发现了她的尸体，但她的死和我没关系，请你放过我和我的家人。"

我们两个都还没来得及说话，洛肯就转身回到他的花园里，木门在他的身后砰然关闭。

我们盯着他的背影看了一会儿，然后丹尼尔转过脸来，悲伤地看着我："真是一场噩梦，比我想象的难得多，没人愿意和我说话。"

"你现在是记者，也许这就是原因。"

"不仅仅因为这个……"他叹了口气，"听着，弗兰琪，我觉得由你单独来调查可能会更好，我不出面。"

"什么？"

"就像你说的，我是记者，还是索菲的哥哥。但是你……"

"我不过是一个外人。"我叫道，"我回来以后，他们对我可不怎么友好，你听到洛肯和我说什么了吧，他叫我高高在上的婊子。"

他懊恼地摸了摸自己的头发。"我不知道还有什么别的办法。"

我们各自心事重重地站在人行道上。丹尼尔的手机震动起来，他从大衣口袋里掏出来。

"米娅？是的……不……"他透过浓密的长睫毛瞥了我一眼，随即转过身去，"好吧，我现在就回去。"他结束通话，把手机放回口袋。"我得走了，"他说，眼睛却没有看着我，"家里人……叫我回去。"

"这么说，她叫米娅……"我脱口而出，来不及制止自己。听到她的名字，丹尼尔沉下了脸，眯起了眼睛，显得更老成、更可畏。我能看出来，他不想把她牵扯进这件事，哪怕我只是说出了她的名字，他都觉得这是对她的玷污。他总是习惯把人和事划分得清清楚楚，我理解，因为我也是这样的。我知道他认为米娅不属于这个充斥着死亡、谋杀和复仇的污浊世界，她属于他的另一面，属于在慵懒闲适的星期天早晨轻松地翻阅报纸、吃早餐，亲亲热热地牵手散步的那种生活。嫉妒如同匕首一样刺中了我，又像是往我心里塞了一块沉重的大石头。

他走到汽车旁边，打开车门。"来吧。"

我突然对他生起气来。对米娅的嫉妒让我想要惩罚他。于是我说我要走回去，他耸耸肩，告诉我，他不认为这是个好主意，因为洛肯刚才那样朝我叫嚣，恐怕会暗中对我不利，可我能看出来，虽然丹尼尔还没走，心却早已飞回了家，他显然是在担心米娅。我想起我们差一点在度假公寓的厨房里接吻，当时他动摇了，我能感觉到，他暂时忘记了米娅，也许他不像他想的那样爱着她。

既然如此，我为什么不在多年前就接受他？

一切可能会因此而变得完全不同。

当我说我们之间从来没有发生过任何事情时，我错了。直到今天早上我才想起来，你死去的那个夏天，还发生过别的事，我和丹尼尔在码头后面亲吻拥抱过，但没有做爱，根本不会到那一步，因为那时我还不知道自己想要什么，他把一颗真心全都捧出来给我，我却不当一回事，现在得不到更有魅力的他，是我活该。

"我稍后给你发短信，我们需要决定下一步的行动。"他匆忙地说，我还没回应，他就钻进了驾驶室，我无语地看着他发动汽车开走了。

我穿过公寓房居住区，幸运的是，因为天气不好，这一带没有人活动，那些闲逛的青少年不见了，没有骑着自行车在街上乱窜的小孩，也没有钻到车底下修修补补的男人。我朝你曾经住过的罗宾路走去，虽然已经过去了近二十年，但我还记得去你家的路，那里和莱昂家只隔两条街，我仿佛回到了二十一岁——甚至十五岁、十二岁的时候，每天最想做的事就是躲进你的房间里听音乐。

我穿过从某条街的后巷通往另一条街的地下通道，来到一片绿树成荫的步行区，在这里，大部分六十年代末和七十年代初出现的房屋都是以相似的格局建造的——房前的绿化带可供孩子玩耍，无须担心被汽车撞倒，因为车库都在房子后面。

我不知不觉走到了123号门口，一排三栋房子的中间那栋，它看起来比我记忆中的更为破旧，白色的油漆从木质包层上剥落下来，原来的红色木门已经被白色的塑料双层玻璃门取代，颇具现代风格，但我的心里依然充满了浓烈的怀旧情绪，我恍惚间仿佛看到你从自己卧室——那个可以俯瞰房屋前方的小房间——的窗口向我招手。你的房间挂着皮埃罗窗帘，铺着与之相配的床罩，我们八岁时在那里听麦当娜和"五星"乐队的歌，后来年纪大了一点，又先后听起了"涅槃""珍珠果酱""布勒"和"绿洲"。

我知道自己不能在这里再待下去了，在这个镇上，过去如同鬼魅一样紧跟着我，我能感觉到你的存在，索菲，你似乎就站在我旁边，或者身后，我突然感到脊背发凉，我必须离开这里。

我转身往回走，穿过地下通道，沿着蜿蜒的街道来到主街，再走十分钟就到我住的度假公寓了，我决定回伦敦去，我无法在这里多待一个晚上，我不能忍受与自己的胡思乱想以及你的鬼魂做伴。

显然，丹尼尔已经放下过去，和米娅开始了新生活，他会没事的，他其实不需要我在这里陪他，米娅可以和他一起去辨认你的遗骸。经历了那么多，他依旧十分坚强，这是我意想不到的，看来他自己可以应付许多事，我却自愧没有能力继续帮助他。

天空下起了冻雨，微细的雪片从天而降，融化在人行道上，灰暗的海面波浪起伏，海水围着老码头的钢制支架打漩。簌簌发抖的我拉起外套的兜帽，可它也不能帮我抵御寒冷——虽然样式时髦，帽子的尺寸却不够，根本没法遮住头部。

我停下来，从包里摸出手机，继续向前走。幸好在街上还能接收到信号，走到老码头入口的两根灯柱那里，我靠在其中一根灯柱上给丹尼尔发短信：

　　　　我必须走了，丹尼尔，对不起，我要回家了。

　　　　　　　　　　　　　　　　　　　　　　　　　　F

抬起头来的时候，透过雨夹雪，我看到你站在老码头中央。你穿着牛仔裤，凌乱的头发贴在脸上，我倒吸一口气，虽然我的眼睛看到了你，但理智告诉我，你不可能出现在这里。

我眨了眨眼，低头看着手机，丹尼尔没有回复。我突然想到，我可以拍下你的照片，以此向自己证明我没有疯，可当我再次抬头时，你消失了，老码头上只有我一个人，我转过身去背对着码头，又把兜帽往头上拉了拉，深一脚浅一脚地朝山顶的公寓走去。冰冷的雨滴夹杂着细雪，不断地舔舐着我的脸。

你不是已经死了吗？为什么我还会屡次看到你？我要么彻底疯了，要么就是我们过去讲来讲去的那些码头闹鬼的故事都是真的，我不知道哪一种可能性更让人害怕。

索菲
1997 年 7 月 27 日 星期日

　　我是在凌晨时分写下这些的。虽然我明天得上班，需要睡眠，但我还是睡不着，因为我快要崩溃了！

　　一切都是从昨晚的"地下室"开始的。

　　昨天晚上，起初一切都很美妙——莱昂邀请我到他家去，他哥哥和嫂子不在家，我们可以享受二人世界，我知道这意味着什么：我们可以趁机做爱。自从我们四周前第一次见面以来，我就一直幻想和莱昂做爱，于是，我穿着我最好的内衣（崭新的黑色"神奇宝贝"文胸和蕾丝花边丁字裤）去赴约，但是，当我快要走到莱昂家门口的时候，却觉得惴惴不安，因为我想到他曾经喜欢弗兰琪，而她拥有沙漏般的魔鬼身材和傲人的大胸，我却和她正好相反，他会觉得我性感吗？

　　虽然过去的四个星期里，我们经常牵手、拥抱和亲吻，但莱昂并没有尝试采取下一步行动。有一次，隔着我的T恤衫，他把两只手放在我的胸部，这是迄今为止我们最为亲密的一次接触。

　　后来，关于杰森的秘密始终在阻碍我和莱昂的关系更进一步。

　　无论如何，当他敞开门，领我走进他家厨房的时候，空气中立刻充满了暧昧气息。当他带我上楼到他的卧室去时，我们几乎没怎么说话，他房间里只有一张狭窄的单人床，上面铺了一床曾经属于他哥哥的贺曼羽绒被，他把我的上衣脱下来，慢慢剥掉我的牛仔裤和T恤衫，手法很熟练，我穿着胸罩和内裤，躺在羽绒被上微微发抖。

事后，靠在他的怀里，盯着天花板上那些抽象的漩涡花纹，我被内疚感吞没，我知道这段关系不会持久，我仿佛能看到杰森的鬼魂就坐在我们两人中间，像个第三者。我试图甩掉这些消极的想法，享受当下的一刻，就在我打算在这里待一夜的时候，前门传来敲门声和斯蒂芙与洛肯的吵嚷声。

"真见鬼，我看到你了，你这个浑蛋。"斯蒂芙尖叫，然后我听到摔东西的声音，洛肯也朝斯蒂芙吼叫起来，但他的声音太低沉，听不清说了什么。

莱昂呻吟着转过脸来，用手肘撑起身子，"看来他们又吵起来了。"

"他们经常吵架吗？"

"孕妇内分泌失调，脾气不好，我哥哥就是这么说的。我们最好离开这里。"

我们穿上衣服，当我套上内裤、摸索着找胸罩时，房间里的气氛变得尴尬起来，我套上T恤衫，提起牛仔裤，莱昂背对着我急匆匆地穿衣服，差点被自己的裤腿绊倒。

后门"砰"的一声大响，整座房子都跟着震动起来。

"听起来他好像又出去了。"莱昂说，他松了一口气，抓住我的手，害羞地笑了，"我们去'地下室'吧？"

我表示同意，这才想起我曾经答应今晚在那里与弗兰琪和海伦碰面，我们悄悄地溜下楼梯，尽量避免惊动斯蒂芙，透过客厅敞开的门，我们看到她坐在沙发边缘。斯蒂芙又高又瘦，一头鬈曲的黑发被发夹向后固定着，露出前额，臃肿的身材仿佛T恤衫里塞了一只大西瓜，当她皱起眉头，用明亮的暗色眼睛瞪着你的时候，大多数女人会被吓到，但她漂亮、年轻，很可能比我大不了多少，她的双手搁在肚子上，下巴垂在胸部，我不禁有些担心她，莱昂犹豫了一下，把头伸进门里。

"你没事吧，斯蒂芙？"他说着便走进客厅，我在外面的走廊里不安地徘徊。

只听斯蒂芙冷哼了一声，告诉莱昂洛肯是个浑蛋，莱昂嘟囔着表示赞同，为了给他们一些隐私，我穿过走廊和厨房，来到花园里。十分钟后，莱昂从后门出来了。

"你在这里。"他说，看到我坐在矮墙上，他的脸上浮现出一丝释然，"我以为你走了。"

"我想给你们一些空间。她看起来很沮丧。"

"她现在没事了。但是洛肯一直对她很不好，她怀孕了，他还在外面勾搭别的女人。我不知道她究竟看上了他哪一点。"

来找莱昂的时候，我只见过洛肯一次，他长相凶狠，眼睛像莱昂的，但眼神更冷，从头到脚打量我的时候，我觉得自己仿佛一丝不挂，然后他色眯眯地朝我眨眨眼，我顿觉恶心。听莱昂说，他和斯蒂芙结婚两年，她十五岁时就和十七岁的他在一起了，从那时开始，他就一直背着她勾三搭四，可她却每次都原谅他。

"我和我哥哥不一样。"莱昂说，他拉着我的手往"地下室"走。

"我当然不希望你和他一样，"我笑道，"否则我不会和你约会的。"

当我们走到老码头时，他停下来，神情严肃。"我写了一首诗，是关于你的。"他在牛仔裤口袋里翻了半天，掏出一张皱巴巴的纸，把它递给我的时候，他的脸上露出抑制不住的笑容，"也是关于灵魂伴侣的。别，现在先别看。"看到我准备打开它，他急忙说，"留着回去再看。"

我把它塞进牛仔裤口袋，又摸了摸，迫不及待地想回家打开看。

他把我拉进怀里。"我知道，我们两个认识的时间并不长，"他对我低声耳语道，"但我总是忍不住想起你，索菲，我一直都在想着你。"

我感觉自己脸红了，我想起了弗兰琪的警告，不得不承认，莱昂的性格是有些黏糊糊的，但是我喜欢，我喜欢他坦率承认自己的感受的样子。

"我也有这种感觉。"我发自内心地说，觉得喉咙有些哽咽，那一刻，我很想抱住他，四肢紧紧箍住他的身体，让我们再次合二为一，永远不许他离开，但我知道这是不可能的，我必须放他走，这是迟早的事。

"地下室"里人声鼎沸，我在人群中寻找弗兰琪和海伦，但那些小小的地下房间里拥挤得过了头，烟气和水蒸气云雾般悬在半空，将人们笼罩得面目模糊，我辨认不清他们的脸，到处都是香烟和汗水的味道。

"她说好了在这里等我的。"我说。我们往吧台走去，我的眼睛被烟味刺激得想要流泪。"我也答应了她和海伦，会来这里找她们。"

莱昂耸耸肩，"噢，她不会介意的，弗兰琪总能找到伴儿，她无论走到哪里都会遇到仰慕者。"

我嫉妒极了，现在是质问他和弗兰琪究竟是怎么回事的最佳时机，但也害怕听到我不希望听到的回答，假如他告诉我他爱上过她，我肯定无法忍受，如果他仍然对她有感觉呢？我和弗兰琪是好朋友，我不想夹在他们中间做第三者，以前在学校的时候，我们两个还能同时追求杰森，但现在我不希望继续如此，莱昂对我来说太重要了，哪怕他永远不可能属于我，我也受不了这样。

我们在吧台前站了很长时间，忍受着路过的人的挨挤碰撞，突然，弗兰琪不知道从哪里冒了出来。

"你们两个都在啊。"说着，她钻到我们中间，搂住我们的脖子，呼出的气息有着波普甜酒的香甜味，"我找了你们很长时间，你说你十点钟过来的，索芙。"她似乎在不满意地哝着嘴说话，尽管如此，我的心情也没有受到她的影响，依旧很愉快，因为莱昂和我上床了，他深深地爱上了我——是我，不是弗兰琪。

莱昂去了厕所，弗兰琪拉着我走进舞池。

"你去哪儿了？""化学兄弟"的歌声响起，她不得不喊着问我。

"在莱昂家里……"

"你睡了他，对不对？我不是警告你了吗？你怎么能这样？"

"弗兰琪……"

她停止跳舞，盯着我看，双手叉腰。"这样不对，索菲。你知道的。"

　　我咬着嘴唇，很想哭，因为她说得没错。

　　然后我感觉莱昂的手搂住了我的腰，他的胯骨贴着我的屁股，随着音乐扭来扭去，他竟然在弗兰琪面前和我调情，我觉得很是尴尬。"莱昂……你在干什么？放开我！"然后我才注意到身后那个人的气味不对劲，不是莱昂常用的"CK一号"香水味，而是一种刺鼻的味道，我扭过头，震惊地看到洛肯对我咧着嘴笑。

　　我火冒三丈，用力把他推开。他到底在干什么？

　　"你和我弟弟干了什么？我们今天晚上回家的时候，你们两个是不是上床了？"洛肯的呼吸带着酒气，吐字含糊不清，我看到弗兰琪惊讶地睁大了眼睛。"你的屁股很不错嘛。"他轻佻地拍拍我的屁股，"可惜胸太小，不像你的这位朋友。"

　　弗兰琪抓住我的胳膊，以一种保护性的姿态把我拉到她身边。"洛肯，别跟个王八蛋似的，离我们远点。"

　　"什么？"他故作无辜地笑道，"我做错什么了吗？"

　　说时迟，那时快，上一秒洛肯还在我们面前摆出流里流气的样子，下一秒莱昂的拳头就砸到了他的脸上，莱昂怒吼着让他快滚。洛肯是个大个子，但他并没有试图防御或者反击，反而抛给我们一个受伤的眼神，仿佛我们是在学校操场上欺负他的恶霸，他灰溜溜地钻进人群，不知躲到哪里去了。

　　"你还好吗？"莱昂问我，没有搭理弗兰琪，"我哥哥一喝醉就这个德性。"

"他摸她屁股了，还有别的地方。"弗兰琪说，莱昂的表情变得阴沉起来，下巴上的青筋隐隐跳动，弗兰琪的添油加醋让我很是恼火。

"我自己能处理。"我对他们两个都很生气，因为他们好像以为我是玻璃做的，一戳就碎，但洛肯说我平胸，这句话真的刺激到了我，但愿莱昂没听见他说这个。

"简直想杀了他，他怎么敢这样对我女朋友。"莱昂自言自语，好像把我当成了自己的私有财产。我们是上过床，但并不等于他拥有了我。他夸张地抱住我，亲了我一下，仿佛刚刚从一场灾难（而不是某个白痴的脏手）中把我救了出来。越过他的肩膀，我看到弗兰琪在冲我翻白眼，似乎在说："我说得没错吧？"

那之后我们就离开了，莱昂陪我走回家，但我们一路上没怎么说话。我俩穿过购物街，经过酒店和民宿，穿过步行道，来到海边，沙滩上有一群男子在嘻嘻哈哈地举着瓶子喝酒，一群打扮得像花母鸡的妖艳妇女在路旁高声调笑，其中一个十分苗条，穿着暴露，脸上戴着面纱，这一带是镇上有名的寻花问柳之地。

莱昂搂着我的肩膀，我抱着他的腰，手搭在他牛仔裤的后袋上，但我们两个没有交谈，而是都在想各自的心事，弗兰琪的话似乎又在我耳边响起：死缠烂打、跟踪狂。但莱昂一直在保护我，难道不是吗？这说明他不仅仅是个醋意大发的男朋友，还是个用行动说话的男子汉，而且他的哥哥今晚表现得实在像个浑蛋。

来到我家门口，莱昂再次为洛肯的行为道歉："我太气愤了，他竟然对你动手动脚，索芙。他怎么敢？"

"我知道，但我可以照顾自己。"

我们在车库旁接吻，我很想请他进屋——我知道妈妈上夜班了——但我也想一个人静静，因为莱昂的暴力举动虽然勇敢，可也勾起了我试图埋葬的一些令人不快的童年记忆。

准备睡觉的时候，我想起裤兜里还有莱昂写给我的诗，就把它取出来，放在羽绒被上，读到纸上的文字时，我忍不住流泪了，浓烈的情感在诗中的字里行间涌动：

> 夕阳照亮码头，
>
> 抛光腐烂的金属，驱散我的恐惧，
>
> 它记得那曾经打磨这朽坏木板的人，
>
> 他们被人遗忘、不为人知，曾是他人所爱，现今却不复存在。
>
> 你如同白昼般美丽，穿透我苦思冥想的阴霾，
>
> 像我灵魂的灯塔，是指向彼岸的唯一路牌，
>
> 也注定要由海中的巨浪葬埋，
>
> 与我们一同死去，
>
> 永远束缚在这橙色天空覆盖下的大海。

弗兰琪

2016 年 2 月 14 日 星期日

　　我关上度假别墅那扇沉重的大门，头靠在门板上休息，从洛肯家离开之后，我的脑袋就昏昏沉沉的，我有些想要看到住在一楼公寓的那家人，只是为了让自己知道，在这座老旧的建筑里，我并不孤单，哪怕能听到碰撞管道的声音或者不明原因的吱吱嘎嘎声也好，然而，除了那天坐在丹尼尔的车上瞥见的那个老女人之外，我再也没遇到过别的住客。

　　昨天晚上，在被婴儿的尖叫声吵醒后，我蜷缩在沙发上，等待安眠药起效，就在这个时候，我清楚地听到楼梯上有脚步声。虽然外面狂风呼啸，窗框摇摇晃晃，但那个声音是在风停下来喘息的时候传到我的耳朵里的，很明显是地板在一个人的重量压迫下发出的声响。那时婴儿已经停止了哭泣，我凝神细听，努力分辨脚步声的去向，猛然意识到那声音来到了我的公寓门外。我的心跳到了嗓子眼，我把羽绒被裹在身上，蹒跚着走到门口，从猫眼里向外窥视，外面很黑，看不清楚。从小在旅馆长大的我知道，老房子可以发出各种各样的奇怪的声音，于是我告诉自己，这只是我的幻觉，不久之后我就睡着了，但连续两晚没睡好对我的情绪造成了严重的破坏。

　　第二天早晨，我来到楼下，鞋跟踩到了一样东西，低头一看，又一个看上去很眼熟的棕色A4信封静静地躺在门垫上，我弯腰捡起它来，不出预料地再次看到信封上印着我的名字。

这封信和前面两封不太一样，它更重，似乎装着大件的东西。

我把它撕开，夹层里露出金属物体的闪光，我的手指触碰到了冰冷又坚硬的东西———一对狗牌从信封里掉进了我摊开的手掌里。

我跑进卧室，匆忙拿出衣柜里的衣服，塞进旅行箱，这时前门的门铃响了，我来到客厅的飘窗前向外张望，你哥哥站在砾石车道上，就在我的路虎揽胜前面，表情阴冷可怕，我知道他是来阻止我离开的，然后我看清了他在看什么——我的发动机罩上被人扔了生鸡蛋，蛋黄在黑色的金属涂料的衬托下异常扎眼，我愤怒地转过身去。

我按动楼上的开关，敞开大门让丹尼尔进来，自己在公寓门口等着，楼梯上传来他的脚步声。

"我收到你的短信了，你不能回伦敦。"一来到我面前，他就说。他气喘吁吁，脸色苍白，"哦，对了，看来有些孩子用臭鸡蛋轰炸了你的车。"

我一言不发地走进公寓，他跟着我来到客厅，我的脚冻僵了，不得不套上好几双袜子。玻璃咖啡桌上搁着那只棕色信封，狗牌压在信封上，我在沙发上坐下，指指咖啡桌上的东西，蜷起腿来塞到屁股底下取暖。"我回到这个镇上，他们就拿这些东西来迎接我。"

他皱起眉头走过来，拿起狗牌反复端详，"狗牌？我不明白。"

"杰森的。"

"这是杰森的狗牌？"他难以置信地问。

"呃，我当然不指望这还是他……的时候……戴着的狗牌，"我没法说出那几个字，"但它们非常相似，他一直戴着这样的东西，记得吗？"

他眯起眼睛，好像在挖掘深埋脑海的关于杰森的记忆。"好像是的，我当时也想要一对来着，九十年代初的时候，他们都很愤怒。"他盯着手中的狗牌。

我从沙发上站起来，抢过他手里的东西。"这个镇上，有人把我当成了靶子，故意针对我。"我把狗牌放回咖啡桌上，"他们为什么要把这些东西送给我？"

"为了吓你，显而易见，"丹尼尔说，他来到飘窗前，"而且看起来似乎挺成功，你被吓得打算逃回伦敦了。"他背对着我，我只能看到他棱角分明的鼻子和下巴的轮廓。我很想知道他现在是不是透过飘窗看到你站在远处的老码头上，于是踱到他身边，因为有他在，我觉得自己勇敢了一点，可以直视老码头了——然而你走了，码头空空荡荡，冻雨变成了纯粹的雨水。

"我回去不是因为这个。"我很烦躁，他竟然认为这就是我想回家的原因，"想吓到我，这几封信还远远不够，现在又往我车上扔鸡蛋，简直可悲。"

"那可能只是孩子们捣乱……"

"狗牌肯定不是小孩的恶作剧，他们就是针对我，丹尼尔，他们一定认识杰森。"

我没告诉他，我是看到了你才吓得想回伦敦的，索芙，他要是知道了，肯定会觉得我疯了——我竟然在码头上看到了你，你还跟着我回家，似乎想告诉我什么事，也许是要警告我？听起来荒谬极了。我不信世上有鬼——你却总是相信，真是讽刺。你一直想离开这个小镇，现在却永远困在这里，阴魂不散，缠着它也缠着我。

丹尼尔重重地坐在沙发上，皮革被他压得嘎吱作响。"如果没有被吓到，那你为什么要离开？房租你已经付到了星期五，你可以留下来。"

"我有工作要做。"

"你有权享受假期。"

我翻了个白眼。"什么破假期。"我坐在他旁边，身上还穿着大衣，我把它裹得更紧了一点，丹尼尔起身点燃壁炉，橘红色的火焰惬意地翩翩起舞，温暖的琥珀色光芒驱散了灰色的暗影，整个房间的面貌为之一变，看起来不那么令人讨厌了。

我们小时候总想知道这些度假公寓的里面是什么样子的，你一直更喜欢镇子的这一侧，还有这边的老码头，你觉得码头上的破旧木板和生锈的金属条就像老去的电影明星，年衰色弛却依然美丽，那里象征着对往事的怀恋：爱德华时代的游客、戴草帽的男人、穿及踝长裙的女人，斜撑着褶皱遮阳伞，优雅地穿梭来去。你在老码头看到了浪漫，我看到的却只有丑陋。

丹尼尔拿起我的手，轻轻地揉搓着。"你的手真凉，弗兰琪，你还好吗？"

"我很好。我只是想到了索菲。"

他握紧我的手，突然非常认真地看着我。"别走，求你，留下来，至少再待几天，我……"他尴尬地吞了吞口水，脸红了，"我需要你。"

"我不知道……"

"你难道看不出来吗，"他说，声音越来越高，"把这些东西寄给你的人，显然想把你赶走，因为他们知道我们正在接近真相。"

我苦笑起来："可我们没有。我们根本不知道那天晚上发生了什么，什么都没探听到，已经过去许多年了，我想我们应该放下，继续各自的生活。"

他靠过来一点，我们的膝盖碰在一起，我感到一股欲望之火不受控制地升腾而起，他仍然握着我的手，他的脸距离我的脸只有几英寸，我能闻到他嘴里的薄荷味和身上的麝香香水味，像暖热的葡萄酒，我渴望抚摸他、亲吻他，但我不敢，现在不是时候。

"你应该留在这里，让那些人不安，弗兰琪，你必须明白这一点。再给我几天时间，好吗？"

"假如我有危险怎么办？"

他的语气变温和了："你在公寓里很安全，而且还有我在。"

"这座房子又大又空，这一带也很偏僻，连个人影都没有，孤零零的，我很孤单。"

"有一家人住在楼下。"

"我从来没见过他们，除了昨天那个老太太，还有晚上听到的孩子哭声。"

"他们很可能经常不在家，就像你一样。至少你知道他们也住在这里，你并不完全孤单。"

"哎呀，真是谢谢你。"我讥讽道，他当然觉得无所谓，他可以回家找他的女朋友，晚上有人给他暖床。

我真想回伊斯灵顿，回到正常的状态，再也不去考虑这些乱七八糟的事，立刻开始忙碌的工作，筹划新酒店的开业。然而，我答应过迈克，同意他在我家待到周末，这意味着假如现在回去，我将不得不面对他，这实在有点尴尬，而且我的决心也有可能动摇，甚至与他旧情复燃，重新拾起那段没有前途的关系……迈克说得对，我是胆小鬼，不敢面对他，想到这里，我觉得自己别无选择，只能待在这里。

老实说，我留下来还有别的动机，现在我知道你哥哥有了女朋友，如果我这时候走掉，那就意味着要永远和丹尼尔说再见了。

他劝诱道："你说你星期三会跟我一起去警察局，现在还是那个王八蛋警察负责这个案子，你还记得他吗？霍尔兹沃思警督。"

"就是她刚刚失踪时找我们问话的那个？"

他点点头，"当然，那时他还不是警督。"

霍尔兹沃思，我记得很清楚：高个子，相貌英俊，两只眼睛的颜色不一样，他调查了我们每个人，有针对性地盘问我们——直到他们找到了你的鞋，警察才放松了调查，好吧，是其他警察放松了调查，霍尔兹沃思警长除外。有一次我回到家，发现他在厨房和我妈妈喝茶，他一看到我眼睛就亮了起来，足足审问了我一个小时：你离开夜总会时，我在哪里？我最后一次看到你的时候是几点？哪些人对你有意见？这些问题他过去就问过我无数遍，我发现他向镇上的其他人也提出过同样的问题，包括我父母。过了几周，上司命令他停止调查，案件不了了之，直到现在。

"他像一条追逐骨头的狗，他似乎希望索菲是被谋杀的，好像这样调查起来就能更有乐趣似的。"

"但他的推测是对的，不是吗？"丹尼尔幽幽地说。

我吞了吞口水，喉咙火辣辣的，"我们怎么知道，你告诉他你的怀疑了吗？"

他摇摇头。"不……还没有，但我现在觉得应该告诉他，尤其是你还收到了这些威胁性的信件，要不，我们星期三去警察局的时候顺便和他谈谈？"

我浑身僵硬。一想到警察要介入这件事，我就不知所措，他们总是让我烦躁不安，我更加意识到，现在还不能走，不能让丹尼尔独自面对，我欠他的，我必须留下来，他希望我能陪着他，不是米娅——是我，这一定意味着什么，对不对，索芙？

"我不知道是否应该让警方介入，"我说，"他们又能做什么呢？如果真的有人想伤害我的话，肯定早就动手了。"

我站在壁炉旁，斟酌着吐出接下来的每一个字。"你认为，这个给我写信和送来这些东西的人——"我朝桌上的狗牌点点头，"是不是也知道索菲那天晚上发生了什么？"

"是的，没错。"

"那这个人肯定是莱昂，毕竟除了他之外，还有谁会知情？除了他的表弟，还有谁在乎杰森？莱昂就喜欢在这种事情里面找乐子。"

自从我警告你他不是什么好人之后，莱昂就恨上了我，索芙，而且，我们在你失踪后第二年发生一夜情的时候，从他对我的态度来看，他的恨意始终不曾消减半分。

丹尼尔耸耸肩。"也许吧。我不知道。索菲可能把你们的秘密告诉任何人。"

我皱起眉头。"那么海伦呢？上学的时候她就喜欢针对我，有一次我们打架，她打得我流鼻血，明知道我有幽闭恐惧症，还把我锁在一个小橱里，也许索菲向她坦白了，以此来惩罚我，她总是黏着索菲，想成为她最好的朋友，把我挤走，索菲却太善良，看不出海伦的居心。"

丹尼尔将信将疑。

"她一定把我们的秘密告诉了什么人，否则……"我故意吞下后面的半句话，反正泄密的不会是我。

他迟疑道："你爸爸。"

我仿佛被他打了一拳，"你什么意思？"

"他会告诉别人吗？"

我冷笑道："当然不会，是我爸爸不让我们告诉任何人的，我们向他保证了，反正我没有违背誓言，但我无法肯定索菲能不能一直保密，丹尼尔，她当时在和杰森的表弟约会！你知道索菲是多么的善良，她没法对他也保密，她一定感到非常内疚，很可能迫于压力说了出来。"

我们两个里面，你总是更明智、更有道德感，索芙，是你让我成为更好的人。

丹尼尔皱眉道："有可能，但她和他交往的时间并不长，大概只有六个星期？最多两个月？"

噢，丹尼尔。他对此一无所知，但是我知道，我记得你有多么喜欢莱昂，你们的确可能没有交往多久，但你们的关系简直是干柴烈火。

"她失踪前的几个小时，他们刚刚分手，"我回忆道，"我问起她这件事，她拒绝回答我，还溜进厕所偷偷地哭，莱昂也从家里跑了出去。"

丹尼尔变得心神不宁。"你认为她会不会告诉他杰森的事？因为这个他才和她分手？"

"我不知道。索菲说他爱她，但对我来说更像是痴迷。谁知道他们两个究竟怎么了，又为什么会分手？不过，假如是她先提出分手的，他肯定不会轻易放过她，他说他有不在场证明，但是……"

"任何人都可以伪造不在场证明，比如斯蒂芙和洛肯，他们会互相保护，人心隔肚皮，与我们最亲近的人也可能伤我们最深。"

我抬起头来，看着他的眼睛，"你现在怎么这么愤世嫉俗，过去的你可不是这样的。"

"没错，好吧，我变了。"他站起来走向窗户。失去你之后，他变得比我想象的更多。我想这并不奇怪，你们两个总是很亲密，我很羡慕你们的关系，你们两个互相取笑，也互相照顾和彼此保护。那天晚上没能保护你，他一定痛苦万分。

我走进厨房烧水，回到客厅时，丹尼尔正在低头看手机，嘴里骂骂咧咧。

"怎么了？"

他抬起头，面色疲惫。"米娅的短信，我告诉她我在上班。我知道，我知道……"看到我的表情，他补充道，"我不应该对她撒谎，但她有时候有点占有欲，不希望我花太多时间和你在一起。"

他看起来很尴尬，我耸了耸肩，有些兴奋，她竟然把我视作威胁。

"她知道你是在撒谎吗？"

"肯定知道，"他把手机扔到沙发上，"因为海伦去我家找我了，她显然想起了什么非常重要的事，米娅告诉她我在这里。"

海伦"突然"想起了一件非常重要的事，我对此并不感到惊讶，我总是告诉你，不能信任她。我知道她昨天在跟我说谎。

海伦知道什么重要的事？

索菲

1997 年 7 月 27 日 星期日

我做了这么愚蠢的事情，绝对不可原谅。我爱莱昂，昨天晚上，为了保护我，他揍了他哥哥，他哥哥表现得像个色狼，虽然这并不意味着莱昂也会伤害我，但是……我记得小时候父亲对母亲做过的事，从那时起，我就下决心以后不和有暴力倾向的男人交往。

我总是羡慕弗兰琪有个阿利斯泰尔那样的父亲，她享受着他无条件的关爱。我对他的感觉一直很复杂，对我来说，他既能给我父爱般的关怀，又是个有魅力的老男人，而且他长得很像凯文·科斯特纳，他是第一个关心我的男人，真心想知道我对于未来的打算、在学校的表现、是不是觉得快乐。

所以……我吻了他。没错，这是真的。我的感觉很糟糕，我的表现不像我自己，我也不想成为这样的人，我不会亲吻已婚男人或者我朋友的父亲，不会背叛任何人。

事情发生在午饭时间，从那以后，我一直感到内疚。

那时我刚刚开始当天的工作，我在 5 号房铺床、更换脏杯子，阿利斯泰尔突然走进来，他没料到我在里面，就笑着嘟囔了一句抱歉的话，正要出去的时候，他似乎注意到我有什么地方不对劲，也许是我的表情，我从来不擅长隐藏自己的感受。

"你怎么了？"他问，顺手把门关上，走进房间，一只手握着我的胳膊安慰我，我立刻有种触电般的感觉，那一刻，我只想得到一个像他这样的男人，成熟、强大、快乐、有趣，总是能把事情处理好，和莱昂不一样。我清楚地记得，杰森溺死之后，阿利斯泰尔是如何帮助我们熬过那个可怕的夜晚的：我带着一身呕吐物，惊慌失措地走进他家里，身体不受控制地一直颤抖，我甚至怀疑它永远都停不下来，阿利斯泰尔把我裹在毛毯里，让我喝了几口白兰地，告诉我一切都会好起来——他会处理好一切。我坐在那里，战战兢兢地小口抿着白兰地，他的抚慰让我平静下来，弗兰琪裹着自己的毯子坐在我旁边，状态比我好不了多少，泪水顺着她的脸淌下来，然而对于那个夜晚，我记忆的主体并非弗兰琪，我的眼中只有阿利斯泰尔。

　　在旅馆客房里，我不由自主地把所有的事情都告诉了他：莱昂是杰森的表弟，我不敢告诉他杰森是怎么死的，莱昂打了洛肯，我知道我必须和莱昂分手。阿利斯泰尔坐在我旁边，我像个闯了祸的青少年那样痛哭流涕，他的胳膊搂着我的肩膀，我感到放松下来，我不能对莱昂诚实，但我可以向阿利斯泰尔倾诉。我哭着把脸埋在他的胸前，嗅着他身上的香味——他用的须后水很昂贵，散发着成熟的味道，亚麻衬衫上还有干净的洗衣粉味，他抚摸着我的头发和脊背，我抬起头，看着他的眼睛，我还来不及反应，我们的嘴唇就碰到了一起……我们接吻了，那一刻我忘了自己是谁，也忘了他是谁，他真的很擅长接吻，当他的舌头开始在我嘴里探索的时候，我突然感到羞愧起来：我刚才只是因为莱昂而心烦意乱，碰巧被他看到了而已，怎么会发展成这样。他也很尴尬，从床上跳起来，抓耳挠腮地一遍又一遍道歉。我告诉他没关系，这是我的错，甚至不小心说漏了嘴，承认我十几岁的时候曾经暗恋他。我猜，亲吻他一直是我藏在内心深处的幻想，但它只能是幻想，决不能变为现实。他让我保证永远不要告诉任何人。又一个承诺。又一个秘密。又一件让我感到内疚的事情。

但是，无论如何，我做出了承诺。

我背叛了我最好的朋友和我的男朋友。假如弗兰琪、她的母亲和莱昂知道我做了什么的话，我怎么还能有脸见他们？

弗兰琪

2016 年 2 月 14 日 星期日

门铃声在公寓里回荡，丹尼尔依旧站在窗边，向前倾身，想要看看外面究竟是谁。

"她来了。"他转过身来，满脸惊恐和激动，眼睛亮闪闪的，"她到底想起了什么？"我不想看到希望变成失望，更愿意见到这样的丹尼尔，你还活着的时候，他总是如此乐观，哪怕有点盲目，他一直觉得，即使他拿不到中学毕业证，没有工作，日子也能过得下去。但愿海伦能够带来好消息，我不希望他变回那个郁郁寡欢的丹尼尔。

我抓起咖啡桌上的狗牌和信封，跑进卧室。虽然不知道为什么，但我还是把它们藏在羽绒被下面。假如匿名信是海伦送来的——我认为她做得出如此恶毒的事——我不想让她知道我有多么不安。你是不是把我们的秘密告诉她了？看来我并不像我所想象的那样了解你。

我按下对讲机上的按钮，让她进来。当我打开公寓门，等着她上来的时候，丹尼尔溜进了走廊。海伦爬了很久的楼梯才来到二楼，微微有点喘，嘴唇上方的汗水闪闪发亮，被雨打湿的及肩棕色长发卷曲起来，她穿着破旧的长裙和靴子，上身是一件棕色羊毛外套，这件衣服的品位实在不怎么样，就外貌而言，她唯一的可取之处是那双糖蜜色的眼睛。

"弗兰琪。"踏上楼梯平台，她面无表情地说。

我没问她怎么知道我住在这里，因为全镇的人可能都知道我的住处，这让我感到自己不堪一击，就像暴露在枪口下的猎物。

"海伦，"我同样面无表情地说，"我能为你做什么？"

"我能进来吗？"

我打开门，站在一旁，让她跨进门槛。进了走廊，她慢悠悠地吹了一声口哨，"太豪华了，不是吗？弗兰琪夫人总是享用最好的。"

我火冒三丈。以前只有你的哥哥叫我"弗兰琪夫人"，现在她怎么也这样叫我？丹尼尔和她背地里议论我了吗？我很想让她赶紧滚蛋，我知道她是你的朋友，你很重视她，我去寄宿学校读书时（顺便说一句，我讨厌那里），她经常和你在一起，取代了我的位置，但她对我可一直不怎么好，你要么真的不知情，要么就是选择视而不见。

"丹尼尔！"看到他站在我身后，她叫道，"你可真难找啊，我去了你办公室和你家都没发现你。"

"真的？我还以为你对我们的行踪了如指掌呢，海伦。"我露出甜美的假笑，她皱起眉头。

"你在说什么？"

"你怎么知道我住在这里？"

"斯坦告诉我的。"

"斯坦？"

你总说售货亭的斯坦是个变态，会色眯眯地盯着你看，他的眼睛像他卖的黑线鳕鱼的眼睛一样呆滞冷酷。

"没错。"

"谁告诉他的？"

"莱昂。"

我应该没告诉过莱昂我住在这里，可能是丹尼尔说的，但这一点并不重要，问题在于，这些人中的任何一个都有可能送匿名信来吓唬我，看来我得再去拜访一下莱昂——不带丹尼尔，我需要单独处理这件事。

海伦走进客厅，赞叹着这里的可爱——抛光的木地板、舒适的靠垫、真正的壁炉和海景。"在这里住要花很多钱吧？"她走到飘窗前，"风景真美啊！"

"没花多少钱，现在是旅游淡季，丹尼尔的朋友还给我打了折。"我希望她快些说重点。

她转向我，打了个寒噤，"噢，这里挺冷的，不是吗？生着壁炉也没用。"

这套公寓一直都很冷，我早就注意到了，是不是你也在这里的缘故？

炉火突然熄灭了，仿佛你已经回答了我的问题。

"见鬼了！"海伦惊恐地望着炉底的灰烬，"怎么一下子就灭了！"

"我来重新点燃。"丹尼尔说。他走到壁炉前，我们两个看着他堆起木柴，掏出打火机，可无论他怎么努力，火就是点不着。

他站起来，无奈地耸耸肩膀。"等一下再试试。海伦，你为什么不坐下呢？"

我自告奋勇去厨房煮茶。我端着三杯PG Tips（你最喜欢的茶，很可能这正是你哥哥买这种茶带到公寓的原因）回到客厅，丹尼尔和海伦已经并排坐在了沙发上，我把托盘放在咖啡桌上，告诉他们自己加牛奶和糖。我在窗边的灰色天鹅绒椅子上坐下，窗户有点漏风，木头窗框无法把气流完全挡在室外。我捧起茶杯，用它来暖手，我真的希望丹尼尔能重新点燃壁炉，暖气片虽很热，室内的温度却并没有提高多少，风在壁炉的烟囱里嚎叫。

"海伦，你来有什么事吗？"我开门见山地问，因为丹尼尔显然不会如我这般坦率。

"嗯，我突然想起了一件事，就到你办公室去找你。丹，我知道你工作有多辛苦，所以猜想你周末可能也在那里加班，可你不在那，我就去了你家，见到了米娅，可爱的姑娘，真漂亮。"她扬扬得意地瞥了我一眼，"她告诉我你上班去了，我说你不在办公室，她有点吃惊，然后说你大概在弗兰琪这里，于是我就来了，走了很长的路呢，你家离这里太远啦。"她轻声笑道，"我要是会开车就好了。"

丹尼尔拧了拧身子，看起来挺不自在，很可能是意识到回家之后不会有好果子吃。我越过马克杯的杯口打量他，你哥哥过去总是那么诚实，现在却学会了说谎，也许他的变化比我想象中的还要大。

我握紧茶杯，视线从丹尼尔那边挪到了海伦身上。"你想起了什么？"我问，尽量让自己的声音保持冷静，其实我心里很想对她大喊"快说重点"。

她不耐烦地噘起嘴巴，似乎读懂了我的心思，然后喝了一大口茶水，鼓着嘴不说话。过了一会儿，她终于开口道："她失踪前的几个星期……"

"她去世前。"丹尼尔纠正道。

"是的，是的，她去世前，索菲请我帮忙。"

"帮什么忙？"我问。我很难相信你会向海伦求助，为什么不来找我？她是不是在故意彰显自己的重要性？用得着这么夸张吗？

她清清嗓子。"她需要钱，她找到了一份编辑助理的工作，高兴极了，还记得吗？总之，她想在工作开始前的几个星期离开奥德克里夫，但没有足够的钱。"

丹尼尔皱眉道："好吧，这么说……"

"我还没说完，她说有个人让她的日子很不好过，一个男人，她需要离开这里，她似乎很害怕这个人。"

"你没问问她这个人是谁？"丹尼尔说。

"当然问了，可她不告诉我，我甚至猜想那个人是她爸爸。"她低下头，面有愧色，"索菲把所有关于他的事告诉了我。对不起，丹。他真是个王八蛋。"

我很震惊，你竟然会把他的事告诉海伦，你对我提起你的父亲也才不过几次，我甚至不知道他的名字。

"据我所知，我们离开后就再也没有见过他，也没有听说过他……"丹尼尔转向我，"她和你说过这些事吗？"

我沮丧地摇摇头，你竟然不来找我，反而去找海伦。"什么时候的事？"我问。

"大概八月底的时候，她失踪前一个星期——"海伦看了丹尼尔一眼，"去世前。"

她向前倾身，把杯子放回托盘上，然后从脚边的包里掏出一截粉红色的厕纸，擤了擤鼻子，"我当时竟然没告诉你这件事，它可能意味着什么，她说的那个人会不会是洛肯？他现在还是那么不着调。唉，关于他的各种传言实在是太多了，酒吧里闲话满天飞。"

我想象得出。

她擦了擦眼睛，但我确定她并没有流泪。"我经常猜想……"她盯着丹尼尔，好像不知道该不该继续说下去。

"接着说。"他说。

"我想也许……她可能是自杀的。"

"她永远不会这么做。"他站起来，他的不安使我感到焦虑，"没有自杀遗言，除了那只运动鞋，卡在码头的两块木板之间，她什么都没有留下。"他摇摇头，"该死的霍尔兹沃思和你想的一样，但我不相信，我不能……"

"她会不会是不小心掉下去的？鞋子被卡住了，没站稳？"

丹尼尔在屋里来回走动，我看出他在竭力压抑自己的愤怒。我颤抖着裹紧了身上的大衣，他的动作带起了一股寒流，室内变得更冷了。

"她绝不会半夜独自到码头去。"他说，"我想——弗兰琪也这么认为——她在那里约了人见面。"

海伦抽了抽鼻子。"好吧，我支持你的设想，我会帮你的忙。"
她转向我，面露挑衅，"索菲一直对我很好，她是个好朋友。"

她的评论听起来很刺耳，好像在暗示我不是你的好朋友。

她是不是知道更多的内情？

索菲

莱昂打电话过来，说要来找我，我拒绝了。对于我自己和阿利斯泰尔之间发生的事，我感到很惭愧，我现在没脸面对莱昂。

虽然我讨厌承认，但弗兰琪是对的，她什么都说得很对，尤其是关于莱昂。我应该听她的话。她一直是我们两个里面比较聪明的那个，明白事情背后的道理和人性。我们上学的时候，她毫不费力地指引我应付各种社交难题，虽然我是个笨嘴拙舌的怪胎，但没有人找我的麻烦，因为我是备受欢迎的弗兰西丝卡·豪伊最好的朋友。

我们上小学的第一天——几天前，妈妈刚刚把我、丹尼尔和我们所有的微薄财产塞进她那辆老福特车，载着我们来到这个国家的另一端——我站在新同学们面前，二十八张陌生的面孔茫然地凝视着我，在他们中间，她就像野草丛中的罂粟花，鹤立鸡群。老师问谁愿意和我做朋友，看到她举起了手，我简直不敢相信：这个漂亮的女孩，有一双猫一样的绿色大眼睛，竟然想和我做朋友。从此以后，我就像个跟班那样黏住了她，男生给我起了个外号"牡蛎"，没错，他们不叫我"四眼""豆芽"或者"跳蚤"（这是以前那些小孩给我起过的外号），而是叫我"牡蛎"，因为我像牡蛎贴在岩石上那样整天跟着弗兰琪。

　　长大一些之后，我发现有些小孩会反对她，认为她骄傲自大，但事实并非如此，在光鲜的外表之下，弗兰琪与其他青少年一样缺乏安全感，她想要的只是被人喜欢。

　　她保护我，并且一直在努力，只是，有些时候我会觉得这种保护令人窒息，我无论做什么都需要她点头，后来，我们做了十年的好朋友以后，她离开了，我不得不再次依靠自己，好了，瞧瞧我自己都做了些什么吧！

　　我不知道我还能忍受自己到什么时候。

弗兰琪

2016 年 2 月 14 日 星期日

    我站在窗口边，看到海伦钻进丹尼尔的车里，她看起来真的挺老，几乎比实际年龄大了十岁——虽然她那轻蔑的表情仍旧和二十一岁的时候一模一样。丹尼尔提出开车送她回家，可她就住在"海鸥"酒吧楼上，离这里步行只有十分钟，我看着灰色的天空，雨已经停了，但云团依旧肿胀，仿佛快要爆裂，我一不小心就会瞥到老码头，真是受不了，但是，除了一只随风飘荡的塑料袋，那里什么都没有。

    我收回视线，看到丹尼尔倒出车道，轮胎在碎石上颠了一下，我突然偏执地认定，他们两个正在谈论我。海伦为什么会让我觉得如此烦躁？也许因为她似乎总是对我的魅力免疫，无论我在学校里表现得多么诙谐风趣，她都会冷眼旁观，仿佛知道我的皮相底下藏着一个虚伪的骗子。她对我从来不感兴趣，无论我如何尝试，她总是喜欢你。以前我觉得这是因为我漂亮，我父母有钱，而你和她一样长相平凡，但这个理论在你大学毕业后重又出现、变成白天鹅的时候被证明是错误的——海伦还是想当你的朋友。

    我的车后面出现了一个人影，我吓了一跳，皱起眉头，靠在窗上细看，原来是住在楼下公寓的女人，她在做什么？她似乎在垃圾桶里翻翻找找，掏出一份报纸和一个信封——也有可能是一张纸——看上去有点潮湿，皱巴巴的，她把它们兜在外套下面，回屋去了。

我从窗前转过身来，我不在乎什么海伦或者楼下的女人，我现在最需要和莱昂谈谈，因为我认为你确实把我们的秘密告诉他了，我不怪你，我知道你是出于无奈，这正是我一直担心的，也是我敦促你结束与他的关系的原因，好吧，严格来说还有其他原因：你不想和他分手，你爱上了他，而我也喜欢他，在男人方面，我们总是拥有同样的品位。

我开着路虎在公寓房居住区里闲荡，像个想要勾引姑娘的年轻飙车选手。假如洛肯也在外面，但愿他不会认出我的车，可他家门口的车道是空的，砖地上只有一辆生锈的老雷诺，早已弃置不用。我在车库门口停下车，但篱笆太高，我看不到房子里面，只能看到白色的木质立面和楼上的两个矩形窗口，它们如同戴着眼镜的眼睛一样，凝视着大门外的我。其中的一个窗口一定是卧室，另一个则属于浴室，因为玻璃是磨砂的。莱昂有没有可能住在这间卧室呢？我眯起眼睛，竭力辨认窗帘上的花纹，好像是粉色的？

我关掉发动机，静静等待。谢天谢地，雨已经冲掉了我车上的大部分蛋液，只能看到仅剩的一点残留物。

为了避免惹恼洛肯，我打算去敲后门，我需要见见莱昂，弄清楚是不是他给我送的匿名信。如果他希望吓唬我，那么他成功了。

因为关了发动机，车里的温度降了下来，冷风从通风口趁虚而入，我不知道自己还能坐在这里忍受多久，莱昂也许不会出来。在这个阴郁的星期天下午，他为什么要跑到外面来？他现在很可能正在家里看电视。

当我再也无法忍耐寒冷的时候，我下了车，鼓足勇气，推开大门，穿过花园，向后门走去，尽管我表面上气势汹汹，心却怦怦直跳，我紧了紧脖子上的围巾，仿佛它有保护我的魔力。真是怕什么来什么，洛肯出现在了门口。

"你想干什么？"他吼道，庞大的块头堵住了整个门框，我根本看不到厨房里面。

"我不是来找麻烦的，"我以最和蔼可亲的口吻说道，"我可以和莱昂说几句吗？"

"如果你要说的和索菲·科利尔有关，那就没门。"他咆哮道，"我已经受够了。"他拽了拽工装裤上的带子，似乎在强调自己的论点。他吐字含糊不清，身上有股陈年的酒味。

"和她没关系。"我撒谎道，"好啦，洛肯，我们是老朋友了，我只想和他叙叙旧，我是一个人来的，丹尼尔没来。"我尽量用轻柔却又不失之轻浮的语气说。

洛肯下流地看了我一眼。"啊，我明白了。"他拍拍啤酒肚，"好吧，那你进来吧。"他退后一步，我小心翼翼地走进厨房。"斯蒂芙，莱昂。"他吼道，嘴里喷出的臭气差点把我熏晕，我后退了好几步，脊背碰到了厨房的台面。

斯蒂芙走进厨房，我只能猜测她就是斯蒂芙，因为眼前这个女人和我记忆中的那个卷发、面无表情的女孩没有半点相似，她身材臃肿，粗硬的头发里夹杂着银丝，脸上没有化妆。

在学校的时候，斯蒂芙比我们大一级，总是对我侧目而视，好像我身上的味道特别难闻似的。她是那种憎恨其他女孩的女生，把她们视为自己的竞争对手。

然而，现在这个斯蒂芙却热情地对我微笑："弗兰琪，你好吗？亲爱的。好久不见。"

我给她一个试探性的微笑，想知道她是不是在诱哄我，给我一种虚假的安全感，从而套出我的话，接着，我突然意识到，我们早已不再是十几岁的小孩，都已年近中年，她也早就做了母亲，我们都变了。

"让斯蒂芙来招呼你吧，"洛肯笑道，"我去酒吧了。"

斯蒂芙没理他，匆匆忙忙地找出水壶来煮茶，我惊讶地看着她——难道这就是留在奥德克里夫的女人的最终命运？结婚、变胖、再也不染头发？但这样想未免对斯蒂芙不公平，曾经的她哪怕穿着最廉价的衣服也照样迷人，而海伦就从来没有这种魅力，另外，斯蒂芙看上去似乎比以前快乐了，不再是那个永远皱着眉头、牙尖嘴利的女孩，多余的脂肪让她的脸部线条柔和了许多，她是最终做到了对洛肯的外遇视若无睹，还是再也不在乎了？

她转向我，递给我一杯茶，我没要她一起拿给我的糖。

"过来坐吧。"她说，我跟着她走进客厅，坐在沙发边缘。"莱昂！"她叫道，"弗兰琪来了。"

我无法想象莱昂多年以后又回到这里住会有什么感觉，压抑？郁闷？他这些年来在做什么？在哪里工作？

"你怎么样？"她问道。

"很好，谢谢。"

"听说你爸爸……"

他们大概经常在酒吧里聊起这件事。

"你们肯定受到了很大的打击。你妈妈怎么样？"

"是的。她很好。"

"我能想象。"

"你怎么样？"我问她，试图改变话题，我不想谈我爸爸，他讨厌背地里被人谈论，虽然我们已经从这里搬走很多年了，但镇上的居民对我们实在太熟了，我爸爸不仅是当地的生意人，还在镇议会担任职务，就像他说的，"什么事都要插一手"。"我要去见见养狗的。"我小时候，他会这样对我说，敲着鼻子朝我眨眼睛。我六岁的时候，他第一次跟我这么说，于是我坐在窗前，鼻子贴在玻璃上，等了一下午，以为他会带着一只小狗回家，随着年龄的增长，我意识到他不过是出去谈生意，奥德克里夫的每个人都知道阿利斯泰尔·豪伊是谁。

斯蒂芙咯咯地笑起来，"我一直很忙，忙着照顾五个孩子，我家的凯特琳刚生了孩子，我现在是外婆了，你相信吗？四十一岁就当外婆。"

我带着礼貌的微笑问候了凯特琳和她的宝宝的情况。斯蒂芙问我有没有孩子，我知道她会这么问，我回答没有，一直没成功，非常遗憾。

一个阴影落到我眼前的墙壁上，我回头看去，莱昂站在走廊里。

"弗兰琪，你又来了？"

"我……呃，"我咳嗽起来，突然觉得不舒服，也许我不该来，"嗯，是的，我想问问你，有没有空出去喝一杯？"

他吃惊地瞥了一眼手表。"现在才两点。"

"那就吃个午饭？我饿死了。"

"我可以给你做点吃的。"斯蒂芙站起来。

莱昂轻蔑地摆摆手。"不，不用你忙，斯蒂芙，我们这就出去。我们有许多话要说，对不对，弗兰琪？"

他的语气轻描淡写，而且挑起一侧的眉毛看着我，然而即使斯蒂芙毫无所察，我也听得出他话语背后暗流涌动，他抓住我的胳膊，把我带出房间。

"在这等着。"他命令道，我尴尬地站在狭窄的走廊里，看着他抓起一件搭在楼梯扶手上的雨衣，往身上一套，点头示意我跟着他走，接着又伸出胳膊，亲自把我拽出了门。

"啊，你弄疼我的胳膊了，"他扯着我穿过花园门，我说，"你不用这么粗鲁。"

"你来这里干什么？"他厉声问道。

"我想见你。"

"我昨天才见到你。你怎么又来了？"他那双蓝色的眼睛冰冷而凌厉。

"有重要的事，但我不能在这里解释。我们可以去别的地方说吗？"

接下来的那一瞬，我怀疑他很可能开口让我赶紧滚，于是我屏住呼吸，谁知他妥协般地点了点头，我这才松了一口气，按动遥控钥匙打开车门，他拉开副驾驶那边的门，滑到奶油色的皮座椅上，我钻进驾驶室，尽量不往他那边看，发动汽车朝镇上开去。

我把车停在一处俯瞰泥泞的沙地和老码头的空位，海里正在退潮，荒凉的海滩上现出大大小小的水坑，膨胀的云层终于忍无可忍地爆裂开来，雨倾盆而至，泼在车顶和风挡玻璃上，遮住了我们的视线。车厢里的空气沉重压抑，我关掉了发动机。

"你想怎么样，弗兰琪？我可没有时间和精力陪你玩游戏。"他转过身来，皱着眉头看我。他不喜欢我，这很明显，索芙，因为他紧绷着肩膀，目光冷酷，根本不屑于隐藏自己的怒气，他昨天对我很客气——我猜那是被迫的，今天所有装出来的友善全部消失了。

这么多年了，他始终没有原谅我。

"弗兰琪？"他不耐烦的声音让我回过神来。

"对不起。"我不自在地扭了扭身体，想要张嘴说话，却不知该说什么。

"是你给我送匿名信，想吓唬我吗？"我终于问。

他似乎吃了一惊，"你在说什么？"

我尽可能简单地解释了匿名信的事。

"我为什么要这么做？"

"我不知道。"我说谎道，如果他不知道杰森的死因——假如你没对他泄密的话——我不能多说。

他皱起眉头，眼睛眯成一条线，"怎么回事，弗兰琪？你有什么要告诉我的吗？"

我觉得自己脸红了。"没，当然没有。"

雨突然停了，就像它突然下起来的时候那样。

我们之间弥漫着一种不安的沉默，我过去怎么会觉得自己爱上了他？真是太虚荣、太天真了。多年来，我始终认为他是逃跑的一方，从那时起，我所谓的"闪亮"生活中就发生了许多更糟糕的事情，比如婚姻崩溃、多次流产、发现了你的遗骸。

"我很快就要到别处工作了，"莱昂伸手去够门把手，"我又签了一份合同，这次是迪拜。"

"恭喜。"我说。

他再次眯起眼睛看我，仿佛我在讽刺他。

"我不知道是谁给你写的匿名信，弗兰琪，也许这事和你爸爸有关系。"

"跟我爸爸没关系。"

他朝我微笑，但笑意未及眼底。那一刻，我看到洛肯的那种残忍神情也出现在他的脸上，以前我为什么会看上他？你又是看中了他的哪一点？

"我读过他的新闻，在报纸上，他是个好人。"

"他是个好人。"我很想哭出来，"这些都不是真的，所有这一切。"

他耸耸肩。"随便吧。"

我突然克制不住地想要打他，于是握紧拳头。"出去。"我说。

"求之不得。"他打开车门，但是并没有出去，反而凝视着我，嘴唇残忍地扭曲着，"你受不了我爱她，对不对？"

"那不是爱，"我咬牙切齿地说，"你根本不了解她，只是迷恋她而已。"

他悲伤地摇摇头。"我为你感到难过。快四十岁了,依然不快乐,总想得到你无法得到的东西。"

"这不是真的。"我说,但我想起了丹尼尔,还有他曾经对我的喜欢,我本可以得到他,现在却为时已晚。

他嗤笑道:"你总是一厢情愿地相信你希望相信的东西,弗兰琪。"

他用力关上车门。我注视着他沿着步行道离开,他的肩膀被风吹得耸了起来。莱昂的背影消失后,我趴在方向盘上,让眼泪流了出来。

索菲
1997 年 8 月 3 日 星期日

　　我睡不着，虽然才早晨六点，但我要把这个写下来，弄清楚我脑子里究竟在想什么。

　　莱昂星期四晚上过来了，他以为我生他的气了。我不想见他，害怕他会看出我心里有鬼，因为我和弗兰琪的爸爸接吻了。每当想起这件事（而且我经常想起它来，当时的情景一遍又一遍地在我脑子里重放，让我心神不宁），我就觉得耻辱、恶心想吐，但也知道，自从这事发生之后，我就再也没和莱昂见面，我不能一直让他吃闭门羹。

　　晚上七点左右，他来了，我们一起走到镇上，路上都没有说话，我们之间的气氛既紧张又尴尬。他牵着我的手（我觉得更像是履行男朋友的责任，而不是纯粹想牵），我想把他的手甩开，但这样做很没礼貌。夕阳依旧在天空中燃烧，我们走近镇中心的时候，看到许多人躺在沙滩上汲取一天中最后的日光。酒吧里挤满了人，顾客们透过啤酒杯和香烟的云雾望向外面的购物街。摩天轮缓缓旋转，霓虹闪烁，孩子们激动地围着游乐帐篷尖叫，毫无疑问，等他们看到自己从胳膊肘直到小腿肚的晒伤之后，一定会后悔。

　　我们来到大码头的入口，在卖冰淇淋的摊位前尴尬地徘徊，我看着街对面弗兰琪家漆成糖果粉色的旅馆，不知道阿利斯泰尔在干什么。他也在想着我吗？想着那个吻？他和我一样后悔吗？

那一刻我感到非常困惑，几乎要把心中的疑问说出来。

和他接吻之后，我尽量不在工作场合与他见面，只偶然碰到他一次：在楼梯平台上狭路相逢，我端着一篮脏兮兮的毛巾，他手里拿着一杯咖啡。我尴尬地想从他旁边挤过去，我们两个同时给对方让路，嘴里说着对不起，看上去就像在跳谷仓舞，虽然这很滑稽，但我太难为情，根本笑不出来，飞快地端着篮子逃走了。

从那以后我再也没见到他，弗兰琪说他去看他父亲了，但我认为他也在躲着我。

"你还在生我的气，是吗？"莱昂的声音打断了我的思考，他靠在海堤上，表情很严肃，甚至很担心，"从星期六晚上开始，你就不想见我。"

"不，我没有。"

他抓住我的手。"对不起，我反应过度了。我已经向洛肯道歉了，他也和我道了歉，他承认自己的表现很浑蛋，活该欠揍。"

"没人活该被揍破鼻子，莱昂。"

听弗兰琪说，挨打之后，洛肯不得不去医院照了X光。

"我们小的时候，他就已经自己把鼻子弄断了两次，打架打的，他都习惯了。"

"噢，所以说，这没什么大不了的？"

"不，不，当然不是。我感到很难过，很抱歉，很惭愧。我只想保护你，我恨他对你动手动脚，无论谁碰你，我都受不了。"

他的胳膊搂上我的腰，不知道将来他会不会用这两只手来打我，我曾经读到过，假如你有一个家暴的父亲，你更有可能找到一个同样有家暴倾向的伴侣，虽然我父亲没有打过我，可我母亲和丹尼尔并没有少挨揍，或许要是我们不逃跑，他的拳头迟早会落到我身上。莱昂现在看起来非常善良、温柔，也很爱我，但畸形的占有欲往往来自所谓的"难以自拔的爱"。

"我爸是个王八蛋，他经常打我妈。"我说，我以前很少对别人讲。

莱昂睁大眼睛，然后突然意识到了什么。"该死。所以这就是你反应这么大的原因？"

我推开他。"不，是因为你做得不对。"

他低下头，柔软的棕色卷发从前额上落到眼睛里。"我知道。我很抱歉。"他走向我，轻轻地把手放在我的腰上，"我不想和你吵。我已经很久没对别人动过心了。"

"对弗兰琪也没有？"我不是故意要问这个问题的，但是我希望他能理解我的意思，我抱着手臂静候他的回答。

"弗兰琪？我对她从来都没有感觉，你在说什么？"

于是我把一切都告诉了他——我们那天晚上在"地下室"跳舞时她对我说的话：莱昂喜欢她，对她死缠烂打，甚至骚扰她。听着我的讲述，他的脸色越来越难看，最后怒不可遏。

"这些真的全都是她告诉你的？"

我点点头。

"真是该死的骗子！"他怒道，我吓得向后一缩。

"这不是真的？"

他松开了搂着我的胳膊。"实际情况恰好相反，是她追求我，我拒绝了她，她对我死缠烂打，她就是个该死的女流氓。"

弗兰琪会如此颠倒黑白地扯谎吗？抑或是莱昂在骗人？

我说服他跟我在沙滩上走走。我脱掉人字拖，赤脚踩在地上，脚下的沙子柔软温暖，但莱昂始终穿着他的运动鞋。我才认识他一个多月，弗兰琪却是我的老朋友，但当我们缓缓穿过阳光下的海滩的时候，我意识到我更愿意相信他。

"你知道吗，假如我知道她喜欢你，就不会和你约会了。"

"真的？"他看起来很失望。

"这也算是个不成文的规矩吧，不是吗？不能和朋友抢喜欢的人。"

他耸耸肩。"大概是吧，那么，我很高兴她没有告诉你。"他咧嘴笑道，怒意全无。我们决定在一块黏糊糊的礁石旁边坐坐，这里的海藻腥味相当浓郁，正在落山的太阳像一颗明亮的橙色圆球，刺得我眼睛疼。

莱昂握住我的手。"我知道我们才认识六个星期，但是我爱你，索菲。"

我想起自己周一要去小叶出版公司参加面试，如果我得到这份工作，离开小镇，我们就能在一起吗？即便如此，我又该如何背负这个巨大的秘密与莱昂共度一生？更不用说我还背叛了他，和一个年纪足够做我父亲的男人……

他想让我坐在他腿上，我拒绝了。

"你怎么了？难道你不是这样想的吗？"

　　泪水刺痛了我的眼睛。"我是这样想的。"

　　"那你为什么哭？什么事让你心烦？无论是什么，你都可以告诉我，索芙。"

　　可我怎么能告诉他？看到他哥哥骚扰我，他会动手，假如我告诉他我和弗兰琪的爸爸关系暧昧，他会怎么想？

　　秘密和谎言让我们没有可能继续在一起。

　　"我不知道自己是否想要和你确定关系，"我说，"我一找到工作就得离开，你知道的。"

　　他抚摸着我的头发，脸上露出一丝宽慰。"你现在还不用担心，谁知道未来会怎样。但是现在我很高兴能和你在一起。"他慢慢地亲吻着我，我暂时把疑惑抛到了脑后。

弗兰琪

我记得莱昂过去既帅又酷，有着不同寻常的音乐品位，他经常独自坐在"海鸥"酒吧的角落里，在笔记本上涂抹诗句，沾染墨渍的手指和柔顺的头发使他明显区别于酒吧里那些狂饮啤酒的奥德克里夫青年，就因为喜欢"绿洲"乐队，他们自以为酷，却对真正前卫大胆的艺术尝试嗤之以鼻，认为那很娘娘腔，同性恋味道太浓。第一次与我在"地下室"交谈时，莱昂的眼睛简直要看穿我的灵魂。你一定觉得我这样说很蠢，因为他爱上的是你，对不对？还是说他对你的感情只是迷恋？毕竟你们两个当时非常年轻，他身上又总是有种危险气质，现在仍然有，也许这正是他的魅力所在。

我紧抓着方向盘，全身都在颤抖，可能是病了。我深吸了一口气，朝风挡玻璃外面望去，也许看着远处的地平线和福莱特—赫尔姆岛能让我冷静下来。

过去我犯了错，我们都有错，我以为去到伦敦就能逃避一切，脱胎换骨，重新做人——做更好的人。伦敦是个从头开始、成为你想成为的（而不是别人以为的）那个人的理想地点，毕竟，谁愿意被人记住自己七岁时在教室后面尿裤子或者十八岁时在大街上呕吐的样子？在奥德克里夫，只要你沾染毒品或者未成年饮酒，都会有人知晓。大街上的窗户后面隐藏着无数双眼睛，将你的一举一动记录下来，转为嚼舌根的素材。我想摆脱这一切，索菲，我再也不想看到你失踪后镇上随处可见的那些同情的面孔和悲伤的眼睛。"是她，索菲·科利尔最好的朋友，她现在一定很难过。"在人们的闲聊和注视中，你不再是以前的那个老实姑娘索芙，成了"可怜的索菲·科利尔"，悲惨的受害者。我不过是想换个地方重新开始，这样又有什么错？

然而我却始终被过去困扰纠缠，被你纠缠。

我快四十岁了，再也不是当年的弗兰琪·豪伊，我是弗兰西丝卡·布鲁姆——没错，我依然在用前夫的姓。我是成功人士，全面掌控自己的人生，我过着光鲜亮丽的生活，伦敦人有目共睹，我喜欢这样，我会尽全力保持这种状态。

平复情绪的过程中，我离开汽车，来到马路对面的乐购便利店（这里原本是一家喜互惠超市），我知道自己的眼睛现在一定又红又肿，脸色苍白，嘴唇浮肿，头发被狂风骤雨弄得卷曲凌乱，牛仔裤也需要洗一下。我走进店里，躲避着整理货架的工人和打扮得如同皮条客的收银员探询的目光，松了一口气——看来这个镇上也有不认识我的人，当年我住在这里的时候，这些工作人员一定还是吃奶的小孩。我从冷柜里拿了一盒速冻食品——从早餐到现在（接近下午四点），我就没吃过东西——又从架子上抓了几瓶酒，丢进购物篮。

付过钱，我匆忙逃回车上，挂在胳膊上的大塑料袋摇摇晃晃，袋子里的酒瓶敲打着我的屁股，但愿不要被熟人看到——虽然街上空空荡荡，只有我的车停在步行道旁边，看起来孤零零的，黑黝黝的亮光漆面和崭新的车牌在这个破旧的镇子里十分惹眼。我怀念伦敦，那里没有这么多人认识我。我滑进驾驶室，用力关上车门，暂时把小镇挡在门外，回到熟悉的空间，我立刻感到一阵放松，似乎在路虎揽胜这个金属做的蚕茧里，没有什么可以触碰我。

我打算给丹尼尔打电话，告诉他我找莱昂谈过了，他知道后一定会同情我并且憎恨莱昂，但我很快就放弃了这个想法，因为我不想在他和米娅之间制造更多的问题，我猜我惹的麻烦已经够多的了。

尽管路上没有别的车，我还是慢慢开车穿过小镇，天色正在变暗，酒店、宾馆和酒吧亮起了所有的灯，潮湿的街道上泛起一层温暖的橙色辉光，路面和人行道上的水坑里反射着点点灯影，大码头的霓虹灯装饰宛如烟火，将海面上的粼粼波光晕染成绿色和黄色。我想起从前我是多么喜欢小镇的夜景，被灯光照亮的天空总是很有节日气氛，仿佛在怂恿我们出来玩个痛快。

两个男人和一个女孩沿着步行道散步，嘻嘻哈哈地开着玩笑，他们走到路中间的斑马线上，我停车让路，其中一个男人个子很高，棕色卷发，他举起一只手来向我道谢，但是没怎么抬头，因为他正忙着和另外那个几乎与他一样高大的男人聊天，当我意识到这两个人是谁时，我的心跳倏然加快：丹尼尔和……一个很像莱昂的男人。

那个女孩身材苗条，很年轻——绝对比我年轻，长长的黑发很是迷人，她跑在两个男人前面，不时回过头来朝他们做鬼脸，我听不清他们在说什么，因为我觉得自己在做梦，还是噩梦。那是莱昂吗？假如是他的话，他为什么和丹尼尔在一起？他们不是互相讨厌乃至憎恨吗？那个女孩又是谁？是米娅吗？

我看着他们走进"海鸥"，看上去像两个铁哥们儿，我震惊得无法动弹，久久地停在斑马线上，盯着酒吧大门，尽管他们早就消失在了门口。后来，一辆汽车开过来，在我车后连续按喇叭，我才被迫向前开，差点又要哭出来：原来，我谁都不能相信。

甚至包括丹尼尔。

我勉强把车停在博福特别墅外面，几乎没有半点力气下车进门。楼下公寓的灯开着，窗帘也拉开了，能看到室内黄色的墙壁和电视的闪光，看来今晚又将是一个不眠之夜，那个婴儿又要哭叫到凌晨了。

我的身体疲倦沉重，我只想开着车拐弯出去，开上M4公路，径直返回伦敦，但我知道我不会离开，我不能离开，至少不是现在，还有许多没有了结的事在等着我。

我从车里走出来，谢天谢地，雨停了。我非常渴望洗个澡，早点睡觉。我打算用微波炉热一热便利店买回来的意大利肉酱面，喝一两杯葡萄酒，然后去睡觉，到了早晨，我的脑子会更清楚，可以更冷静地思考今天的所见所闻，我希望明天能够见到丹尼尔，虽然明天是周一，但我不觉得他现在还有心思工作。

我掏出钥匙敞开前门，走进屋里，打开走廊里的灯，刚要关门，我听到有人在叫我的名字，于是抬起头来，一下子愣住了：叫我名字的这个人穿着暗色的长大衣和步行靴，站在车道的尽头，我的心脏狂跳起来——这就是昨天跟踪我的那个人。只见这个人向前跨了一步，拉下头上的兜帽，走廊里的灯照亮了她的脸和长长的金发，我喘息起来。

因为那是你，索芙。

真的是你。

"弗兰琪。"你又说了一遍，声音很轻，以至于让我怀疑你是否真的在对我说话。你离我大约三十英尺远，看上去一点都没变，还是二十一岁，比我记忆中的还要年轻，我知道，我一定是见到了你的鬼魂。我无意识地发出一声尖叫，又被自己的叫声吓了一跳，我猛地关上房门，把你挡在门外，坐倒在地，全身发抖，双腿瘫软，几乎要融化在地板上，你怎么可能在外面？你想要什么？你在警告我吗，还是吓唬我？

楼下公寓的门打开了，那个白头发老太太快步走出来。"这是怎么回事？你还好吗？"她惊恐地问道，她有着柔和的约克郡口音和善良的眼神。彻底崩溃的我哭了起来，她冲到我身边。"噢，亲爱的，你在发抖，发生了什么？可怜的小家伙。"她蹲下来直视着我，但我喘息抽泣了好几分钟，一个字都说不出来。然后，我指着自己的身后，含糊不清地说："鬼、鬼……"自从你失踪以后，我还从来没有受到过这样的惊吓。

她示意我别说话，轻轻地揉搓我的胳膊，直到我冷静下来，抽泣渐渐止住，她帮我站起来，我的腿仍然没有力气，摇摇欲坠，只能扶着她才能站稳。

"对不起，"我尴尬地说，她从袖筒里抽出一张纸巾递给我，我擤了鼻涕，擦了眼睛，我现在看起来肯定一团糟，"有人……有人在外面，吓了我一跳。"

她皱起眉头，把眼镜往鼻子上面推了推。"外面有人？"她惊讶地问，我点点头，她敞开前门向外窥视，"外面没人，亲爱的。"她关上门，转向我，"我叫简。"

我也报上名字，觉得自己很蠢。

"你吓坏了，想进来坐坐吗？"她朝自己的公寓走，我急忙跟了上去，巴不得有人跟我做伴。她年龄和我母亲差不多，也许还要稍大一点。

但她的公寓里应该还有她的家人，而且刚才我已经觉得十分尴尬了。"我今天压力比较大，"我挠着头发说，"我就不进去打扰你的家人了。"

简皱起眉头，紧了紧系在腰上的羊毛衫，我注意到她穿了一双毛茸茸的兔子拖鞋，"我没和家人一起，亲爱的，我是一个人来看我哥哥的，他在附近的医院做心脏搭桥手术。"

我盯着她，恐惧的感觉似乎在拉扯我的肠胃，血液涌上了耳朵，"可是……那个孩子！前两天晚上，我都听到一个婴儿在哭。"

"孩子？我老了，不能生孩子了。"她笑道，"我的孩子们都长大了，虽然我还没有孙子，但我儿子刚刚结婚，但愿我能顺利抱上孙子。"

"可是……可是……我听到了小孩的哭声。"我无力地说。

"也许声音是从隔壁传过来的？"她听起来不太确定，这也难怪，度假别墅的墙很厚，而且是一座独立的建筑。

我再也无法忍受更多惊吓了，我觉得自己的神经要崩溃了，尤其是在经历了我父亲的中风之后，我再也受不了更多的刺激。我真的不想再见到你了，索芙，虽然我是那么的爱你。

洗完澡、吃过饭、喝光一瓶葡萄酒之后，我穿着睡衣躺在电视机前，看一个废话连篇的主持人点评一档比赛节目，借此舒缓神经，我最后一定是睡着了，因为我是被一阵拳头砸门的巨响震醒的，我冲向窗口，想看看是不是那些往我的车上扔鸡蛋的孩子回来了，但车道上站了个男人，他正抬头往楼上看，天太黑，我看不清楚他的模样，但看起来像莱昂，他想干什么？我眯起眼睛，想要看得更清楚，他向后退了几步，安全灯的光照亮了他的脸。

不是莱昂，是迈克。

他怎么来了？我敲敲窗户，打手势让他走到门口，然后我按下开门按钮让他进来。

来到楼上之后，迈克露出一个巨大的笑容，他还是穿着那身工作服，面色灰白，眼神疲倦，乱糟糟的头发里似乎还有粉末。

"迈克？"他不应该来这里，他只属于我人生的另外一部分。

他冲向我，给我一个熊抱，他身上有一股建筑工地和冷空气的味道。

"你来这里干什么？"我问他。

他放开了我。"我能进来吗？我开了很长时间的车，非常需要一杯咖啡。"

我不情愿地退到一边，让他进来，他直奔厨房，打开炉子烧水。

"到底怎么回事，迈克？"我更想提醒他，他在侵犯我的私人空间，但我咬牙忍住没说，因为我自私的那一部分很高兴他能来这里陪我。经过了刚才的那一番惊吓，我无法否认自己需要他的陪伴，我需要感受生活中正常的一面。

"你把杯子放在哪里？"

我让他闪到一边去，亲自给我们两人煮了咖啡，然后带他来到客厅的沙发上坐下。我拉起睡袍下摆盖着脚，虽然点着壁炉，但火势正在减弱。

我拿起遥控器，关掉电视。"一切都好吗？"我问。

他看起来很尴尬。"我知道我们已经分手了，但是我很担心你，弗兰，听说你朋友去世了，你一定很受刺激，后来你又打电话和我分手，我觉得非常突然。"

我举起一只手。"我很抱歉，但我没有改变主意。"

不知道我说的话是否伤害了他，反正他没有表现出来，只听他说："你父亲中风了，现在你朋友又死了，我只想确定你没事，你没有你自认为的那么强大，你从来不求助任何人，也永远不会接受别人的帮助。"他喝了一口咖啡。

我盯着他的工作靴。我知道他说得没错，自从回到这里以后，我觉得多年来培育的所有自信都被碾压成了尘土，也许你永远都无法逃避自己的过去。

"你看起来不太好。你看起来很累，弗兰。"

"只是今天比较累而已，没什么……"

他靠近了一点，温柔地问："你为什么要来？这对你没有任何好处，你爸爸受了那么多罪，他需要你在他身边，回家吧，弗兰，跟我回家。"

我快哭了。"不，现在还不行。"

他叹了一口气。"为什么？"

"丹尼尔需要我。他希望我星期三和他一起去辨认……"一滴泪水划过我的脸颊。

"他不能自己去吗？"

我吃惊地看着他："这样做太冷血了，不是吗？"

他低下头，嘟囔着说了句抱歉。"还有谁能和他一起去吗？"

我想起了米娅。我觉得她肯定乐意跟他去，但我想成为陪他过去的那个人，我不知道为什么，也许这是因为我需要确定那真的是你，索芙，抑或是我喜欢被丹尼尔需要的感觉，我没法对迈克或者对你解释，但我知道现在还不能离开奥德克里夫，等最终确定那就是你的遗骸之后我才能走。

"没人和他去。"我喝了一口咖啡，撒谎道。

他伸出手来抚摸我的手臂。"我仍然爱你，弗兰。我还没有准备好放弃我们的关系。"

我躲开他的手。"这件事先放一放，迈克，先处理更重要的。"

他站起来走向窗户，窗帘仍然开着。"我觉得这里孤零零的。"他用一种奇怪的语调说，"似乎有点吓人。"他又满怀希望地转向了我，"我猜，你绝对不愿意在这里久待，你为什么不明天早晨就和我回去呢？"

他仿佛在吓唬我，想让我赶紧回家。我突然冒出一个念头：送匿名信的会不会是迈克？就为了吓我回去？但这样设想实在荒唐。我从来没有告诉他我住在哪里。我一边盯着他，一边告诉自己"要冷静"。回到镇上已经让我吓得产生了幻觉，况且，迈克永远不会做这样的事情，他对杰森和我们的过去一无所知。

索菲
1997年8月3日 星期日

　　我真是个傻瓜，竟然觉得我和阿利斯泰尔之间还会和过去一样，实际情况却是，那个吻改变了一切。

　　说起阿利斯泰尔，实在是一言难尽，因为我对他的感觉相当复杂。我想把我父亲从脑子里赶出去，摆脱他给我带来的心理阴影，但偶尔也会不经意地想起他，他主要出现在我的梦里，大多数是噩梦：他那双阴沉的眼睛总是笼罩着愤怒或者失望，他有着苏格兰高地人的口音，黑色工装夹克上的装饰条总是闪闪发亮，我对这些装饰条的记忆格外深刻，因为每次他愤怒地从一个房间冲到另一个房间或者摔门而出时，我都会看到他夹克背部的装饰条。

　　相比之下，阿利斯泰尔是我一直想要的理想父亲：金发碧眼、笑容开朗，言语快活幽默，而且经常鼓励我。他爱自己的女儿胜过世上的一切，从他的行为中便可窥见一斑：他总是抽出时间来陪她，耐心地回答她的问题。我们还是青少年的时候，有好多次我都觉得不公平，比如他会通过让弗兰琪心有愧疚来劝她不要晚归——我们去海滩之前，他会站在她的卧室门口看着我们换鞋、梳头，脸上挂着可怜兮兮的表情，似乎在说："你们要去哪？又要把我一个人丢在这里吗？"假如我们回答"是的"，他会表现得很失望，然后又试着表现出不在乎的样子，讲个笑话自我解嘲，但我们长到十六岁的时候，他还会这样做，弗兰琪会走过去搂着他的腰，告诉他我们不会在外面待太久，也许当她回来的时候，还可以和他下一盘棋，她随时都能安抚他的架势让我觉得很想翻白眼，但也让我感到嫉妒。

我们总是很容易就能互相开玩笑打趣，弗兰琪不在场时，他和我说话的时候，语气里总有一丝调皮甚至挑逗的意味，我迷恋过他，但我那时太年轻，根本意识不到，我只知道我喜欢他，觉得他很有吸引力，所以我会很乐意和他玩棋盘游戏，而不是和弗兰琪在镇上散步，当然，我不能告诉弗兰琪，假如我向她承认我相当喜欢她父亲的话，她会觉得这很恶心。

然而，吻了他之后，我对他的感觉发生了变化，我觉得自己做了一件肮脏下流的错事，他比我大了足足二十七岁，是个非常成熟的成年人了。

而且今天事情有了新的变化。

上个星期我们一直都在设法避开对方，我知道情况非比往常，我们已经越过了底线，永远不能回头，他不再只是弗兰琪的爸爸。今天，玛利亚打来电话，问我能不能再来加一天班，我觉得这没什么，就答应了，毕竟阿利斯泰尔这周要陪他父亲，而且就算他也在旅馆，我知道自己迟早也会面对他。

我来到11号房间，掀起床罩，按照玛利亚教我的那样，把床罩边缘塞到床垫下面，因为窗户外面就是屋檐，这个房间里比较憋闷，汗水汇集在我的腋下，我的粉红色T恤衫粘在背上，幸好我穿了牛仔短裤，腿并不觉得太热。我正弯腰铺床的时候，一只手用力拍在我的屁股上，我震惊地站直身体，屁股火辣辣地疼，起初我以为是弗兰琪的恶作剧，结果发现阿利斯泰尔站在我身后的衣橱旁边，朝我咧嘴笑，仿佛拍我屁股是再正常不过的事。

"屁股不错。"他对惊恐的我说。就因为我们错误地接了吻，他就有了随便摸我屁股的权利？我很想这样嘲笑他，但我的心跳却乱成一团，我转身背对他，继续整理枕头，想给他台阶下，让他趁机快走，然而他却揽住我的腰，开始亲吻我的脖子。

"哦，索菲，"他咕哝道，声音沙哑，充满了情欲，"我一直在想着你，停不下来。

我企图挣脱他，"阿利斯泰尔……住手……"

他把我转过去面对他，双手搁在我的屁股上，"别告诉我你不想要，我知道你对我的感觉。"他说，试着把嘴唇往我的嘴上贴。一切都发生得如此之快。

"放开我。"我用尽全力推他的胸，他向后趔趄了一下，绿色的眼睛里满是震惊。

"什么？"他惊慌地看着我，意识到自己错误地估计了情况，"索菲，我以为你也喜欢我。"

我把头发向后拢了拢，心慌意乱地说："阿利斯泰尔，我有男朋友了，你是我最好的朋友的爸爸，而且你结婚了……"

他又走过来，脸色有所缓和，"我知道，我知道，我们之间有很多障碍，但我没法不去想你，看到你在旅馆里走来走去，穿着这样的小短裤……"

我吞下嘴里涌上的苦水，我那天为什么要和他接吻呢？

"我想摸你，想抱你，吻你，和你做爱。"

假如我没有感到如此恶心的话，一定会大声笑出来——弗兰琪的爸爸竟然会说出这样的话，弗兰琪的爸爸！真是不可思议。

"阿利斯泰尔，那个吻是个误会……"

他后退了几步，脸上满是困惑。"你什么意思？"

他怎么就不能用他那颗大脑袋好好想想呢？

"我对你没感觉，我很抱歉……"

"可你喜欢了我很多年，你才十几岁的时候，玛利亚就曾经拿这件事取笑我，后来你离开了三年，现在回来了，从丑小鸭变成了天鹅……"

他脑子里到底在想什么？我愿意和他有一腿吗？我会趁他老婆和女儿在旅馆里的别的地方，饥不择食地在11号房间和他发生关系吗？简直太可笑了，我盯着他，觉得他已经失去了理智。

"我十几岁的时候确实对你有好感，不过是单纯小女生的愚蠢幻想而已，而且那是过去的事了。"

"上周你吻了我，索菲。"

"我还要再对你说多少遍？那是个错误，阿利斯泰尔，我不应该那样的，很抱歉我让你误会了。"我很尴尬，他竟然这样对我说话，他是弗兰琪的爸爸，看在上帝的分上——在今天这种情况下，他表现得竟然比我还幼稚，难道他意识不到这样做很疯狂吗？

然而他接下来的反应就好像挨了我一耳光似的。"我知道你想要我，索菲，"他激动地说，"我知道你也有同感，但你只是不敢面对自己，觉得有负罪感，我能理解，这就是你的魅力所在，也是我爱你的原因。"

爱我？他是认真的吗？我怎么看不出来？他对我的感觉充其量只是欲望和迷恋而已，他大概很久没和玛利亚做爱了，得不到满足，被年轻的女孩吻过之后，就开始想入非非，觉得自己恋爱了。

但我没有多做解释，只是站在那里摇摇头。"我爱上了莱昂。"我说。

"莱昂？和你去海边的那个小崽子？他只是个小孩而已。"

我叹了口气。"阿利斯泰尔，我也是小孩。"

"你是女人，索菲。你需要一个配得上你的男人。"

这段对话让我越来越恶心。我从床边走到小阁楼的窗户前，迫切地需要透透气。窗子是朝海的，我能看到大码头和人头攒动的沙滩，我很想敞开窗户，尖叫着求救，这股冲动与其说是出于不安全感，不如说来自前所未有的尴尬，我非常想和弗兰琪到沙滩上去，做一个普通的女孩，而不是在这间小屋里和发了情的中年男人纠缠。

"阿利斯泰尔……如果我让你产生了误会，我很抱歉。"我说，眼睛始终望着窗外，泪水在眼眶里打转。

卧室的门"砰"的一声关上了，我惊跳起来，回头看去，阿利斯泰尔已经走了。

弗兰琪

2016 年 2 月 15 日 星期一

第二天早晨，我醒来时，发现迈克蜷缩在我旁边，和我一起躺在双人床上，但我们两人什么都没做，索芙，因为我觉得分手了还和他做爱是不公平的，我只是想要有人陪伴，所以才让他留下来过夜，仅此而已，这样做有错吗？

我洗澡和穿衣服的时候，迈克已经起床到客厅去点燃了壁炉，他穿着我的淡紫色睡衣，这件睡衣对他来说太短了，袖口缩到了手肘，裤脚刚到膝盖。

"哇，这个地方真冷。"他吹熄火柴，多此一举地评论道，"你今天准备干什么？我很想出去转转，我第一次来这里……"

"迈克。"

听出我语气中的警告意味，他抬起头来，面露失望，"你要赶我走，是吗？"

"对不起。"

"你不跟我一起走吗？"

"我需要再待几天，仅此而已。"

他的肩膀耷拉下来。"为什么我觉得被你利用了呢，弗兰？我来这里是想解决我们两个之间的问题，你让我留下，我还以为你改了主意，不打算分手了。"

我朝他走了一步。"我没有利用你……"但我的话听起来很虚伪，我当然利用了他，自从回到奥德克里夫，我不曾睡过一个好觉，但昨天晚上，连婴儿的啼哭声都没有打扰到我，虽然我不希望迈克来找我，可他的出现让我很有安全感。

我问他是怎么知道我的住处的，他说他在厨房的桌子上发现了我写下的地址，我记得自己曾把地址写在记事本上，但将地址输入手机后，我就把那张纸撕下来扔掉了，难道迈克翻了厨房的垃圾桶？简在度假别墅外面翻垃圾桶的样子突然在我脑中一闪而过，她在找什么？

我把重心从一只脚转移到另一只，觉得很不自在，一道细弱的光线穿过奶油色的窗帘透射进来，照亮了黑皮诺酒瓶周围的一摊红酒渍，看起来像血。

"我去洗个澡，"他粗声粗气地说，"然后就滚蛋。"

我走到飘窗前，把窗帘拉到一边。天空呈现乳白色，却没有下雨，我的车的风挡玻璃和车顶反而结了一层冰，我尽量不去看老码头，因为你可能正站在那里看着我。

我肯定没得抑郁症，我和我妈妈的症状完全不像，也许是我对你的死亡感到的悲伤和内疚使我产生了幻觉，自从四天前接到丹尼尔的电话，我就一直在心里对你说话，奥德克里夫的气氛更是让我的幻觉显得真实，因为这个城镇与你——以及我们的童年和青少年时代，还有杰森与你的失踪——有着内在的联系，所以我自然而然地会时常想着你，不是吗？我记得我们在奥德克里夫度过的分分秒秒，也记得你搬来之前这里是什么样的，还有你消失之后这里发生的每一件事。你失踪后的最初几个月，我们都还抱有希望，觉得你随时都会出现，羞愧地承认你其实是和妈妈闹别扭了，或者因为与莱昂吵架才离开了几天，但你始终不曾出现，对不对？直到现在。

迈克在厨房找到我的时候，我正在用勺子舀麦片吃，他穿着干净的套头衫和牛仔裤，显得很清爽。

"那个，你真的想让我走？"他说。

我咽下嘴里的麦片。"对不起。"

"你听起来可不怎么抱歉。"

我深吸一口气。"我又没请你过来。"

他盯着我，眼神很受伤。"你竟然这么狠心，弗兰，我同意你的看法，我们的关系行不通，等你回家的时候，应该再也不会看到我了。"

我低下头，当我再次抬头时，他用力关上门，走掉了。

你总说我对自己的男朋友不好，没错，你说得对，但我不是故意要伤害他们，我的每一段恋爱关系开始的时候总是甜蜜平和，可等他们真的完全爱上我的时候，我会觉得他们很贪婪，不再那么吸引我，但克里斯托弗除外，我的这位前夫非常独立，从来不黏人——所以他最终和别人上床了。

假如莱昂爱上我，我可能也会有同感，可他现在鄙视我，昨天他表现得很明显。如果你哥哥回应了我的感情，我会不会同样厌倦他呢？你可能会说是，并且提醒我年轻时我是如何对待他的，但我并没有以此为荣，索芙，我喜欢这样想：我现在已经改变了，只是还没有遇到合适的人而已，他会拒绝接受我做作的一面——也许这个人就是丹尼尔。

至少昨天之前我觉得丹尼尔符合我的要求，但后来我看到了他和莱昂在一起，我敢肯定那是莱昂，难道我会弄错吗？

我需要离开这个仍然有迈克的味道的公寓，我套上大衣，裹起一条围巾，抓住门把手的同时，我告诫自己要坚强，仿佛即将投入一场精神领域的战斗。门垫上还会有新的匿名信或者恶作剧礼物吗？你还会在车道尽头等着我吗？天知道我还会面对什么。我小心翼翼地拧动门把手，踮着脚尖踏上楼梯平台，发现简的门开着。经历过昨天的那场尴尬，我今天暂时不想和她打招呼，我眯起眼睛，想要看清门垫上或者信箱的投信口是否有东西，可我看得头都快晕了，也没发现异样，于是我回身锁好公寓门，轻手轻脚地走下楼，就在这时，简从门里走出来，我连忙停步，只见她背对着我，面朝门垫弯下了腰。

我清清喉咙，她站了起来，转身时脚底滑了一下，她手里拿着一卷报纸，报纸的一头有块暗色的污渍。"你好，弗兰西丝卡，亲爱的，我出来拿个报纸。"她举起报纸晃了晃，我怎么觉得她心里有鬼呢？"这份报纸不知是谁订的，上周的时候就有人来送了，"她摇摇头，"真是浪费钱，不过我正好可以读一读，我想知道这里发生了什么事，虽然我家在三十英里以外的地方。"她咯咯地笑起来，然后我注意到她的另一只手上有个粉红色的东西，像是塑料的。

我跑下最后几级楼梯，来到她面前。"那是……塑料娃娃吗？"我指着她的左手问。

她看了手里的东西一眼，皱起眉头，似乎不知道这玩意是从哪里冒出来的。"是。"

"但是……你不是说你身边没有小孩吗？"

她看起来很慌乱。"当然没有……这是我捡的，就在报纸旁边的门垫上。"

我难以置信地盯着她，为什么有人会把一个塑料娃娃放在门口？匿名信和狗牌什么的我都可以理解，它们对我——对我们——而言具有个人意义，可这个呢？根本说不通。除非她在撒谎，她的公寓里真的有个婴儿，但她为什么要撒谎？

"我等一下要出门，去医院看格雷厄姆。"她把塑料娃娃塞进开襟衫的口袋里，报纸夹在腋下，退到她的公寓里，关紧了门。

我震惊得无法动弹，呆滞地站在原地，凝视着刚刚在我面前关闭的那扇门，我需要离开这里。

外面冷极了，风像耳光一样抽打着我的脸，我正要上车，发现右侧的后视镜被人砸碎了，我深吸一口气，强自镇定下来，砸后视镜的人似乎是为了泄愤，玻璃上有个十分明显的拳头印，裂痕的纹路像一片蜘蛛网，是迈克吗？虽说他不像是做得出这种事的人，但他今天早上离开时非常生气。

也许迈克是对的，我的确应该回家。可是，假如我离开之后，丹尼尔会发现什么呢？我坐上驾驶座，打开暖气，看着风挡玻璃上的冰缓缓融化，冰化干净之后，我倒出车道，有点想在后视镜里看到你，突然，我被震得向座位前方一窜，我的车向后撞到了什么东西，发出令人恶心的"砰"的一声。

我的天，是你吗？

我颤抖着拉起手刹，跑出车外。感谢上帝，只是个垃圾桶，是有人故意把它放在我的车后面，还是我不小心没看到？我费了很大的劲才把它拖到一边，垃圾桶的侧面写着"博福特"字样，这几天我并没有把垃圾扔出来，所以这里面的东西应该都是简的，今天早晨她出来翻垃圾了没有？我拍了拍外套上的灰，踩着散落在地的空鸡蛋盒和铁皮罐子回到车里。

我需要离开奥德克里夫，哪怕暂时离开几个小时，我向左转到颠簸的山路上，沿着海滨公路穿过镇子，老码头在我的视野右侧。

经过几栋房屋时，我感觉好像又能呼吸了，紧张和不安慢慢从我的毛孔中蒸发出去，我不知道要往哪里开，只是漫无目的地沿路向前，直到大路变成双车道的小路，接着绕过一个有方向指示牌的环形路口，我开上通往布里斯托尔的M5号公路，我需要找个城市待上几个小时，布里斯托尔是离我最近的城市。

上一次我来布里斯托尔时，你还和我在一起，索芙，我们以前经常坐火车来这里购物，奥德克里夫从来没有像样的服装店，我们会在布罗德米德逛好几个小时，然后自然而然地来到公园街，去音像店买光碟。

我打开收音机，喇叭里传出"石头玫瑰"乐队的《求求你》，突然听到这首歌，我吓了一跳，因为你喜欢它。我瞥了一眼收音机，皱起眉头——为什么频道换到了BBC二台，而不是我一直听的"经典调频"？以前我就只听这个台，但是，你知道吗，索芙，这首歌安抚了我，我仿佛回到了过去在"地下室"的日子，我和你在舞池里，烟味和汗水的气味钻进鼻孔，至今我都记得那种感觉：肾上腺素激增，我们忘记一切般地跳舞，酒精溶解了我们的矜持，手臂在半空中挥动，灯光在烟雾中闪烁，我好像又回到了二十一岁，无法呼吸，心脏狂跳，不得不松开脖子上的围巾，关掉收音机。

布里斯托尔的市中心已经变得让我认不出来，完全不是我们上次离开时的样子，有好几次我都拐错了路口，茫然地在面貌陌生的街道上徘徊，电影院门口的马路已经改成了步行街，海边出现了许多新的酒吧和咖啡馆，还开了家大型购物中心，叫作"卡博特广场"，你能相信吗，哈维-尼克斯也在里面开了分店。噢，索芙，假如你还活着的时候我们就能来这样的地方购物该有多好，虽然我怀疑过去的我们买不起这里的东西。自你失踪那年的夏天以来，我一直都没来过布里斯托尔。那时你得到了编辑助理的工作，兴奋得想买几件漂亮的衣服，所以我们来了这里，我还记得我们在布罗德米德闲逛时，你说你要搬去伦敦，我心里嫉妒得要命，闷闷不乐地跟着你从奥时裳出来，进了FCUK。我们逛的店铺越多，我的心情就越低落，最后，在蔻凯的工装裤和吊带衫货架旁边，你转身看着我，想知道我是怎么了，我告诉你实情，你拥抱了我，说你非常欢迎我与你同去伦敦，合住你的公寓，这样会很有趣，反正我们早就打算一起离开奥德克里夫。

然而两周之后你就死了。

公园街的咖啡馆宽敞现代，虽然缺乏特色，但室内很暖和。收音机里说，今天有冷空气到了布里斯托尔。

我坐在一张靠窗的小桌旁，窗外便是熙熙攘攘的街道，人们提着超大号的购物袋匆匆走过，下巴藏在围巾里，帽檐压得低低的。

我拿出手机查看电子邮件和未接电话，这时丹尼尔发来一条短信：

你在哪？我到公寓去了，没见到你。D。 😊

有意思，短短几天时间里，我们就成了可以在短信结尾加上亲吻符号的熟人，星期五之前，我甚至还没有他的电话号码，也不知道他住在哪里，他告诉我他设法从我的酒店网站上找到了我的电话号码。无论如何，丹尼尔是个记者，他有办法与人取得联系和搜寻信息，我就不具备这样的特长，你哥哥比我记忆中还要倔强，哪怕就因为他叫我"弗兰琪夫人"并且深情地怀念我们的过去，我也不应该忘记这一点。

我没有搭理他的短信，继续浏览电子邮件。

然后我接到了母亲的电话。

"嗨。"我低声说，避免其他顾客听见。

"弗兰琪，这几天我一直试着给你打电话……"她一上来就说，都不问问我过得怎么样，"你还在奥德克里夫吗？"

"我眼下在布里斯托尔，没错，但我仍然住在奥德克里夫，那里的手机信号不好——"

"好吧，无论如何，"她继续道，"我觉得应该告诉你一个好消息，你爸爸的病情有所改善，我告诉过你，他一定会好起来的。"

"我很高兴，妈妈，真的，可即使这样也没法改变什么，对不对？他还是得应付那个官司。"

"你能不能先不提这个？他是无辜的，我们都知道他是无辜的。这边都是我一个人在支撑，你却待在别的地方，你只要开车三个小时就能回来，却不愿意露个面，真是太自私了……"

我闭上眼睛，忍受着她的唠叨和谴责，我现在已经学会了如何不把她的批评放在心上。她的暴躁是焦虑和抑郁引起的，况且她是真的担心我爸爸，假如没有他，她会完全不知道该怎么办，她没有问起你，也没问酒店的生意如何，爸爸中风后，她就对别的事失去了兴趣。两年之前，半退休的他们还在享受游轮旅行和远方度假，酒店的丰厚利润足以让他们负担得起昂贵的旅行开销。

假如你知道我现在是多么兢兢业业，你一定会吃惊，索芙。事实证明，我喜欢经营产业，我从未想到，生意可以成为家庭乃至人生的替代品，让我投入工作，忘记痛苦。离婚之后，我就成了工作狂，偶尔以玩乐的心态谈个恋爱，我知道这样的人生并不完整，却也难以避免。

"好了，我要照顾你爸爸了，就是告诉你一下这件事。"

"我过几天就回家，告诉爸爸我爱他……"

她没说再见就挂了电话。

我又点了一杯卡布奇诺咖啡，正准备打电话给酒店经理斯图亚特，手机在我手中响起来，丹尼尔的名字在屏幕上闪烁，我决定先不理他，让他再着急一会儿，最好是以为我回伦敦了——假如我回去了，他会不会真的在意？或许他只希望我帮他调查清楚发生在你身上的事，但我们现在掌握的信息不比上星期五时多多少，电话响到第六声，我心软了，按下了接听键。

"弗兰琪？"他听起来很紧张。

"我以为你今天上班。"

"我是在上班。"他说。背景音里传来模糊的电话铃响，我想象着繁忙的新闻编辑室是什么样子的，虽然我只见过一次，还是在上学的时候，现在那一类地方肯定跟过去不一样了。"你在哪？"

"咖啡馆，布里斯托尔。"

"布里斯托尔？为什么？"

我叹了口气。"我需要暂时离开奥德克里夫透透气，那里太压抑了。"

"奥德克里夫又没什么问题。"他戒备地说。

我保持沉默，没有必要与他争论，我在想什么呢？反正我又不会回到奥德克里夫生活，他喜欢那里是他的事，而且他还有米娅，我们两个永远不可能。

"你没事吧，弗兰琪？"

我感到一阵恼怒。这都是他的错。我那么信任他。

"不，我有事，"我对着手机嘶叫道，"我昨晚见到你了，你和莱昂。"

"莱昂？"他听起来有点糊涂，"我昨晚没和莱昂在一起。"

我深吸一口气，用力地搅动着我的卡布奇诺。"我看见你们了，丹尼尔。你们在我的车前面过马路，米娅也和你们在一起，你们三个去了'海鸥'，我还以为你讨厌莱昂。这是怎么回事？"

"我确实讨厌莱昂，我当然不会跟他一起喝酒。昨晚那个人是我同事，刚搬到镇上，我约了他一起喝酒的。"

"他叫什么名字？"

他在骗我吗？

"罗布。"他从容地回答。

难道是我看错了？那个人看起来真的很像莱昂，难道和你一样，他也是我的幻觉？

"罗布长什么样？"

虽然咖啡机的噪音很大，我仍然听得出丹尼尔语气中压抑着的不耐烦，"怎么说呢……他很高，黑色卷发。"

像莱昂？我很想问，但没说出口。

"我也没和米娅在一起，"他伤心地补充道，"我们两个吵架了，那是我们的前台接待崔什。"我听得出他的言外之意，他俩吵架必定是因为我。

"我恨莱昂。"我脱口而出，想起了昨天的新屈辱，他竟然在我的车里对我那么粗暴，我把这件事告诉了丹尼尔。

"你不应该一个人去找他，"听我说完，他说，"我们还不知道他是否对索菲的死有责任。他可能是个杀人犯，弗兰琪。无论你觉得他有多么好看。"

我有点小激动，他的语气里竟然透出一丝嫉妒。"我没觉得他好看，再也没觉得，"我说，"你说得对，我也觉得他伤害了她，他一定与她的失踪有关。"

我怎么能怀疑丹尼尔？他是一个很好的人，相当有道德感，他读书的时候可能不专心，喜欢喝酒，但从来不做坏事和或者讨人嫌的事，我记得他连蜘蛛都不愿打死，尽管我们很怕蜘蛛，而且他对你又那么有保护欲。他是个尽职尽责的大哥，总是在照顾着你，我会感到嫉妒，也希望有个哥哥能照顾我。他会毫不犹豫地帮助任何人，也会为我赴汤蹈火，要是我十八年前不曾辜负他就好了。

电话那头陷入沉默，如果不是还能继续听到新闻编辑室的背景音——电话铃声、低沉的谈话声——我还以为他挂断了。最后，他终于说："听着，有人给我办公室打电话了，我下属的一位记者接的，对方没有留下名字，但建议我们跟杰兹谈谈。"

"杰兹？他还住在奥德克里夫？"

我已经许多年没有想起杰兹了，所有女孩都喜欢他，主要因为他是一个DJ，但他也是个瘾君子，脑子可能也嗑药嗑坏了。

"是的，虽然我回来后就没见过他。我从没想到要问他索菲的事，但他是那天晚上的DJ，一定会看到点什么。"

我咳嗽起来，不得不喝了一小口变温了的咖啡，我觉得喉咙发痒，但愿不要感冒，住在那个滴水成冰的公寓里，真是完全不利于健康。

丹尼尔听起来很严肃，他继续道："打电话的人说，让我们下午两点去屠宰场见杰兹。"

他接下来说的话让我出了一身冷汗："他说他有关于那天晚上的重要信息，如果我们不去，他就会直接告诉警察。"

索菲

昨天接下来的时间里，我一直企图避开阿利斯泰尔，我在11号房间多待了十五分钟，直到轮班结束，幸运的是，当我下楼时，弗兰琪和她妈妈已经把餐厅清理干净了，弗兰琪抱着一摞油腻的盘子，最顶上的那个盘子里还黏着一片油乎乎的熏肉，让人看了想吐。

"你去哪了，索菲？"玛利亚问。

我无言地盯着她。她漂亮的脸庞红扑扑的，黑色卷发不听话地从发带里漏出了一大捧，尽管二十出头就来了英国，她仍然有一点意大利口音，看着她的时候，我觉得自己的脸变得很热，感到很羞愧，我亲了她的丈夫，他今天竟然又来找我亲热，还说他爱我，完全错得离谱。

"我觉得不舒服，豪伊太太……"我总是这样称呼她，因为我感觉她更喜欢这样，阿利斯泰尔却一直坚持让我叫他的名字，他说"豪伊先生"这个称呼让他显得很老，简直把他变成了他老爹，现在我意识到，他是希望我把他当成时髦的小年轻，而不是我最好的朋友的父亲。

"你怎么啦？"她叫道。豪伊太太并不是特别善于表达母爱，她很爱弗兰琪，弗兰琪却并非总能感应到，她说母亲总是不关心她，但我认为她母亲是为了女儿好，她不是表面意义上的那种"可爱"的妈妈，不喜欢说废话，总是一针见血，和我妈妈不同，我妈妈虽然每天早出晚归，但回家之后，她会一心一意地搂着我和丹尼尔坐在沙发上看电视，什么事都不想。

"我胃里恶心。"我诚实地说，"而且现在到了下班时间。"

"那你早点回去吧。"她有些轻蔑地说，转身和弗兰琪进了厨房，"明天见。"弗兰琪关心地回头看了我一眼，但我无法与她对视，我背叛了她，背叛了她们两个。

我快步穿过餐厅，来到走廊，低着头，下巴几乎抵在胸前，仿佛要找个地缝钻进去，但愿我不会遇到阿利斯泰尔，可他就站在大门口。

他挡住了我的去路，我想尖叫，但玛利亚可能会听到。

"你们刚才在说什么？"他的绿色眼睛冷冷地打量着我。

"我告诉玛利亚——"我抬头迎上他的目光，"豪伊太太——我不舒服，而且下班时间到了。"

"你不会说出去的，对不对？"他低下头。

"当然不会，"我说，然后压低声音，"但你必须明白，那是一个错误。"

"我知道，我很抱歉。"

我感到一阵欣慰，我们两个当时可能都有点不正常，那不过是个愚蠢的吻，就这么简单，没有造成任何破坏。

他靠近一步，我闻到他须后水的麝香味和呼吸中微弱的咖啡味道，他一定察觉到了我的软化，因为他伸手摸了摸我的头发。

"噢，索芙。"他说，语气里充满了渴望，还是懊悔？

"阿利斯泰尔，"我恳求道，"我得回家。"

"我送送你？"他把手从我的头发上移开。

"不行。"我试图摆脱他。

"你感觉不舒服——我要保证你安全到家，这有什么错？我可以开车送你回去，这样做完全无可厚非。"

"我走上十分钟就到家了。"我快要哭出来，"我能走路。"走廊里的植绒壁纸铺天盖地向我逼近，空气中的霉味愈加浓郁，令人作呕的煎蛋和培根的残余气味依然留在我的鼻孔里。

"我不会让你走路回家的。"他坚决地说。记得杰森死的那天晚上，他就曾经露出过这样的表情——嘴和下巴现出冷硬的线条，说服我们不要报警。"除非你让我开车送你回家，否则我不会让你离开这里，我只是送你回去，我什么都不会做的，索菲。"

我不知道是否应该尖叫，如果大喊大叫，势必惊动玛利亚和弗兰琪，我能想象出她们会是何种表情：瞪大眼睛，嘴巴张开，惊恐地愣在原地。可然后呢？我该怎么说？阿利斯泰尔刚才想在楼上亲我，他觉得爱上了我？还是告诉她们，是我先吻了他？她们会指责我勾引他吗？我想象着弗兰琪和她母亲眼中的伤痛，她父母最后很可能离婚，完全因为我。

"阿利斯泰尔……"我又换了个方式劝说他，"假如你开车送我，看起来会很奇怪，豪伊太太会怎么说？"

他却嗤之以鼻："什么话，玛利亚肯定希望我送你回家，假如我不这么做，看起来才奇怪。你病了，你的脸色不好。"

我别无选择，况且我也非常想要离开那里，于是我就跟着他往车那边走，他的车停在旅馆门口的马路对面，俯瞰海滩，他伸过胳膊，搂着我的腰，迫使我的身体靠近他的身体，我们的胯部贴在一起。近在咫尺的路人说说笑笑地从我们旁边经过，有全家人出来度假的，也有享受阳光的情侣，不认识我们的人见到这一幕，一定会认为我们是父女，他在他的黑色宝马车前停住脚步。

"进去吧。"他领着我走到副驾驶座一侧，皮笑肉不笑地对我说，我真想撒腿就跑，身体里的每一个细胞都不希望我钻进他的车。

他驱车掉头，朝鸟舍的方向开去，路上的交通十分拥堵，汽车排队进出城镇，不时被横穿马路前往海滩的游人拦住去路，许多人都背着鼓鼓囊囊的沙滩包——里面装着毛巾、防晒霜、玩沙子的小桶和铲子，天空是明媚的粉蓝色，散布着柔若游丝的流云，每个人看上去都是既开心又放松，我却紧张得浑身僵硬。

起初阿利斯泰尔没有跟我说话，眼睛紧盯着路面，脚在踏板上起起落落。每当不得不为过马路的人让路，他都会小声咒骂一句"该死的旅游的"。他唉声叹气："整个镇子都让他们堵得水泄不通。"

"开车还没有我走路快。"我说。他开了空调，冷飕飕的气流吹拂着我人字拖里的脚趾，我起了一身鸡皮疙瘩，内后视镜上挂着个圆形小盒，看起来像个红绿灯，里面装着麝香味的空气清新剂，它的味道让我更想吐了。

"我很担心你。"他说，然后把手放在我的膝盖上，我把它拍开了。

"离我远点！"

他的嘴巴抿成了一条线，"对不起，我不是那个意思。可是，索芙，你一直对自己撒谎，你明明对我有感觉，否则你也不会跟我上车，对不对？"

"这是因为我别无选择。"他为什么总是不明白我的意思呢？我气得有些胃疼，真皮座椅黏住了我的腿。

"哦，可是我们一直有个选择。"他笑了起来，这个包含下流意味的笑容让车里的气氛变得邪恶而危险，"我知道你喜欢我，"他说，"假如你不承认，我就不停车。"

我瞪了他一眼，怒火在我的胸口燃烧。他怎么敢这样！"那又怎么样？我们去告诉玛利亚，还有弗兰琪？你为了我抛弃她们？我们找个地方安家？你到底想怎么样？"

他震惊地睁大眼睛，我也被自己的突然爆发吓了一跳。我通常会遵照我母亲的告诫，讲话之前先过一遍脑子，可我实在是气昏了头，不由自主地就说出了心中所想。

"我不想离开我的家人，"他说，"我爱她们。"

我松了一口气。"很好。所以现在你明白我的意思了？"

但是他接下来的话让我浑身发冷："可我也爱你。"

我不敢相信自己的耳朵。"所以呢？你想要我当你的情妇？"

他摇摇头。"我没这么卑鄙，但也无法控制对你的感觉。"

"可是……"我绝望地说，"阿利斯泰尔，我们的确接吻了，但只有一次，而且那是个错误，你是我最好的朋友的爸爸，我认识你很多年了，可你却表现得像……"

"像什么？"

"像个疯子。"

"我们之间一直有些不一样的东西，只是现在才意识到而已。"

我很想哭出来，要怎么说才能让他意识到，他的表现就像个自欺欺人的傻瓜？一个男人走到车前，阿利斯泰尔急忙踩下刹车，前方的拥堵依然很严重，我抓住门把手，摸到了门闩，意识到车门没锁，我松了一口气，在阿利斯泰尔反应过来之前猛然打开车门。

"我没有兴趣，这都是你自己幻想出来的。"我跳到车外，压低声音对他说。前面的车辆纹丝不动，除非阿利斯泰尔把车扔在路中间下来步行，否则他不可能跟着我。"你以后别再骚扰我了。"我用力关上车门，跑上步行道，终于摆脱他了。

今天我打电话请了病假，假装胃疼，我不能面对他、弗兰琪和玛利亚。在阿利斯泰尔恢复理智之前，我需要远离他。

弗兰琪

2016 年 2 月 15 日 星期一

　　我把脖子上的围巾拽到嘴边，遮挡刺骨的寒风，我呼出的白气相当明显，好像在抽烟，你还记得我们冬天上学的时候吗？我们用手捂着嘴吐气，让白色的哈气从指缝里漏出来，假装抽烟一样，我们总是渴望长大，假装自己已经成年，可是却骗不了任何人。

　　冰霜在我的脚下吱嘎作响，走在因为结了冰而高低不平的路面上，我觉得非常没有安全感，在空无一人的停车场里转了好几圈，丹尼尔呢？他说会在下午两点来这里见我。我看了看手表，现在已经快两点一刻了，他还是没有过来。

　　这个地方比老码头更让我毛骨悚然，是一片灌木丛林地改造的简易停车场，靠近一座废弃的铁路桥，蒸汽火车曾经打这里经过，前往下一个城镇，停车场旁边是一座上世纪五十年代的丑陋建筑——奥德克里夫的屠宰场，游客们永远不会找到这个地方，因为它狡猾地隐藏在镇子边缘的一条死胡同里，假如丹尼尔不提醒我，连我也快要忘记了这个地方。我和杰兹曾经来过这里几次，坐在他的福特嘉年华上凝望屠宰场，想象着屠夫们的生活——单是想到那些尖叫待宰的猪就让我们不寒而栗，那时我们都以为他会成为著名的DJ，在阳光灿烂的伊比萨岛与众人狂欢，我敢打赌，他从未想到自己真的会成为这里的屠夫。屠宰场就在我的面前，像一头蹲伏的野兽，奶油色的墙壁上布满黑色的污垢条纹，阴森而邪恶，仿佛这儿所有的鲜血、内脏和恐怖全都渗透进墙壁里面，永远被死亡所污染。

　　我犹豫不决，不知如何是好，我该退到安全的路虎车上，还是继续在这个冷得要命的地方转悠？就在我准备回车上时，我听到沉重的金属门拉开的声音，一个人从门缝中钻出，我离得太远，看不清那个男人是不是杰兹，他个子似乎没有杰兹高，灰色的无檐帽把脑袋遮了个严严实实，他背对着我，花了几分钟才把金属门推回去锁好，然后背着包大步朝我走来，等他靠近之后，我才认出他那张曾经漂亮的脸和敏锐的淡褐色眼睛，他老了许多，脸颊不再丰润，爬满皱纹，看起来远不止四十一岁。我想起镇上的传言，说他毫无节制地嗑药酗酒。他朝我皱起眉头，我本能地向后退，突然对这个上了年纪的杰兹产生了畏惧。他看起来更加世故了，虽然我早有心理准备，亲眼见到时却也感到震惊，比起十八年前，他似乎多了一点咄咄逼人的气势，走到我面前时，他停下来，倒吸一口气。

　　"是你。"他目不转睛地盯着我，我在他眼睛里看到自己的倒影：穿着昂贵的红色羊毛外套、黑牛仔裤和高跟靴子。"你剪短了头发。"他又补充道，我不由自主地摸了摸头，现在我的头发刚刚过肩，不再像过去那样长到盖住半个脊背。"我听说你和丹尼尔·科利尔在镇上跑来跑去，揪着别人问问题。"他鄙夷地说，拿手蹭了蹭鼻子。我竭力保持面无表情。"你们还费个什么劲？她已经死了，不是吗？"

我仍然不习惯听人说你死了。没有丹尼尔，我不想继续站在这个偏僻荒凉的停车场，面对一个我几乎认不出来的男人。

　　"他有些问题没想明白……"我最后说。

　　"呸！他把我当傻子？那可是大错特错了。"他挑衅地盯着我，好像我会反驳他似的。

　　"我知道你不是傻瓜，杰兹。你给他的办公室打电话了？"

　　"那不是他的办公室，他又不是老板。"他啐了一口唾沫，"别看他现在有钱了，工作也很好，但我已经认识他很多年，我们一起上学，他曾经是我们中的一员。"

　　"他现在还是我们中的一员，"我脱口而出，"你看不出来吗？他喜欢这个地方。"

　　我还想补充几句，不知怎么却欲言又止。

　　他哼了一声，唾沫从嘴里飞出，落在我的脸上。"别傻了，他怎么会喜欢这里，否则他怎么一回来就找麻烦？真正可疑的是，他那天晚上在干什么？"

　　我的头皮发麻。"你在说什么？"

　　杰兹环顾四周，仿佛丹尼尔随时都会出现，尽管周围连个人影都没有。

　　他压低声音，"那天晚上我看到他了。"

　　我耸耸肩。"所以呢？他自己也说他那天晚上在那里，我看见他了，我还看见了你、海伦和莱昂，我们那天都在'地下室'。"

　　他从喉咙里发出一阵含混的笑声，"那天晚上我回家的时候，我又看到了他，和索菲在一起，他们站在老码头的入口，不知在吵些什么，她朝他大喊大叫，然后我看到她推了他一下，就喊着问他们怎么回事，但他们不理我，也许是没听见，反正当时我喝醉了，而且很累，所以我就继续往家里走，也没有多想，他们毕竟是兄妹，谁不会和自己的妹妹吵架呢？"

我浑身泛起一阵寒意。"你把这事告诉过别人吗，在她刚失踪的时候，比如警察？"

他耸耸肩。"当然没有，我怎么会给老伙计找麻烦，而且我不相信他会做坏事。我猜后来她是出了意外。我本来早就把这事给忘了，他这次回来到处调查，我才想起来。"

我皱眉道："我不相信丹尼尔会伤害索菲。绝对不会。如果是他干的，他为什么要大张旗鼓地搞调查？这说不通。"

他又耸耸肩。"很明显，不是吗？打消别人对他的怀疑，确保真相不会泄露出去。"

我笑起来，高亢尖细的笑声迅速消散在下午寒冷的空气中。"太可笑了。"紧接着，又一个念头击中了我，"你看到的不会是莱昂吧，不是丹尼尔？从远处看，很难分辨他们两个，他们都比一般人高，深色头发，在黑暗中根本看不出区别。"

他再次耸耸肩，似乎突然觉得我们的谈话很无聊。"我不知道，反正现在我要告诉警察了，丹尼尔不再是我的哥们儿了。"

我松了松脖子上的围巾，觉得有点喘不动气。"我相信丹尼尔。"我坚定地说，虽然这不完全是真的。"他永远不会伤害索菲。"我重复道。我嫌恶地凝视着杰兹，很想反驳这个邪恶男人的荒谬指控，现在他竟然打算告诉警察，警察肯定会找丹尼尔谈话，而他承受的压力已经够多了，假如警方将他列入嫌疑人，不知道他还会受到怎样的打击。

丹尼尔绝对不是嫌疑犯，我们都知道，对不对，索菲？你哥哥永远不会伤害你，他连一只苍蝇都不会伤害。

"到底是不是你？是你匿名给新闻编辑室打电话，让丹尼尔过来和你谈谈？你打算怎么对付他？把他骗到这里，指责、嘲笑他？这样做你就可以不那么嫉妒他了吗？让你感觉自己更像一个男人？"

他瞪着我，脸上写满了厌恶。"弗兰琪，看来他们没有说错你，铁石心肠的女人。你和丹尼尔真相配，你们都是一样的货色。"

"为什么？就因为我们有抱负？因为我们想要超越自我？这有什么错？"我愤怒极了，以至于忘记了害怕。

他把帽子往下拉了拉，盖住了眉毛，一副阴险的模样。他叹了口气，我能看出他并没有生我的气，他只是不满意自己的生活。"这没有错。"他说，肩膀耷拉着，显得既瘦小又脆弱，让我想要拥抱他。真希望你能看到他现在的样子，索芙，他和过去完全不同了，酒精、毒品和失意已经把他蹂躏成了另外一个人。

"对不起，弗兰琪。"他说，我吃了一惊，现在他的声音更加柔和了，好像痛苦和怨恨已经远离了他的身体，我伸出手去，碰了碰他起了老茧的手，"我不是故意说这些话的，你一直都很好，不是吗？我喜欢过你。"

我害羞地微笑起来，想起我们在他的车后座上喝酒厮混的日子，"我也喜欢过你。"

他搓了搓胡子拉碴的下巴。我注意到他眼睛底下的紫色瘀青和凹陷的脸颊。"我搞砸了自己的生活，但是我也在慢慢恢复正常，真希望时光能倒流，你知道吗？"

杰兹不知道的是，虽然我衣着光鲜，开着好车，俨然一位成功人士，但我们两个之间的区别并没有那么大，我对他的遭遇感同身受。

我把路虎停在车道上的时候，天色渐暗，尽管现在才三点。与杰兹道别后，我无数次查看手机，仍然没有丹尼尔的消息，我猜他也许会在公寓里等我，但公寓里没有人，我心事重重地跨进走廊。你失踪的那天晚上，杰兹看见的人肯定不会是丹尼尔，他一定是弄错了，丹尼尔告诉过我，那天晚上十一点半以后，他再也没有见过你，他说你从夜总会"凭空消失"了。所以这一切都是杰兹为了惹麻烦而编造的吗？他现在后悔了没有？

这个小镇已经榨干了我所有的精力，我突然产生了一个偏执的想法：丹尼尔今天没有出现，是不是因为被警察抓起来了？我靠在门上，眼睛逐渐适应了走廊里的阴暗，再过几天我就能回到正常状态，把你抛到脑后，也许到那时，我只有在收音机里听到你喜欢的歌曲或者看到与你相像的金发女孩时才会再度想起你，但请不要误解我的意思，我不曾完全把你遗忘，我经常想起你，但不是每一天，然而，自从回到奥德克里夫之后，你无时无刻不在我的脑中盘旋。

我慢慢爬上楼梯，仿佛能看到丹尼尔眼下正坐在警察局里受审，两个端着塑料咖啡杯的警察一个扮红脸，一个扮白脸。扮红脸的那个假装好人，试图从丹尼尔嘴里套话，扮白脸的那个威逼恐吓无所不用其极，想要突破他的心理防线，显然我是看了太多的警察破案的电视剧。

来到楼梯平台时，我听到我房间对面的公寓里发出"砰"的一声响，那套公寓不是空的吗？我走到门口倾听里面的动静。也许有人过来租住几天，现在虽然是淡季，但也并非没有可能——比如简和我。我竖着耳朵听了一会儿，里面似乎安静下来，正当我准备回自己房间时，又传来 "砰"的一声，我吓得跳了起来，难道来了小偷？我从包里掏出手机，差点准备报警，但我不能——我该怎么对警察说呢？

我一手拿着电话，另一手伸出去敲了敲门，壮着胆子问："有人吗？"我把耳朵贴在门上，"有人在里面吗？"

里面一声不响，我又敲了敲门，这一次更用力，结果门开了一点缝，原来没上锁，也许今天会有租户搬过来，也许他们上周把这套房间租出去了。我把门往里推了推，门后露出一条走廊，和我那边的很像——抛光的镶木地板，繁复的装饰，挑高的天花板。我又问了一句"有人吗"，仍然不见回应，于是小心翼翼地跨过门槛。"有人在吗？"我又问，觉得自己有点蠢。

突然，一只不知从哪里冒出来的姜黄色的猫张牙舞爪地嚎叫着飞向我，最后越过我落到了外面的楼梯平台上，我吓得向后一退，摔倒在地，心脏跳得飞快，连我的耳朵都能感到它的颤动。猫一定是被困在这套公寓里的，虽然我确定这儿的度假公寓里不允许养宠物。

我重新站稳，蹑手蹑脚地走进客厅，一股气流从我的脸上扫过，推拉窗没有关，二月份的寒风畅通无阻地吹进室内，我一眼便看到了咖啡桌旁边的一只花瓶，瓶子的一半已经碎了，另一半完好无损，暗色木地板上散落的碎片格外刺目，刚才的声音一定是花瓶掉到地上时发出的，很可能是那只猫从窗外钻进来，碰倒了花瓶，但我不知道它是怎么进来的，因为这里是二楼。

　　我扫视了一眼整个房间，发现这里并没有个人物品，应该不会有人住在这里，我来到卧室，发现床铺得很整齐，衣柜里也没有衣服，这证实了我的推断，也许是清洁工打扫完之后忘记了关窗和锁门。

　　我走回客厅，研究着破碎的花瓶，弯腰捡起一块碎玻璃，紧接着又把它扔掉，因为它刺破了我的指尖，血渗了出来，我把它含在嘴里止血，小心地跨过地上的玻璃碎片，关上窗户，这时我注意到了房间里的那台电脑——显示屏是关着的，电脑上连着一台打印机，上面的绿灯一闪一闪，我皱起眉头，发现打印机旁摆着一只眼熟的棕色A4信封，我拿起信封，指尖上的血染红了信封的一角，我震惊地喘息起来：信封上写着我的名字。

索菲
1997 年 8 月 11 日 星期一

　　阿利斯泰尔的事情正在失控。我不知道该怎么办。

　　几天前，我像一只受惊的猫那样从他车上跳了下来，我已经尽最大努力躲着他，还打电话请了病假，虽然这样会影响我的收入，长此以往我也负担不起，但除了与他保持距离，我别无选择。

　　妈妈一直上夜班，早晨回家后会睡到中午起床。谢天谢地，只要不发出声音吵醒她，我就能偷偷躲在家里。我不希望她知道我被一个神经病缠上了，她只会干着急，帮不上我的忙。妈妈对待工作一向非常认真，最恨游手好闲和跷班。丹尼尔也会睡到中午才起，但他可不是什么工作狂，而是前一天晚上的酒还没醒。

　　上个星期一，莱昂打电话来问我晚上去不去酒吧，虽然心有愧疚，觉得没脸见他，但我还是不由自主地答应了他。我们在超市的角落里碰头，一起走到"海鸥"酒吧，他紧紧抓着我的手，天气依旧暖和，天空点缀着粉红色和橙色的斑块形状的云彩，海面平静无波，然而我却心事重重，一回想起阿利斯泰尔亲我时的样子，还有他的求爱，我就有种搞外遇的感觉，哪怕那只是阿利斯泰尔对我单方面的纠缠。

　　酒吧里很安静，我们坐在俯瞰大海的窗户旁，已经过了八点，还有几个人聚集在沙滩上，一对情侣在步行道上散步。喝光一大杯苹果酒之后，我全身放松下来，所有的注意力都集中在莱昂身上，我饶有兴味地听他讲述一天的工作，还有斯蒂芙和他哥哥的激烈争吵，他越过桌子握着我的手，我感到一阵阵的心神荡漾。

"你今晚愿意在我家过夜吗？"我不由自主地问，忽略了我母亲制定的"不得留宿客人"的规矩，"我妈上夜班，丹尼尔不会打扰我们的，他到凌晨才能回家。"

"求之不得，这种问题你竟然还要问我，"他咧嘴笑道，"那我们现在就去你家？"他非常急切地站起来，差点碰洒桌上的啤酒，我哈哈大笑，也跟着站起来。他隔着桌子凑过来，把我吻得晕头转向，手抚着我的头发，当他松手的时候，我不得不扶着桌子才能站稳，我突然迫不及待地想要占有他，虽然自确定关系以来就尽可能地抓住一切机会亲热，但我们上床的次数屈指可数，因为在一起的时间有限，加之知道激情总有消退的一天，所以我们一次比一次疯狂，想到可以一整晚都和莱昂翻云覆雨，探索彼此的身体，我就兴奋不已。

伸手去拿挂在椅子背上的牛仔夹克时，我僵住了，尽管天已经黑下来——夜幕犹如一块暗色的牛仔布，这是夏季独有的天色——但我仍然可以看到阿利斯泰尔就站在街对面盯着我，他的脸隐藏在暗影之中，但从他的姿态、头发垂落的样子和挺直的鼻梁来看，我知道那就是他，也知道他能看到我——像个被刺眼的追光灯照亮的女演员，舞台的焦点。

我不知道他在那里站了多久、看到了什么，我和莱昂那个缠绵的亲吻是否完全落入他的眼底？但我知道他为什么在那，这说明了很多事，显而易见，我无处可逃，我或许可以通过跷班暂时躲开他，但他在无声地提醒我，他一直在等我回应。

我故意慢慢地转过身去不看他。

"你没事吧，索芙？"莱昂走过来，"你的脸色怎么这么白？"

我点点头，挤出一个微笑："我刚刚感觉有些不舒服，没事。"他搂着我的腰，带我走出酒吧。阿利斯泰尔已经消失得无影无踪，但回家的一路上，我始终觉得他在跟着我们。每当有汽车从旁边开过，我都会伸长脑袋，看看是不是他的宝马，发现不是之后再松一口气。

我努力把阿利斯泰尔抛到脑后，和莱昂溜进家门，不出所料，丹尼尔果然还没回家，我和莱昂头一次有了放纵的机会，我们做了两次爱：第一次很快，但第二次……哇哦！事后，鼻尖蹭着他的胸膛，我很想把阿利斯泰尔的事告诉他，因为我感到与他前所未有地亲近，那一刻，我不再想要保守秘密，然而我知道这只是一厢情愿的想法。

后来我们睡着了，太阳升起时，我被楼梯上传来的脚步声惊醒，我摇醒莱昂，让他躲在衣柜里，以防我母亲探进头来，但她并没有这样做，她一定是累坏了，因为我听到冲马桶的声音和她的卧室门关闭的声音，还有她疲惫的身体倒在床上时弹簧床垫的嘎吱作响，我忍着笑把莱昂从衣橱里拉出来，只见他光着身子，裹着我的衣服瑟瑟发抖，一件挂在橱子里的碎花连衣裙在他的头顶擦来擦去，三年前我穿着它参加过一场婚礼。

"索菲·科利尔，"他低声说，我们爬回床上，咯咯地笑了起来，四肢纠缠，"我真是爱死你了。"

度过了一个特别的夜晚，莱昂终于得以在上午七点之后溜出我家，回去换衣服上班。

当天上午晚些时候，我经过公寓房居住区的报摊，手中的塑料袋里盛着几本杂志和几盒牛奶，这时我听到有人叫我的名字，转身一看，阿利斯泰尔的汽车呼啸着开到路边，他摇下窗户，朝我笑笑，眼睛闪闪发光。早饭时吞下的吐司立刻反上来，顶到了我的喉咙口。

"你不是病了吗？"他叫道，与在垃圾桶周围玩滑板的孩子们相比，开宝马的他显得很扎眼，"我觉得你气色很好，一点都不像是生病了。"他大大咧咧地盯着我的腿看，我把裙摆往下拉了拉。

愤怒与沮丧让我的眼皮内侧酸胀刺痛，流出泪来。"今天我放假，你赶紧滚，别来烦我！"我痛苦地喊道，滑板少年们纷纷转过头来看我，其中一个十六岁左右的戴帽子穿牛仔裤的男孩叫了一声。

阿利斯泰尔沉下脸。"要是你明天不来上班，我就解雇你。"他恶狠狠地说。

"你听到她说什么了吧，赶紧滚，老色狼。"另外一个打着眉钉的男孩对他叫道，"她不想和你说话，死老头。"

阿利斯泰尔摇上车窗，又狠狠地盯了我一会儿，然后绷着下巴扭过头去，开车走了，车轮摩擦着地面，发出刺耳的声音。

"你没事吧，亲爱的？"眉钉男孩问我，我点点头，很感激他的介入。

第二天早晨——星期三——我本打算继续请病假，但我知道假如这样做，阿利斯泰尔会解雇我，我别无选择，我需要钱，而且现在我找到了出版公司的工作，必须攒下去伦敦生活的费用，母亲没钱帮我在伦敦租公寓，我必须自己想办法。

上班的路上，我猜想阿利斯泰尔不会在旅馆里对我做什么过分的事，因为他的妻子和女儿也在，接到我昨天的警告之后，他或许想通了。

然而我错了。

起初我成功地避开了他——在厨房帮助豪伊太太清理早餐用具、和餐厅里的几个磨磨蹭蹭吃煎蛋的游客聊天，但我一直在关注阿利斯泰尔的动向，弗兰琪星期三放假，玛利亚告诉我她还在赖床，不知道她起床后会做些什么，除了我之外，她在奥德克里夫没有别的朋友。

"你去7号房间换换床单好吗？"玛利亚背对着我说，这不是个问句，而是命令，我打量了一遍她弯曲的背部、浑圆的肩膀和酷似弗兰琪的深色头发。

我默默地离开房间，来到二楼，去大储物柜里找干净床单，柜子在走廊尽头的拐弯处，我踮起脚尖，想把搁在最上层架子的被单够下来，这时有一双手抓住了我的腰，因为嗅到了阿利斯泰尔的味道——令我作呕的麝香香水和香烟味——不用转身我就知道是他。我挣开他，但我已经被他的身体堵在了角落里，根本无法逃跑，他肯定一直都在这边守株待兔：假如在这里逮住我，不会有人看到。

我拍开他的手，转身面对他："你怎么还是不明白？"

　　他的脸上挂着我童年时代就熟悉的表情，好像一个没得到糖果的小男孩。每当弗兰琪打算出门，他却想要和她继续玩棋盘游戏的时候，也会对她露出这种表情。

　　"昨天你对我可不怎么好。"他哀怨地说。

　　我不知道该如何回应，只希望玛利亚能上楼来，但即使她上来了，也不会看见躲在拐角后面的我们。

　　"我只能那样对你，阿利斯泰尔，因为你还是不明白，我对你没兴趣。"

　　"我想你会改变主意的。"

　　"随你怎么说。"我想从他旁边挤过去，但他抓住了我的手臂。

　　"我总能得到我想要的，索菲，无论用什么手段。"

　　他在威胁我吗？

　　"这次可不行。"我嘶叫道，甩开他的手，"我要走了，阿利斯泰尔，我受够了。"

　　我向前走了几步，但他跟在我后面，紧追不舍，"索芙，等等，对不起，别走。"

　　"离我远点。"我咬牙切齿道，"我受够了，那天晚上我看见了，你在酒吧外面看着我和莱昂，你为什么就不能放过我呢？你这个神经病。"

　　他露出恐慌的表情。"好吧，好吧，但是——"他把手指放在唇上，"你小点声。"

　　"我应该告诉玛利亚的！"我气不打一处来，"她有权知道你是个什么样的浑蛋。"现在我已经来到楼梯平台上，阿利斯泰尔扫了一眼通往弗兰琪所在楼层的楼梯间，他一定是在担心我们的争执会把她吵醒。他打算干什么？在储物间里骚扰我？

"拜托，索菲。我会离你远点的，对不起，是我搞错了。"

"希望你真是这样想的，阿利斯泰尔，你是个四十八岁的成年人了，不应该再哭哭啼啼的。很抱歉我亲了你，以后不会这样了，你也好自为之。"说完我便匆匆走下楼梯，没回厨房找玛利亚，因为她会问我为什么不给7号房间换床单，我尽可能镇定地走出大门，然后跑了起来，直到与旅馆拉开一定的距离才放慢脚步。

我知道我再也不会踏进旅馆了。

母亲在叫我，等一下我再把这些事写完。

弗兰琪

2016 年 2 月 15 日 星期一

我在本地报社门口停好车，看到丹尼尔的阿斯特拉就在停车场里，我松了一口气，报社的六十年代建筑上竖着一排大字——"奥德克里夫广告报"，我们十五岁来这里社会实践的时候，报社就是这个样子了，你还记得吗，索芙？你也是从那时开始立志成为记者的，尽管你时常改变主意，但你知道自己想要做有创意的工作，而我却不知道自己想干什么，因此，我把大部分的实习时间都用在收发短信上，你却在跟着报社里的记者们学习，甚至进入法庭采访。

发现那个信封之后，我曾多次打电话给你哥哥，但始终没有人接，他很可能在上班，我不得不找点事情做，因为我再也没法独自在这个公寓里待下去了。

走进报社办公室时，我的腿依然在打颤，前台没有人，所以我径直走进开放式办公的新闻编辑室，天花板上的条形照明灯亮着，但只有一个人在电脑前忙碌：一个扎着马尾辫的女人，她抬起头看我，朝我露出探询的微笑，她很年轻，大概才二十出头，我觉得她有点面熟。其他人都去哪了？

我做了自我介绍。

"嗨，我是崔什，"她说，我立刻想起，她就是昨晚和丹尼尔在一起的那个女孩，"出了个大新闻，他们都去采访了，我在这里守着电话。"

这或许正是丹尼尔没去见我和杰兹的原因。"丹尼尔也去了？他的车停在外面。"

她皱起眉头。"没有，他也在这里，不知去哪了——"她被电话铃声打断，小声对我说了句抱歉，接起电话，转身背对我，翻开本子潦草地记着什么。我借机踱到角落里的玻璃门前面，里面是个小房间，门上贴着"主编"两个字，我猜应该是丹尼尔的办公室，于是溜了进去，里面没人，但电脑屏幕是亮着的。

出于好奇，我走到他的办公桌前，看看他在做什么，电脑屏幕上是一篇文章，内容写的是两只被砍下来的人脚漂到了西北太平洋的海滩上。"……受害者的脚之所以得以留存，"我读道，"是因为它们穿着鱼类无法嚼透的运动鞋或者靴子，这说明它们可能来自浸泡在水中多年——甚至几十年——的尸体……"

"弗兰琪？"

听到丹尼尔的声音，我吓得跳了起来。

"你在干什么？"他推开我，点击鼠标关闭页面，然后看着我，眯起眼睛，"为什么偷看我的电脑？"

我的头有点晕。"我没有。屏幕没关。你为什么要读断脚的文章？"

"我只是想先了解一下……赶在星期三之前。"但他没敢直视我的眼睛，反而收拾起桌上的文件来。

为了更深入地了解你的遭遇，他用谷歌搜索了"砍断的脚"的相关信息，索芙，这简直可怕，我突然很生他的气，他究竟在搞什么花样？"你去哪了？"我叫道，"你应该和我一起去见杰兹的，你让我一个人面对他……"

他阴沉着脸。"出了个大新闻……我脱不开身。"他揉揉眼睛，我第一次意识到他的工作需要承担多么大的责任。

"你可以打电话给我的……"

"我真的很抱歉。"

"还有，"我把简、塑料娃娃和信封的事告诉了他，"信封上有我的名字，我吓坏了，你能和我一起回去吗？我一个人很害怕。"

"你？害怕？哇，弗兰琪夫人，你以前可是不愿意承认的。再等十分钟，我忙完这里的事，然后我们就走，副主编很快就回来了，他可以接管。"

回到博福特别墅，上到二楼，我不好意思地指了指三号公寓的门，告诉丹尼尔我在里面看到了什么，他皱起眉头，没有说话，走到门口，现在那扇门是关着的，他拧了拧门把手，像我上次进去时那样虚掩着的门"吱呀"一声打开了，丹尼尔说了声"有人吗"，然后走了进去，我不愿意独自站在楼梯平台上，所以也跟着他走进去，里面还是我不到一小时之前进去时的样子。

"这里没有个人物品，"我说，"似乎没有人住，看起来就像是有人纯粹为了给我打印那些信才使用这套房间的，到底是什么人干的呢？你知道这套公寓是谁的吗？"

他从飘窗前方的写字桌上拿起那个信封，朝我转过身来，"这个信封和你以前收到的那几个是一样的？"他问。

我不耐烦地告诉他，当然是的。但他困惑不解地摸着下巴，"你说信封上有你的名字和地址，可这个上面什么都没有啊。"

我夺过信封，果然，棕色的A4信封上面什么都没有。

丹尼尔看起来很恼火。"你根据一个空白的信封就能得出那样的结论？不就是一个人人都可能会用的普通信封吗？"

"可是……"我大惑不解地盯着它，仿佛期待我的名字和地址会突然出现在信封上一样。"我不明白，这上面确实有我的名字来着……"我把它丢还给丹尼尔，但他根本没接，信封飘到了地上。我趴到地板上，疯了似的在桌子底下寻找。"也许风把它吹下来了。"我绝望而徒劳地打量着眼前的镶木地板，最后只得站起身来，掸掉裤子上的灰尘。丹尼尔正狐疑地盯着我看，他那不信任的神情让我眼里涌出泪水。"我确实见过它的。"我低声说。

"噢，弗兰琪，"丹尼尔的表情软化了，他向我迈了一步，"你看起来很疲惫——我很担心你。"

"我很好。"我抽了抽鼻子，眨着眼睛，想把眼泪憋回去，我现在绝对不能崩溃，至少要等到这一切结束之后再发泄情绪，虽然我也有点想要扑到丹尼尔怀里，钻进他的黑色长大衣里面，但既然我已经坚强了这么久，再坚持一会儿也没有什么，索芙。

我背过身去，小心地用袖子抹抹眼睛，尽量不去弄花睫毛膏，突然，我愣住了。"花瓶……"我盯着咖啡桌说，"花瓶……不见了。"

"什么花瓶？"

我不知道发生了什么，只是感到非常恐惧。"这里有一只花瓶来着……猫把它撞倒了。它在地板上，摔碎了，现在花瓶不见了，有人把它清理掉了，还带走了信封。"我忍不住尖声叫道，我一向鄙视这种声音，然而它现在却从我的嘴里冒出来。

　　"弗兰琪，你在胡说什么。"

　　我猛然转过身去面对他："你不明白吗？有人在整我，丹尼尔，他们想要吓唬我。为什么？"

　　他轻轻地握住我的胳膊，把我领到门口。"我们不应该在这里，"他低声说，"走吧。"

　　我觉得很难受，但还是听任他把我领出去，他带上门，我跟着他回到我自己的公寓，进门之后，我突然产生了一种出于理性的恐惧：我出门的时候，有人进来过。我疯狂地从一个房间跑到另一个房间，检查床垫底下和衣柜里面。

　　"弗兰琪，你太偏执了。"

　　丹尼尔的声音吓了我一跳，我气势汹汹地转过身瞪着他："你说别的公寓是空的，但显然不是，你知道我晚上能听到小孩的哭声吗？这是一座独栋别墅，丹尼尔，哭声一定是从哪套公寓里传出来的，楼下的女人说她的公寓里没有小孩，可今天早晨我看见她拿着一个塑料娃娃，看起来似乎——"我强忍着不用哭腔说话，"他们似乎知道怎样才能吓到我。"说到这里，我忍无可忍地流出了愤怒沮丧的眼泪。

　　"弗兰琪……"丹尼尔看上去很吃惊，但我已然像连珠炮一样道出了几天以来始终压抑着的恐惧，再也无法控制自己的言语。

“我看到她了，我看到了索菲！她在监视我，她就在码头上，还跟着我回到公寓，她站在车道那头，叫我的名字，似乎想和我说话，她是想警告我吗？现在对面的公寓又来了新客人，这个人在给我写恐吓信……我不能……我不知道该怎么办……”我双手捂脸，为自己的歇斯底里感到尴尬，即使在非常紧张的情况下，我也总能保持镇定，可回到这里之后，我为什么会变得如此反常？

　　丹尼尔什么都没说，把我拉到他怀里，我靠在他身上哭了几分钟才冷静下来。“对不起，”最后，我吸着鼻子说，不好意思看他，“很抱歉我那样说索菲，我知道她不在了，都怪我胡思乱想。”

　　“弗兰琪，”他对着我的头发说，“我认为那套公寓是空的，虽然我无法解释花瓶和信封的事，但看起来里面不像有人。”他向后推了推我，温柔地从我脸上抹去一滴泪水，“对不起，我不该让你经受这些，不该叫你回来，我没想到这件事对你的影响竟然这么大，你说的关于索菲的事……我理解。这么多年来，我也经常以为自己看到了她，你爱的人去世之后就会发生这种事，你知道的。”

　　我无法告诉他事情可没有这么简单——我看到你的时候，你就像是真的一样，和现在站在我面前的他一样真实，我看到的那个人也并非仅仅是与你相似——有着金色的长发和修长的双腿——而已，因为她就是你，你的确出现在了我的面前。对于这一点，我像知道自己的名字叫什么一样肯定，我所不确定的是，你为什么会出现？是为了报复吗？因为我那天晚上没有帮你脱困？还是想要警告我？帮助我？我从来不信有鬼，总是相信有鬼的人是你，可现在……现在……

他亲了亲我的头顶，向后退去。"我去烧水，别担心，没事了……我有一种好的预感：我们距离真相越来越近了。"

他离开客厅之后，我来到主卧的浴室洗了把脸，匆忙地重新涂了一遍睫毛膏，梳理头发，直到心绪平静下来。我的眼睛看起来很大，闪着光的泪水让绿色的虹膜显得更加明亮了。

我终于鼓起勇气走到客厅，丹尼尔坐在沙发上，我拉上窗帘，刻意盯着窗帘布，避免朝老码头的方向看，突然，你的脸从我的脑海中划过——带着笑意的灰色眼睛是那么的清晰生动，我不由自主地叫了一声，仿佛被匕首刺到，负疚感蚕食着我的心——我没能拯救你。

"弗兰琪？"丹尼尔的声音把我拉回了现实。

"我没事。"我勉强地笑了笑，他肯定觉得我精神失常了，所以我不能再对他说些听起来匪夷所思的话，我什么都不能告诉他。我揉了揉心口窝，"就是有点消化不良。"

"快坐下吧，看在上帝的分上，你可不能心脏病发作啊。"虽然他是开玩笑，但我听得出他语气中的关切。我也在沙发上坐下来，小口喝起了茶，他放了糖，但我没有抱怨，我需要糖分来滋养受惊的神经。

"你想让我今晚留在这里吗？"他说，"我可不可以就睡在沙发上？"

我很想回答"可以"，让他分享我的床，在他身上迷失自我，但我知道我不能，他现在有女朋友，甜蜜、善良的丹尼尔，我决不愿像过去那样伤害他。"米娅怎么办？"我问。

"她会理解的。"他说，但是我可以从他的表情中看出他在说谎，我知道她不会理解，我知道，假如他是我的男朋友，我也不会理解。

　　我捏捏他的手。"谢谢，丹，但我想我们都知道，她不愿意这样，我不想给你造成麻烦。"他又待了一个小时，我们点了个外卖当晚餐，因为公寓里的信号很差，他必须到外面的车道上打电话叫外卖，我开着前门等他上来，自己躲到门旁的厨房里，时刻注意着走廊里的动静，以防对面公寓里的人出现。虽然丹尼尔不相信我，但我相信自己的眼睛，我确定里面有人，也许不是整天都待在那里，但每当需要炮制匿名信的时候，他们就会到这里来，等到凌晨时分再鬼鬼祟祟地钻出来，在门垫上留下棕色的信封。我不明白他们希望达到什么目的，试图把我吓跑？可我求之不得，很想马上离开，回到安全的伦敦，但我现在不能走，仅凭几封卑鄙的匿名信无法将我赶出这个小镇。

　　丹尼尔回来时，鼻子冻红了，头发和肩膀上落了些雪花，有点像头皮屑。我们聊了很多，唯独不曾提到你，和我吃掉各自的咖喱之后他就走了，出门之前，看到我在换鞋，他说："不用送我了。"说完，他亲了亲我的脸颊，我压抑着没有回应他的吻。

　　我不情愿地关上门，公寓里空空荡荡，我往壁炉里添了些木柴，又倒了一杯酒，明天又需要补货了，自从回到这里，我喝了很多酒，我的脑袋里全是你，索芙，那里面不再全都是我的生意。你成功地再次占据了我的思想，就像你失踪后的那几个星期乃至几个月里那样。

正如我每天晚上在这里所做的那样，我从卧室拿出羽绒被，蜷缩着睡在沙发上，被子上面还有迈克的气味，我有点后悔今早把他赶走了，现在我真的需要有人陪伴。

今晚的电视信号倒不算糟糕，我打开电视，从历史剧中那些喋喋不休的人物对话中获得了些许安慰，喝光一整瓶红酒之后，我很快便陷入了深睡眠，甚至没来得及脱掉衣服，直到再次被婴儿的哭号声惊醒，我眨着眼睛看了看DVD播放器上的液晶数字：凌晨两点。为什么婴儿的哭声总在两点钟响起？我仔细地听着，尽量不去注意自己胳膊上的鸡皮疙瘩和脑后倒竖的寒毛，我发现哭声很有节奏，总是哭哭停停，每一阵哭声之间的间隔大约是五分钟，就好像是……

我跳下沙发，跑到前门，哭声究竟来自何方？我踮起脚尖，透过猫眼往外看，走廊里亮着一盏低瓦数的小灯，在楼梯平台及其四围的墙壁上投下昏暗的光晕和浓重的阴影，虽然我暗暗告诉自己外面并没有人，可我是否有足够的勇气在大半夜里跑到楼梯平台上呢？趁自己还没有细想之前，我跑回客厅，从壁炉架上拿起一只银烛台，其实我不知道自己到底打算怎么做，但觉得有件武器更安全，免得有人企图伤害我，丹尼尔不是认为有人想要报复我吗？

我从花岗岩台面上拿起钥匙，关上前门，穿着袜子来到楼梯平台上，手里举着烛台，看到拱形窗里反射的自己的倒影，我差点吓晕过去，回过神来之后，我又忍不住自嘲起来，现在的我看起来一定像个白痴，索芙，头发乱七八糟，眼神恐惧惊惶。

我站在平台上一动不动，婴儿的哭声再次响起，如同昨晚、前天晚上和大前天晚上一样，我踮着脚尖来到楼梯平台对面的三号公寓门口，哭声听上去绝对是从那里面传出来的，而非像我最初设想的那样来自楼下。我蹑手蹑脚地向前缓缓移动，把一只手掌轻轻地按在门把手上，门依然没有锁，在我的推动下缓缓敞开，哭声变得更响亮了，我必须进去看个究竟。我握紧了手中的烛台，踏进狭窄的走廊，轻轻打开电灯开关，室内的摆设与我和丹尼尔离开时一样，并没有什么变化，唯独多了婴儿的哭声，如果这套公寓里没有婴儿，那么哭声是从哪里来的呢？

我战战兢兢地靠近起居室，哭声更大了，我只能捂着耳朵，扫了一眼室内，并没有发现什么婴儿，然后我注意到窗边的电脑，它的屏幕发出诡异的绿光，我站在那里盯着它，惊得无法动弹——只见黑色的屏幕上面，闪烁着绿色的声波图案。原来婴儿的哭叫来自这台电脑，是它播放的录音！什么样的变态做得出如此卑鄙的事？

我走过去按下鼠标，试图关掉录音，我对电脑有一些了解，但这一台似乎相当复杂，我无法直接停止播放，只能胡乱拍打键盘，我愤怒地踢了桌子腿一脚，这见鬼的到底是怎么回事？最后，我找到了音量调节设置，把声音调到最小，房间里终于沉寂下来。

我站在桌子旁边，黑暗像毯子一样从四面八方包围着我，我以为这里只有我一个人，可万一我的感觉出错了呢？假如想要恐吓我的人也在这里怎么办？一阵寒意从我身上窜过，我尽快从三号公寓里跑出来，用力带上门，颤抖着掏出钥匙，回到自己公寓，锁上门，一屁股坐在地板上。

这一切究竟意味着什么，索芙？到底怎么回事？

我必须专注。我需要查清三号公寓的所有者是谁，博福特别墅里没有Wi-Fi信号，明天一早我就去咖啡厅上网调查。我站起来，钻进沙发上的羽绒被，依然浑身发抖，我双手抱头，裹紧被子，盯着指缝间的头发，这才感到安全了许多，我已经很久没有这么恐慌了，哪怕和克里斯托弗分手时也没有。

　　至少我让"宝宝"停止了哭闹，我苦笑着想。

　　我摸索出手机，用颤抖的双手拨打了丹尼尔的号码，我知道这样做可能会惹怒米娅——凌晨给她男朋友打电话，但我没法独自一人在这里过夜，但愿手机信号够强，让我能拨通电话，听到手机另一端传来他睡意朦胧的声音，我松了一口气，在信号变弱、通话中断之前告诉他快点过来。

　　我是个胆小鬼。自从跑出旅馆之后，我始终无法面对阿利斯泰尔，第二天弗兰琪打来电话，问我发生了什么事，我吓得以为她那天听到了我在楼梯上对她爸爸大喊大叫，但幸好她只是想知道我为什么要跑回家，于是我告诉她我得了肠胃炎，医生让我多休息。我一直躲在家里，重读以前读过的小说，但我知道自己不能躲一辈子，总有一天必须离开家。夜里，我经常突然惊醒，浑身冒着冷汗，担心阿利斯泰尔就在房子外面，或者开着车在我家周围转悠，我始终无法摆脱这样的幻觉，总以为他在监视我，我知道这很蠢，因为他不过是亲了我，但令我害怕的正是这些幻觉。他深信我对他有感觉，然而我现在对他唯一的感觉就是恶心，一想到他，我的身上就起鸡皮疙瘩。

　　星期六早晨，丹尼尔走进客厅，抱着一大束鲜花，我抱着毯子躺在沙发上，还在假装生病。"瞧瞧这是什么？莱昂一定是恋爱了。"他笑着把花递给我，我的心沉了下去，不用打开花束里的卡片，我就知道花不是莱昂送的，他没钱买花，尤其是这种大捧的鲜花。他给我打过几次电话，但每次我都告诉他不要过来，理由是我可能会把肠胃炎传染给他。自他来过夜之后，我就没见过他，虽然很想他，但我没有脸见他。

我接过丹尼尔手中的花，毫无疑问，它们很漂亮，那些天鹅绒般的大朵红玫瑰更是我不曾见过的，我的眼睛涌出失望的泪水，丹尼尔大概顺理成章地觉得这是开心的眼泪，我多么希望这些花是莱昂送的啊！

"我知道你也有同感，"卡片上写着，"我不会放弃你的。"没有落款，不需要落款。

丹尼尔一定注意到了我失落的表情，因为他在我旁边的沙发上坐下来。"你还好吗？我和妈妈都在担心你。"

我还是第一次听到这种话，除了用奇怪的眼神看看我之外，妈妈从来没说过她担心我，每当她下了夜班回家，我都能听到她鬼鬼祟祟地溜进我的房间，显然在察看我的情况，但每次我都会装睡，下午她起床时，会给我做点汤，劝我喝下去，然而哪怕想到吃东西这件事我就觉得恶心——我甚至真的以为自己得了肠胃炎！

"我是生病了难受。"我搪塞道，但听起来不太有说服力，丹尼尔比任何人都了解我，很可能超过了弗兰琪。"我得把它们放在水里。"我避开了他和他的问题，拿着花站起来，水滴从花茎上淌下来，流到我的胳膊上。我走进厨房，考虑要不要把花丢进垃圾桶，垃圾桶里还有昨晚扔掉的炖菜，散发出令人作呕的臭气，我背过身去。

妈妈走进厨房，穿着她那件破旧的晨衣，头发翘起几撮，抱怨今早没睡好。自然，她的目光被我手里的花束吸引，我则假装这是莱昂送的。一个接一个的谎言。她把花从我手中拿走，说我的脸白得像床单一样，应该赶紧回床上躺着，她会帮我把花放进花瓶的。

昨天下午，莱昂出现在我家门口，丹尼尔立刻拿送花的事打趣他。"我不知道你在说什么。"莱昂粗声粗气地说，脸上泛红。我拉着他走进门厅，轰走了丹尼尔。

"什么花？"莱昂问我，我拽着他上楼来到我的房间，他差点被我床边的书堆绊倒。

"噢，我觉得是弗兰琪一家送的，丹尼尔以为是你送的。"我故作不经意地说，莱昂似乎并不买账，趁我不注意时，他会偷偷打量我，仿佛想把我看透。我总是不擅长说谎。

他说："你看起来还是很憔悴。"我的头发绑成了马尾，脸上没化妆，黑眼圈很明显，面色疲惫，一个星期以来，我每天只喝一点汤，牛仔裤的裤腰变得松松垮垮，虽然我想要保持小细腿，但再瘦下去并不是什么好事。

"一看到你，我就感觉好多了。"我诚恳地说，"我想你了。"

他坐在我的床边，抬头看着我，眼神忧伤，我突然觉得很爱他。"我一直想过来，"他抱怨道，"可你不让我来，我还以为自己做错了什么。"

我站在他面前，很想哭出来。"你什么都没做错，我只是怕传染你。"

他的拇指勾进我牛仔裤的裤腰，把我拉过去，"我也想你。"然后他朝床上一倒，我压上去，和他在我的皮埃罗羽绒被上四肢纠缠，弥补一周以来失去的时间。

那一刻，我觉得一切都会好起来，只要莱昂在我身边。

弗兰琪

2016 年 2 月 16 日 星期二

　　我梦到了许多人的脸：你、莱昂、海伦、丹尼尔、杰森，甚至还有他妹妹，我不记得她叫什么了，只记得葬礼上的她那张悲伤瘦削的小脸，还有蓬乱的金发，我已经有很多年不曾想起她，但回到这里之后，匿名信和各种奇怪的幻象——以及内疚——让我回忆起许多过去的细节。

　　我睡得很不安稳，一会儿做梦，一会儿惊醒。当第一缕阳光顺着窗帘的缝隙透射而入时，我感到一阵宽慰，随即惊讶地发现自己在卧室里，这才想起我凌晨两点半给丹尼尔打过电话，十五分钟后，他头发凌乱地出现在我家门口，给我一个睡意浓重的微笑，我意识到，我真的曾经爱过他，而且现在在重新爱上了他，索芙，我爱上了你哥哥，过去几天来，他是我的依靠，多年来我始终想念他，老实说，我觉得我一直都喜欢他，只是不自知而已，反而盲目地相信自己需要一个野心勃勃、神秘、独立的对象，总是被杰兹和莱昂——他们都与杰森相像——那样的男孩吸引，然而实际上我需要的是坚实可靠、脚踏实地的人，虽然我一直在和过去的那个弗兰琪划清界限，逃避这个小镇，但我真正需要的人却一直都在这里。

　　可我不能再回头了，你知道的，不是吗，索芙？

我推开被子，抓过睡袍，轻手轻脚地走进客厅，丹尼尔蜷缩在沙发上，衣着整齐，身上搭着一条毯子，他的腿太长，露在沙发外面，熟睡的脸神态平和，闭着嘴巴，呼吸清浅，我很想把掉在他前额的黑发拨开。我静静地站在那里，盯着他看了一会儿，不由得嫉妒起米娅的幸运，这时丹尼尔的眼睛突然睁开了，看到周围的摆设和穿着睡袍、露出一点乳沟的我，他惊讶地瞪大了眼睛，我知道露乳沟的做法有点小狡猾，但是你了解我的，索芙，我并没有改变那么多。

　　他呻吟着坐起来，揉了揉下巴上的胡茬。"几点了？"

　　"刚刚八点，我去烧水。"我走进厨房，听到他把毯子扔回沙发，脚踩在木地板上，他现在一定迫不及待地想回到她身边，我很想知道她长什么样，这个米娅，虽然他很少谈论她，但他的沉默总是让人觉得她对他而言非常重要。

　　我打开水壶上的开关等水沸腾，几秒种后，他来到门口，竖着几撮头发，衬衫下摆搭在牛仔裤外面，有点卷边。"抱歉，弗兰琪，我得走了，回家洗澡，然后上班。"他答应稍后给我打电话，夸张地给我一个飞吻，似乎并没有注意到我阴沉下来的脸色，然后他就离开了，整座公寓再次陷入巨大的空虚和沉寂。

　　我洗澡、穿衣服，强迫自己喝了点粥，又看了看厨房墙上的表，才八点半，我需要找个有Wi-Fi的咖啡馆，查清谁是三号公寓的主人，但大概不会有多少咖啡馆在九点之前开门。三号公寓里面肯定有鬼，为什么会有人这样对我，还播放婴儿的哭声？他们似乎很了解我，索芙。他们是怎么知道的呢？为什么有人会知道？

昨天晚上丹尼尔过来时，看到我在沙发上哭泣着发抖，他又去对面公寓看了看，回来之后，他握着我的手安慰我，说他怀疑那台电脑只是设了定时器，电脑的主人忘记把它关掉了，不是针对我，一切都是巧合。"在电脑上保留婴儿的哭声录音，也许是为了搞研究，或者拍电影，还有许多其他原因。"他说。

虽然无论什么事他都能找到听起来合理的解释，我却深知这样做就是针对我的，我亲眼见到那个信封上写着我的名字，即使它后来又神奇地消失了。

我想到杰兹昨天对你哥哥的指责。当我问起丹尼尔这件事时，他耸了耸肩，说杰兹在胡说八道，他在你失踪那晚并没有在码头和你争吵，你哥哥总是很外向，思想和感情随时写在脸上，心里藏不住事，你不是常说他是个话痨吗？

然而昨天……我看得出他对我有所隐瞒。

婴儿的哭声绝对是有人对我进行恶意伤害，我告诉过丹尼尔自己很想要孩子，他是奥德克里夫唯一知道这件事的人，我突然产生了一个念头，随即又掐灭了它，因为这个设想很可怕，我拒绝受它摆布。

我必须信任丹尼尔，我记得他有多爱我，我知道他还在乎我，索芙，我必须坚持这个想法，因为我没有其他人可以相信。

我闭上眼睛按摩额头，我的脑子昏昏沉沉，太阳穴一跳一跳地疼，我知道这是睡眠不足的表现，这几天晚上，我都是先喝光一瓶红酒再倒在那张被诅咒了的沙发上，过去一星期的生活就像一场严重的交通堵塞，我进退不得，不想留在这里，也不能回家，除非我愿意和仇恨我的前男友共享我的房子——假如迈克真的回去了的话，自从他昨天气冲冲地走掉之后，我就和他失去了联系。

我喝光剩下的咖啡，拿起笔记本电脑和手机，塞进我的大手提包里，我突然在门口停了一下，脑子转了好几个弯，开始担心自己会在楼梯平台上发现什么，还有，昨天晚上那个放录音吓唬我的人会不会透过门缝窥视我？

我小心翼翼地推开一点门，往楼梯平台上看，淡薄的冬日阳光顺着拱形窗透射进来，照亮了通常隐藏在昏暗之中的平台，对面公寓的门是关着的，我不知道它是否还没有上锁，也可能有人在丹尼尔和我睡着之后来到这里锁上了门，看到平台上什么都没有，我松了一口气，走出公寓，关上身后的门。

我的脚突然踩到了什么东西，我低下头，发现鞋跟下面踩着一只棕色的信封，我的情绪再次低落下去，我弯腰捡起信封，立刻注意到信封左上角有血迹，就像贴了一张可怕的邮票，这正是昨天摆在三号公寓桌子上的信封，神奇地消失了的那一个。

我撕开它，抽出一张普通信纸，上面写着：

我在看着你。

我手臂上的寒毛立刻竖了起来，我抬头四顾，有点希望看到对面的公寓里有人偷窥我，然而对面什么都没有，只有白色的门板和银色的"3"号数字在冬季的惨淡日照下闪着微光。

"去你的！"我对着三号公寓的门板说，伸出中指，我强忍住立刻逃到楼下去的冲动，但直觉告诉我最好还是赶紧离开，于是我一步一步地走下楼梯，努力保持冷静，不去想背后或许有人在看着我，慢慢将我逼上绝路，我抓住栏杆，把恐惧吞进肚子里。

我用力推开沉重的大门，踉跄地沿着碎石路来到汽车旁边，滑进驾驶座，这才痛快地哭了出来。

我奇迹般地在购物街附近找到了一个有Wi-Fi的咖啡馆，咖啡馆在一条铺着鹅卵石的小街上，几乎就在我长大的那个旅馆后面，虽然从那里看不到海景，但坐在角落里的我能听到海鸥的鸣叫，闻到空气中的咸味，提醒自己还在奥德克里夫。

女招待端来咖啡和羊角包，试图和我搭话。"我以前没在这里见过你。"她把咖啡放在我面前，用浓郁的西南乡村口音说。我要的是美式咖啡，可她端来的是普通咖啡，我很惊讶，她竟然不知道我是谁，而这个镇上的其他人似乎都认识我。

她站在我的桌子前面，扯下围裙，眯缝着眼睛打量我，看得出她在回忆我是谁，我也抬起头看着她，她与我年龄相仿，有着红色的头发和雀斑，我好像知道她叫什么，我是不是和她一起上过学？

"弗兰琪？你是弗兰琪，对吗？我觉得是你。"

我微笑着回忆她的名字。

"珍妮，珍妮·鲍威尔，我曾经和你同班，记得吗？"她摆弄着本子和笔，快活的脸色阴沉下来，她想起来了，我也想起你消失后人们是如何对待我的。"可怕的事故，"她摇着头说，"你知道吧，镇上的人一直没能放下这件事，索菲·科利尔就那样失踪了，现在我听说她死了。"

她一边看着我，一边摇着头，但我也在她的眼睛里看到了一丝别的东西：可以找好朋友聊八卦的兴奋。

"所以这就是你回镇上的原因？查清楚发生了什么？"我刚要说话，她再次开口道，"过去这么久了……有十八年了吧？"

我点点头。

"可怕的事故。"她若有所思地咬着笔头，眼睛始终盯着我，我突然想起她以前是什么样的：上学时扎着一头小辫子，扎得很紧，我总觉得她妈妈每次给她梳辫子时都带着火气，狠狠地把女儿的头发绑在一起，不让任何一根逃离，这让她看起来很严肃，她和海伦的关系不错，假如没有我，我觉得她也会愿意和你做朋友。

"我真的很喜欢她。"她几乎是在自言自语，"她在学校里对我很友善，对海伦也很好。我们属于学校里的怪人、怪胎。"她笑道，但我能感觉到她的话语背后残留的那种受伤的感觉。

你以前也是怪胎，直到我把你置于我的保护之下。

"她很可爱。"我说，"每个人都爱她。"我一直认为你是比我更好的人，你不应该有这样的结局，索芙。

看出我的苦恼，珍妮同情地碰碰我的肩膀。"我很抱歉，"她温柔地说，"回到这里一定很难过吧，想起那些不好的回忆？"

我回答"是的"。尤其是你还一直跟着我，但我没有说出来。

"他们应该把那个老码头拆掉，简直刺眼。"她感慨地说，"危险就不用说了。我不明白，都过去这么多年了，他们为什么就让它留在那里。"

我知道你不会同意她的话，你喜欢各种古老的东西。

"我也是这么想的。"

她又同情地朝我笑了笑，然后去招呼别的顾客了，我终于可以安静下来了。

我呷了一口难喝的咖啡，强迫自己咽下去，然后打开浏览器，太好了，这里真的可以联网。我打开房产注册网站，在"业主资料"部分搜寻。过程非常简单，输入博福特别墅三号公寓的地址后，我等待着，心跳变得很快，跳出来的网页告诉我，我需要支付一小笔查询费，于是我从手提包里找出钱包，又回头看看，确保没有人在监视我——除我之外，小咖啡馆里只有一位年长的绅士在窗边读报纸。我迅速输入我的信用卡信息，等待屏幕上出现三号公寓的主人姓名，我的掌心汗湿，喝下去的咖啡在我的胃里不住地翻搅。

查询结果出来之后，我的呼吸骤然加重，老绅士抬起头来看了我一眼，三号公寓主人的信息在我眼前晃来晃去：

地址：

萨默赛特郡，奥德克里夫，希尔街，博福特别墅，三号公寓

购买日期：2004年9月

业主姓名：莱昂·詹姆斯·麦克纳马拉先生

　　我的谎言在我和莱昂之间造成了裂痕，它的毒性玷污了我俩关系中所有好的方面，我感到很内疚，因为这是我年少冲动和自负酿成的苦果，亲吻阿利斯泰尔的时候，我到底在想什么？当他第一次亲吻我时，我感到受宠若惊，似乎自己青少年时期的幻想终于变成了现实，也不由自主地回吻过去，我觉得我是为了昔日的自己——那个瘦削、满脸雀斑的女孩——才这样做的，为了让自己感觉良好、感到被人需要。我真是个白痴。我为此讨厌自己。我所有的不安全感的来源——我的外表、弗兰琪、做弗兰琪的跟班——也是我那一瞬间的疯狂举动的驱动力，现在我为此付出了代价。

　　幸好我编谎说自己得了肠胃炎，才得以避开阿利斯泰尔，昨天吃午饭的时候，我又得知自己获得了伊令那家出版公司的工作，当我撕开信封，读到那封让我泪流满面的信时，心里的大石头落了地，妈妈跑到门口，忧心忡忡地看着我脸上的泪水，然后才意识到这是喜悦的眼泪。我让她和丹尼尔保证，暂时不要把这件事告诉任何人。

　　收到录用信让我产生了再次走出家门的动力，我需要回售货亭上班，我宁愿和斯坦一起工作，也不想回旅馆去。我走到海边，试图消除那种威胁着要压倒我的不安感觉，阿利斯泰尔没有跟着我，周边没有他和他那辆可怕的汽车的踪影，但我仍然觉得自己暴露在外，紧张焦虑。

幸运的是，斯坦说我可以回售货亭工作，我谢了他。终于又可以赚钱了，我得在去伦敦之前攒钱，越多越好。

我和莱昂约在老码头见面，我恍恍惚惚地穿过镇子，做着离开这里的美梦，又不知道该如何告诉莱昂这个消息，还担心阿利斯泰尔会发现我找到了工作，当然，这意味着我不能告诉弗兰琪，又一个谎言，但我不能冒险，她很可能把我告诉她的事情透露给她父亲。

走在步行道上，我听到一辆汽车停在路边，连看也不用看，我知道那是他，现在是下午两三点钟，海滩周围到处是人——坐在防波堤上享用馅饼或者冰淇淋、在沙滩上晒日光浴——所以我知道自己没有任何危险。虽然这里禁止停车，可他还是下了车追过来，真是可笑，他凭什么觉得自己可以凌驾于法律之上？我继续脚步轻快地朝前走，但我知道他会在几步之内赶上我。

"你好，索菲。"他说，来到我旁边，"感觉好点了？"

"好多了。"我说，直视前方，假如他敢碰我，我就尖叫，就在游人如织的步行道上，当着那些善良的老太太和好心的老先生的面，还有年轻的夫妇和吵闹的青少年。

"我猜你不打算回旅馆了。我想你了。"

没必要和他说话。最好不要理他。

"你这是默认了吗？"他说，语气里有一丝懊悔，"真遗憾。"

我继续走路。别理他，别理他，别理他，我一遍又一遍地告诉自己。

　　"我知道你爱我，"他说，"我知道你想和我在一起，索菲，我会等你的。我不会放弃。你收到我送的花了吗？"

　　别理他，别理他，别理他。

　　他会一直跟着我走到老码头吗？看到我和阿利斯泰尔在一起时，莱昂会怎么说？

　　"你知道，"他说，就像谈论天气一样，"我想我通过为你保守秘密证明了我对你的爱。"我拒绝上钩，但他的意图很清楚——敲诈勒索。

　　我目的地明确地迈着大步，几分钟后，我发现阿利斯泰尔不再和我并排走了，回头一看，他已经落到了我的后面，正站在人行道中央朝我挥手。

　　"回头见。"他貌似快活地叫道。五分钟后，一辆汽车驶过，朝我按着喇叭，不用看，那又是他。

　　离开镇中心之后，人群变得稀少了，街道变得更加安静，唯一能听到的只有海水撞击礁石的声音，我担心阿利斯泰尔还在附近，现在他可能把车停在某个角落，坐在里面看着我。当我远远地看到莱昂靠在老码头入口的灯柱上时，松了一口气，那一刻，我很想把一切都告诉他，然而我担心他接下来的反应，他很可能会把这事告诉弗兰琪，然后她再也不跟我说话，永远不原谅我亲了她爸爸。也许连莱昂都不会理解我，他或许觉得我是自愿勾引阿利斯泰尔的，假如这样的话，不用我向他坦白杰森的事，他就会和我分手。一个接一个的谎言。

莱昂一见到我就兴高采烈地跑过来，仿佛几个星期都没见到我似的，而不是几天，"你觉得怎么样？"

"还是有点没力气。"我抱着他，实话实说。

"你还好吗？你在发抖。"

"我很好。"我咕哝道，鼻子压在他的皮夹克上，闻到一股来自"地下室"的香烟和干冰混合的味道。

他亲了亲我的额头，"来吧，去我家，那里现在没人。"他抓着我的手向前走，一路上喋喋不休，我想告诉他我在伊令找到了工作，可不知怎么总也开不了口，他看起来很高兴，我不想破坏气氛，我渴望回归正常生活，所以我始终保持沉默，跟着他回到他家。

我们直奔他的房间。他把发亮种子乐团的专辑放进音响里，莱昂只买黑胶唱片。我把头靠在他的胸前，唱针划过唱片的微小声音让我放松下来。莱昂已经脱掉了夹克，柔软的棉T恤舒缓地蹭着我的脸，午后的阳光透过红灰相间的窗帘照进来，我已经很久都没有觉得如此安心了。

我用一只手肘支撑身体，俯视着安静地躺在枕头上的莱昂，抚摸着他晒黑的脸和浓密的黑发，突然有点想哭，莱昂温柔地摸了摸我的脸。

"我得到那份工作了，"我突然说，"他们希望我早点过去上班。"我做了个鬼脸，告诉他我有多么紧张。

莱昂惊讶地睁大了眼睛，坐起来拥抱了我。"这是个好消息，我就知道你能行。"然后他的表情变得严肃起来，"你什么时候过去？"

"九月十五号。"我的心越来越沉。

他皱起眉头，沉下了脸，"希望你不要觉得我小气，我为你高兴，宝贝，但是……这对我们来说意味着什么？"

我低下头，长痛不如短痛，我爱他，但我们的关系是建立在谎言的基础上的。

"你想和我分手？"他惊恐地问，"所以这就是你一直以来对我冷淡的原因？"

"不，我不知道，莱昂……我们在一起还不到两个月……"

他移开视线不看我。"可是我爱你。"他平静地垂着头说。

我知道虽然我们交往的时间并不长，但我也爱他，然而我不能让自己的情绪从中作梗，我需要干脆利落地分手。"莱昂……我们对彼此还不够了解。"

"你不爱我吗？"

"不是因为那个——我爱你。可我们才刚刚认识，还有很多……太多……"我想告诉他，我还有很多他不了解的地方。

"我已经把关于我的一切都告诉你了。"他说，"我从来没有骗过你。我知道你不相信男人，因为你的父亲，但你可以相信我，索芙。"他抓住我的两只手，蓝眼睛里满是恳求，"我永远不会让你失望。我保证。"他的声音如此真诚，我紧紧咬着嘴唇，不让眼中的泪水溢出来。"我知道，"我小声说，"但是我对不起你，莱昂，我对不起你，我没法再假装下去了，这让我觉得恶心。"

我真想把一切都告诉他：杰森去世的那天晚上发生了什么；我和阿利斯泰尔在旅馆接吻了，他开始骚扰我。然而我实在没有勇气——得知真相的莱昂一定会露出痛苦、愤怒、憎恨和嫉妒的表情，他或许会跟踪阿利斯泰尔，打他一顿，然后被警察抓起来，警察可能也会来抓我，因为我没有如实提供杰森去世那晚的信息。我怎么能头脑发热告诉他呢？我是不是陷得太深了？

"你是什么意思，你对不起我？"他的眼里射出危险的光，"索菲，难道你变心了吗？"

"没有……当然没有……"

他看起来并不相信，就像我说的，我一直不擅长撒谎。

"只不过……我现在还不能告诉你，现在的情况是，我要搬到伦敦去了，你必须留在这里完成实习，我们最好还是分手吧。"

他一副很受伤的样子，想到是我伤害了他，我觉得心都要碎了。他攥着我的手。"我们不能草率地做决定。你不是还有好几个星期才走吗？我们静观其变，好不好？我们还可以暂时异地恋……我实习完了就去找你，我——"他破音了，尴尬地扭过脸去，"我不想失去你。"

我的嘴张开又闭上，那一刻，我真想融化在他身上，这样我就能永远消失了。

我们躺在他的床上听歌，没有再说什么，虽然我们紧紧地抱在一起，我的头枕着他的胸，但我们两个都知道，这样的好日子快要到头了。

弗兰琪

2016 年 2 月 16 日 星期二

整个咖啡馆都在我眼前乱晃，我不得不扶着桌子边缘，咖啡涌上我的喉咙。莱昂是三号公寓的主人，婴儿哭声的录音难道是他放的？匿名信也是他写的？可他显然不住在那里，他会故意跑过去吓唬我吗？给我送那些见不得人的匿名信？然后溜回他哥哥家里，以防被我当场逮住？他还真是幼稚，简直可怜。我告诉过你的，索芙，他不是什么好东西。

那天在我的车里，他竟然那样冷酷地对待我。我知道他恨我，但我不明白这是为什么。我究竟做了什么，让他如此鄙视我？我们上过床，但是只有一次。你告诉过他杰森的事吗？他怪我们吗？你死了，所以他就迁怒于我，对不对？一定是因为杰森。

我用谷歌搜索莱昂的名字，但我并不期待找到什么有用的结果，所以当我看到布里斯托尔当地报纸上的一小篇报道出现在屏幕上时，感到很惊讶。文章只有几段话，没有配照片，说的是莱昂 2004 年出售了某家IT公司的股票，"获得六位数字的收益"，我又在房产注册网站上搜索了一下，发现他在售出股份的同一年买下了这套房子，过去的十二年里，他一定是把它租给了游客，他告诉我他在国外工作，所以他没有住在那里。

我茫然地盯着笔记本电脑屏幕，不确定下一步该怎么做，要不要当面质问莱昂？我想起上个星期天他在车里对我的反应、他的愤怒和仇恨，而且我不想单独面对他，他显然是个精神病患，我试图警告过你，可你不相信我。噢，索菲，我没有怪你，谁会相信他性感、忧郁的外表之下隐藏着一个怪物呢？而且连我也曾经被他迷惑了一阵子。

　　不过，现在我已经看清了他的真面目。

　　我抓起手机，屏幕上闪烁着当前的时间：9点37分。丹尼尔现在应该才工作了一会儿，我还是不要打扰他了，我已经够麻烦他的了，可又怎么能不告诉他呢？这件事很重要，查清楚之后，我就可以回家了。

　　"一切都还好吗？"珍妮又走过来，站在我身后窥探我的电脑屏幕，带着耐心的微笑，我猛地合起电脑。

　　"都很好。"我说。

　　她对着我喝掉一半的咖啡皱起眉头，杯子里漂浮着的小块奶脂就像池塘里的浮渣。"不喜欢这里的咖啡？顺着门口的路往前走，有一家咖世家。"她收起我的杯子，过分殷勤地擦掉白色福米卡桌子上的棕色咖啡渍。"很高兴再见到你，弗兰琪。"说完她就匆忙回到柜台那边去了。

　　我认为这是她给我下的逐客令，除了那个坐着看报纸的老人和我之外，店堂里依旧没有其他客人。

　　室外寒风凛冽，我拉紧脖子上的围巾，跟跟跄跄地朝购物街走去，差点在鹅卵石路上崴了脚，照这样下去，我的高跟靴子很快就报废了。我蜷缩在一家卖廉价衣服的商店门口，这家店大清早就在播放刺耳的舞曲，我用冻麻了的手指（尽管我戴着皮手套）从包里捏出手机，一个年轻女人推着婴儿车走过，车里有个胖乎乎的小孩，盖着羊毛毯，戴着一顶粉红色的帽子，孩子朝我咯咯地笑了一声，我的心跳加快，想起自己多次流产的经历，以及所有那些我曾失去的孩子，眼睛酸涩起来，我迅速擦掉泪水，我没有时间感到遗憾，我不情愿地别过脸，不去看那个可爱的小女孩，用牙齿咬住手套摘下来，把眼泪憋回去，平复好情绪，这才打给丹尼尔。

"喂？"他说，听起来心烦意乱，背景音很嘈杂，我听到了电话铃声和叫嚷声，他在上班，我是多么盼望上班啊。

"丹尼尔。"我哑着嗓子说。

"弗兰琪，你还好吗？"他担心地问。

"我很抱歉，我知道你在工作。对不起，我总是打扰你，但我需要和你谈谈，很紧急。"

"你在哪？"

我走出商店，转身去看它的店名。"菲茨时装，"我说，"我在购物街的这家店。我在店门口等你？"

"给我十分钟。"他说。

"那我去我车里等你，大码头对面的停车场。"

"我们在'海鸥'见面怎么样？"

我不想再见到海伦，而且在那里还有可能撞见莱昂和洛肯。"不……我宁愿在我的车里等你，你快点来，我……很急，我想我知道是谁杀了索菲。"

电话那头的丹尼尔很明显地沉默了一下，连整个新闻编辑室似乎都一下子变得很安静，他们仿佛集体屏住了呼吸。终于，丹尼尔的声音传来："真的吗？你是……怎么知道的？"

"我会解释一切的，你快点过来。"我放下手机，想着莱昂，还有你，我可以永远离开奥德克里夫了。

索菲
1997 年 8 月 12 日 星期二

　　我写这些的时候，已经很晚了。今天晚上，我和莱昂一起去了"地下室"，因为今晚是"学生之夜"——啤酒买一赠一。因为害怕弗兰琪知道我要去伦敦上班，我很紧张。

　　上个星期天，她突然来我家看我，问我什么时候回旅馆工作，我告诉她我不回去了，然后找了一些借口，但我能看出她很生气。

　　"可我们在一起工作很有趣，"她噘着嘴说，"我再也见不到你了。"

　　我告诉她，我们可以一起去"地下室"参加"学生之夜"，她这才高兴起来。

　　因为买一赠一的优惠，今晚的"地下室"人满为患，墙角有一群人正跟着"九寸钉"的音乐兴奋地跳舞，今天晚上换了个名叫托尼（但他更愿意我们叫他托恩，对DJ而言，这可不是什么酷名字）的DJ，他似乎很喜欢重金属，这群人油腻的脑袋周围环绕着一圈干冰的雾气，让我的鼻孔发痒，眼睛湿润。

　　"你还好吗？"莱昂在音乐声中对我喊话，我们站在吧台前，前面至少排了四个人，照这样的速度，我们永远喝不到酒。

　　我朝他笑笑，但他依然担忧地看着我，我们都在避而不谈我找到新工作的话题，拒绝承认将要面对的现实，种种阻碍让我们之间的距离越来越远。

托恩换上一张"暴力反抗机器"的专辑，我转过身去，看到弗兰琪从干冰雾里钻出来，就像音乐视频里的歌手，穿着黑色的短连衣裙和长筒靴。

"索芙！"她打了个招呼，朝我走来，差点被一个跟着音乐摇头晃脑的男人油腻的马尾辫甩到，"小心点！"她朝他咆哮道，但音乐声掩盖了她的喊叫。"该死的神经病。"她抱住我，然后把我向后一推，仔细打量我，"你感觉怎么样？我希望你能改变主意，回来上班，我想你。"

"我回到售货亭上班了。"

她说："我不明白，你为什么要回那个臭鱼摊上班？"

"我已经告诉过你了——我早晨起不来。"

"我听不见你说什么！"她在震耳欲聋的音乐声中大喊，随后抓住我的胳膊，把我带走，我惊恐地瞥了一眼身后的莱昂，但他正忙着往吧台前面挤。

我别无选择，只能让弗兰琪拽着我穿过人群，穿过双层大门，来到衣帽间、出口和女盥洗室所在的大厅，那里比较安静，双重防火门阻隔了音乐的震动。我们站在出口附近，温暖的夏夜空气顺着门缝钻进来，弗兰琪把手伸进包里找烟，她自称"只在社交场合抽烟"，比如我们一起出去的时候。我从来没觉得吸烟有什么意思，我试着抽过一次烟（在自行车棚后面，为了给伊恩·哈里斯留下深刻印象），但烟雾卡在了我的喉咙里，刺激得我直咳嗽，难怪他再也没有要求我和他一起去自行车棚！

"直说吧，"她喷着烟对我说，"怎么回事，索芙？"

在那双绿色眼睛的专注凝视下，我局促不安，"你什么意思？"

"你，"她皱起了眉头，"你一直在躲我。"

"我星期天才刚刚见过你。"我盯着我的"羚羊"运动鞋说。

"就见了半个小时，然后你就恨不得马上摆脱我，肯定发生了什么事，我又不傻。"她又抽了一口烟，"而且，假如你没有躲着我，那为什么还要回那个臭烘烘的鱼摊上班？我爸爸给你的工资是斯坦给的两倍。"

"我没有。"我含糊地说，依然不敢看她的眼睛，我不愿再想起阿利斯泰尔。

终于，我抬起头来，与她的目光相遇，她的眼里满是敌意，她用力吸了一口烟，把烟头往地上一甩，烟头掉进一个水坑，看上去像黏稠的啤酒，也很可能是尿。"你以前什么都告诉我的，索芙，"她伤心地说，"现在却变了，你变了。"

我叹了口气，怒火蹿升，难道她觉得我还会和三年前一样吗？迫不及待地做她的跟班？"弗兰琪，我们不再是小孩了。"

"你曾经像我的姐妹一样。"

"我知道……可是……"

令我惊讶的是，她的眼中充满泪水。自1986年她在环形路口摔倒，导致锁骨骨折的那次以来，我就再没见到她哭。

"噢，弗兰琪……"我抱住她，"你永远是我最好的朋友。"

"我只是有点生气而已。"她趴在我肩上翕着鼻子，抬起头来之后，我发现她的眼线已经弄花，假睫毛掀起一个角，看上去像粘在眼皮上的毛毛虫，我很想咯咯地笑出声来。

就在这时，莱昂穿过双层门，带出来一阵"绿日"乐队的歌声，他一手拿着一瓶K苹果酒，虽然我更喜欢"白钻石"，但他花了那么长时间排队，我不忍心告诉他。看到我时，他的眼睛一亮。"你在这啊。"他说，递给我一瓶苹果酒，"呕，这歌真难听。"然后他才注意到弗兰琪，我看到他稍微退缩了一下。"弗兰琪。不知道你今晚会来。"

"我和索菲约好了一起来的，但是，当然，她最终会和你一起来，我不怪她。"她露出洁白的牙齿，给他一个闪闪发亮的笑容。

自从莱昂告诉我，是弗兰琪对他死缠烂打之后，我就没再见过他们两人在一起，他还叫她"跟踪狂"，真是有其父必有其女！假如我过去还怀疑莱昂可能撒谎的话，那么今晚同时看到他俩之后，我笃定莱昂说的是真的：莱昂推开双层门走出来之后，弗兰琪变得忸怩作态，视线开始往地上飘（加上半挂在眼皮上的假睫毛，看上去有点诡异），手指绞拧着自己的头发，莱昂的姿态则显得非常戒备，似乎随时都会受到袭击一样：肩膀耸起、手臂交叉，一副挑衅和防备的样子。过去我竟然以为他暗恋弗兰琪，真是个傻瓜。看到她看着他的样子，很容易就能得出结论：她爱上他了。她在他面前的表现与她在杰森面前的表现如出一辙，以前我不曾细想，也许是因为担心莱昂在撒谎。我第一次遇到莱昂的那天晚上，弗兰琪对我说了谎，我始终感到很愤怒，却也理解她这么做的原因，她单方面喜欢他，不希望他和别人约会，我不应该忽略她的这一层感受。

那一刻我想告诉她，我很抱歉，假如我知道她喜欢莱昂，我绝不会和他约会，但当着莱昂的面，我什么都说不出来，我不能让她知道莱昂告诉过我真相，弗兰琪总是很骄傲，如果她知道我清楚是她主动去追莱昂，一定会很尴尬。

"所以，"莱昂开口道，听得出他有些不自在，"索菲告诉过你她的大计划吗？"

弗兰琪转向我，瞪大眼睛，"什么大计划？"

我很想把手里的酒瓶扔到他头上，虽然我知道早晚都要告诉她，但不是现在，假如她告诉阿利斯泰尔怎么办？

"噢，"我故意装出不在乎的样子，"我在伦敦找到一份工作。"我摆了摆手，似乎没什么大不了的。

"哦，我的天！"她兴奋地跳起来，"这真是个好消息，索芙。干得好。"然而她的热情有些虚假，我能看出来，她的欢呼和雀跃之下隐藏着深深的失落，如果找到工作的是她，我也会有同感。"是你和我说过的那个出版公司吗？伊令的那个？"我紧张起来，她还记得，她最好不要知道得太多，否则都会告诉阿利斯泰尔的。

"是的，但我要去他们的伦敦办公室上班。"我轻而易举地说了个谎，毕竟此前我积累了大量的实践经验，莱昂朝我皱起眉头，神情疑惑。

"你不是说……"他说，但趁他没有说出来之前，我动作夸张地拥抱了弗兰琪，打断了他。

"我会想你的，"我说，"等我安顿下来，你可以去找我。"

那天晚上，莱昂送我回家，他问我为什么说谎。

"因为我不想让她知道太多。"我说。我们在我家的车库门口徘徊。

他的脸上闪过一丝失望。"为什么？我以为她是你最好的朋友。"

"是的，但是……你知道她是什么样的，虽然我爱她，但我也想和她保持一定的距离，否则她每个周末都会早早过去找我的！无论如何，我已经答应下周要和她一起去买东西了。"

他低头看了看自己的脚，沙漠靴的鞋尖戳着地面，我们俩并没有喝多少酒，但莱昂显得很激动。

"你怎么了？"我问。

他抬起头，伤心地问："你也想和我保持距离吗？"

"当然不会，你可以过去找我，等你实习完了，也可以搬到伦敦。"虽然我们之间存在谎言的隔膜，但我非常希望能和他一起住在伦敦，远离这个地方，远离阿利斯泰尔和杰森的阴影和幽灵。远离这一切，重新开始。但过往会不会始终跟随我们呢？我们真的能逃脱吗？

他眼中的希望让我的心痛了起来。

他轻轻地把我拉进他的怀里，我们紧紧地靠在一起接吻，仿佛能穿透彼此的衣服感受肌肤相亲，他的手搭着我的腰，我的一条腿缠在他的身上。我听到一辆汽车的引擎呼啸声从路的另一侧传来，却因为亲吻得太投入而没有多想，但汽车慢慢地开过去时，我瞪大了眼睛，毫无疑问，那是阿利斯泰尔的黑色宝马，在我还没有做出反应之前，它就迅速开走了。

弗兰琪

2016 年 2 月 16 日 星期二

我坐在我的路虎揽胜上俯瞰大码头，天色已经变暗，起风了，灰色的云团威胁般地聚在一起。

不到十分钟前，丹尼尔把他的车停到我的车旁边，我目送他从车上下来，长外套在风中翻飞，他敲了敲我的车窗，我打开门让他进来，他坐上副驾驶，带着海风的味道，往掌心里哈气。"见鬼，太冷了。"他说，我调高暖风的温度，"怎么回事，弗兰琪？为什么搞得这么神秘？"

于是我把迄今为止我的所有发现都告诉了他，随着我的叙述，他的眼睛越瞪越大。

"莱昂是三号公寓的主人？"他皱起眉头，"我怎么从来不知道。"

"我也从来不知道你就是我住的那套公寓的主人。"我瞪着他说。

他愣住了，面有愧色，"所以你也查了？"

"当然，你为什么不告诉我？"

"我不知道，我以为假如你知道公寓是我的，你可能不愿意过去住。"

我很困惑："为什么不呢？"

"也许我们两个太熟了，还牵扯到了房租。虽然我给你打了折，但我没法让你免费住在那里，我负担不起，记者赚得不多，我必须用收租的钱支付我现在的住处的房租，还有……"

我举起手来打断他。"我不在乎钱的事，我只希望你能说实话。"

他垂下头，黑色的刘海挡住了眼睛，"对不起。"他嘀咕道。

我摇摇头，感觉还有些地方说不通。"你为什么要买一套能看到你妹妹失踪的地方的公寓？是不是有点……残忍？"

他猛然抬起头。"我从来没在那里住过。我几年前买下那套房子，因为需要翻新，所以很便宜。那时我不住在奥德克里夫，但我觉得它或许会带给我一些额外的收入，所以我会在节假日把它租出去。"

谁会想到呢，索芙？你哥哥竟然也变得如此有责任感，学会了抓住各种投资机会。

"那你知道莱昂也在博福特别墅有公寓吗？"

他诚恳地说："我真的不知道，他可能也是出于同样的原因买下了里面的物业，他从国外回来后也可以在这里落脚。"

"怎么这么巧？"我忍不住喃喃自语。他表情复杂地看了我一眼。为什么我觉得他还有事情瞒着我呢？你哥哥总是那么诚实，黑白分明地看待一切，从不隐瞒自己的感受。"我认为是莱昂写的匿名信。"我脱口而出。对莱昂的憎恨啃噬着我的心，消耗掉了我可能对他产生过的所有爱慕。"他显然想要恐吓我，丹尼尔，你知道我是怎么想的吗？”

"继续说。"

"我认为他那天晚上伤害了索菲。也许这是一个意外，也许他是故意的。那天晚上他们两个分手了，天知道为什么。然后我看到她在厕所里哭……"

他皱起眉头。"当时是几点？"

"我记不起来了，应该都写在警察的询问记录里，但我好像午夜之后就没再见过她。"

"莱昂呢？"

"我也没再见过他。"

丹尼尔叹了口气。"他说他十一点就离开了，这以后，有人还在夜总会见过索菲……"

"但也许他在老码头等她。他们可能吵了起来，他把她推到了海里。"

"他有不在场证明。"

"什么？他的酒鬼大哥证明的？"

"他嫂子斯蒂芙，她说他十一点半就回家了，他和她关系很好，无话不说——"

我不顾形象地冷哼一声，打断了丹尼尔，车厢里静默了很长时间，不知他在想些什么。

终于，他叹了一口气，挠挠头发。"听着，我也很不喜欢这个家伙，但是你觉得他真的会伤害她吗？我能看出他有多爱她。而且我看到他和她分手以后很伤心，他没有道理伤害她，而且也没有目击者，什么都没有。别忘了，海滩上的那些孩子说，他们看到一个外貌与索菲吻合的女孩独自沿着步行道闲逛。"

"可你相信确实有人伤害了她，否则你也不会把我拖回来调查了。"我愤怒地说。

丹尼尔凝视着我，神情中既没有爱，也没有喜欢，而是彻底的失望。

"弗兰琪……"他说，握住我的手，"噢，弗兰琪……"他似乎想要斟酌着说点什么。

我皱起眉头。"怎么了？"我伸出手去碰碰他的脸，轻声问，"怎么回事，丹？"

"事情已经过去很久了，"他看着我的眼睛说，"这么多年了，还有这么多谎言。"

他在说什么？

"你是什么意思？"

他又看了我一会儿，车里的气氛凝重起来，我有点被他吓到了。

"我只想结束这件事，"他继续盯着我说，"你不想吗？"

他说得对。我确实希望结束这件事，索芙，我想离开奥德克里夫，继续我的生活，我还希望能和你哥哥在一起，但我知道这是不可能的。

"丹，"我小声说，手指抚摸着他的脸颊，"现在就可以结束了，我们已经知道莱昂是公寓的主人，所以写匿名信的一定是他，他肯定知道了杰森——"

丹尼尔向后一退，我的手落到了自己的腿上。"你为什么认为是莱昂干的？"他望向波涛汹涌的海面。

"我猜索菲向他承认了杰森的事，于是他把她杀了，现在他又开始捉弄我，然后再找机会杀掉我。"

"你觉得莱昂想要伤害你？"

"否则他为什么要这样做？"我叫道，"他在公寓里放录音，我流过七次产，丹尼尔，七次，我没法有孩子，他就像知道这件事一样……所以借此来嘲弄我。"我再也无法忍受，一行泪水流过我的脸颊。

丹尼尔靠过来，笨拙地把手放在我的肩膀上，我注意到他的胯骨被变速杆卡住了。"噢，弗兰琪，我很抱歉。"我们就这样默默地坐了几分钟，然后他松开我，活动着麻掉的胳膊，"该死的变速杆硌得我大腿疼。"

他挣扎着退回到座位上，我忍不住咯咯地笑起来，打破了沉闷的气氛，过了一会儿，他更加严肃地说："我们应该去报警。"

我不想报警，索芙，我确实曾经爱过莱昂，你也爱过他，我怎么忍心把他交给警察？

"我们没有任何证据。"我说。

"那台电脑怎么样，还有匿名信？"

我皱起眉头，眼睛刺痛，"嗯，没错，但是……但是这足够吗？他没有威胁要伤害我，暂时还没有，警方会怎么做？他们会相信我吗？"

"我不知道。"丹尼尔摇着头说，"假如你再发生什么事，弗兰琪，我就不能原谅自己了。"

我心烦意乱，不知道他听了我接下来的话会做何反应，但我还是开口道："我今晚就回家去，丹，回伦敦，我没法在这个地方再待下去了，哪怕只有一个晚上，我知道你是公寓的主人，我没有冒犯你的意思，老实说，那个地方太吓人了，特别是在昨晚之后。"

"我可以和你待在一起……？"

我已经准备回家了，但想到我要离开丹尼尔，而不是每天都能见到他，我就想哭，我知道他有女朋友，但是这并不能阻止我期待他改变主意，他可能会意识到我更适合他，而不是这个米娅，假如我留在奥德克里夫，和他一起再待一晚，也许就有这样的希望。

我吞吞口水，调整了一下呼吸，"米娅怎么办？"

他的脸上掠过一道阴影，"她会理解的，"他生硬地说，"老实说，米娅……"他摇摇头，似乎想要忘记什么不愉快的事，"没关系，反正我今晚不会离开你，明天我们去警察局指认索菲的遗体，我只希望你再待一个晚上。"

"谢谢。"我说。我伸手摸了摸他的手，仿佛有电流从我的指尖流到胳膊上。

他的脸红到了脖子根。"对了，"他清清喉咙，移开手掌，"我们要怎么对付莱昂？"

索菲
1997年8月19日 星期二

阿利斯泰尔依然在监视我，我能感觉到他。有时候，在工作中，当我抬头望向步行街上的游客，会发现他站在远处，有时候他还会加入排队购买海贝、鳕鱼和薯条的顾客，躲在人群里偷窥我。有一天，我和海伦在大码头吃冰淇淋，他也在那里，坐在一张长椅上，假装看报纸。

"哦，看，弗兰琪的爸爸。"海伦拽了拽我的胳膊，阿利斯泰尔也抬起头来看我们，对我们微笑，仿佛知道我们在谈论他。"不得不承认，"海伦低声说，"他真的挺好的，不是吗，作为一个爸爸？"

"得了吧。"我说，拒绝看他，拉着她往出口走。我多么想要告诉她，他是怎样的变态啊！他根本不把你的拒绝当回事，还试图吻我、威胁我，使我感到不安，缠着我。海伦不会相信的。谁会相信呢？他的外表毕竟非常具有欺骗性。

阿利斯泰尔真是阴魂不散，今天下午，我和弗兰琪去逛River Island时，总会不由自主地想到他。弗兰琪非要坐火车去布里斯托尔，而不是坐公共汽车。在火车上，弗兰琪不停地跟我抱怨她还没有自己的车，这不公平。"我爸爸答应等我年满二十一岁就给我买一辆，可现在都还没买。"她说，我则一直望着窗外，尽量避免和她谈论我要搬到伦敦的事。

关于这件事，我希望她不要问来问去，她知道得越少，阿利斯泰尔发现此事的可能性就越小，然而事与愿违，在商店里看休闲裤时，她开启了这个话题。

"那么，"她摸着一条特别丑的迷彩裤说，"你的工作怎么样了？你什么时候开始上班？"

我装出一副满不在乎的样子，不想让她看出来其实我一直在掰着指头算日子。"九月十五号。"

"还剩不到一个月。你有什么计划吗？你应该抽出一天时间，去伦敦熟悉一下环境。"她把迷彩裤挂回去，来到一排灯芯绒超短裙前面，"假如你愿意的话，我们星期一的时候过去怎么样？我一直在考虑这件事，如果我能搬过去和你一起住的话，不是很好吗？"她翻看着裙子，但我看得出她其实对它们不感兴趣。"爸爸希望我为他和妈妈工作，但我觉得假如我能在伦敦的大酒店里找到一份工作会更好……"

在她继续畅想之前，我必须及时出言阻止："弗兰琪……"

她没理我，把一条褐红色的裙子从架子上拿下来。"在镇上那个鸟不拉屎的地方，我又怎么能学会如何做生意？"她说，鼻子几乎贴在了裙子的面料上，"我一直都想着离开一段时间……可是自己一个人离开也没有意思，对吧？和朋友一起就好多了，尤其是跟你。"

"弗兰琪……听着……"

她把裙子放回原位，转身面对我，眼睛闪闪发光，"你不同意，是吗？我能从你的语气里听出来。"

"因为莱昂，他想搬过去和我一起住。"

"莱昂？"她皱起了眉头，"你们一起住？"

我简直快要窒息了，身上仿佛穿了一套沉重的盔甲，想到既要和莱昂周旋，又要安抚弗兰琪、躲避阿利斯泰尔，我就想躲起来，再也不踏出家门一步。"我现在还不确定，但我们两个彼此相爱。"

"爱？"弗兰琪尖刻的语气让我抬起头来看了她一眼，她的脸色异常苍白，黑色的眉毛拧在一起，"我告诉过你，他不是什么好东西。"

我怒不可遏。"他不是坏人。"

"他是控制狂。"

我很想告诉她，她把莱昂和她自己的父亲混为一谈了。我努力保持着平静的语气对她说："他不是，弗兰琪。"

"那天晚上他还打了他的哥哥！就因为他哥哥也有点喜欢你。他的嫉妒和占有欲相当可怕，而且他是杰森的表弟，假如他知道杰森死时你也在场、他的死是你的错，他会怎么做？"

"那不是我的错。"我叫道，把附近的一位挑选夹克的女士吓了一跳，我歉意地对她笑了笑，抓住弗兰琪的胳膊，拉着她走到商店的角落里。

"是你的错，"她嘶叫道，"我们两个都有错，你们的关系是建立在谎言上面的，索芙，你很清楚。"

"这就是我们需要搬走的原因，"我尽可能耐心地说，我讨厌争辩，"我们需要重新开始。"

她瞪大眼睛。"那我呢？把我留下，你很高兴？"

我提醒她，此前我们已经分开过三年，她不需要我就可以离开奥德克里夫，因为她有胆量自己去上寄宿学校，然后上大学。

"可是，如果没有你，一点意思都没有。"她咕哝道。

此后，我们的购物之旅匆忙结束，空手而归，我们决定赶早班车回家，弗兰琪一路上都闷闷不乐。

"你知道吗？"当我们在大码头外面分别时，她说，"当我再次见到你时，我非常开心，我以为我们会像以前一样，可是情况变了，你也变了。你先是辞掉了旅馆的工作，我们不能一起上班了，然后你在伦敦找到新工作，甚至没有马上告诉我，现在你又打算和莱昂一起搬走，可你才认识他两个月，根本不考虑我对你的忠告。"她又补充道，"我觉得你不再是我以前认识的那个人了。"

我很想表示抗议，可她说得也没错，况且我永远无法告诉她我想要远离她的真正原因。

她伤心地瞥了我一眼，等着我反驳，但我始终保持沉默，于是她转身走开了。

弗兰琪

2016 年 2 月 16 日 星期二

丹尼尔神色决然地抬起手来，曲起指关节，敲了敲洛肯家的后门。这一刻，我宁愿待在别的什么地方，也不愿意站在这里，我尽可能地躲到莱利柏树篱后面，希望它能把我吞掉，这样我就不必面对你前男友那双充满谴责的蓝眼睛了。

无人应门，丹尼尔一拳砸在玻璃上，玻璃在脆弱的木质框架中摇晃。

"也许莱昂还没起床——现在才十点，"我满怀希望地低声说，"他现在又不工作。"虽然窗帘紧闭，但房子里似乎没有人，薄薄的墙壁后面一点声音都没有。

风变大了，气温随之下降，一道微弱的阳光试图穿透灰暗的云层。我裹紧身上的大衣，瑟瑟发抖。

"里面似乎没人，"丹尼尔说，"我们等一下再来，但我不敢保证洛肯不会朝我们挥拳头。"

我惊恐地盯着他。"你觉得他会打你？"

"嗯，他不是警告我们不要回来吗？现在我们又来了。"他毫不在意地咧嘴一笑，"总有人想要揍我，弗兰琪，这是记者的职业病。"他笑出了声，我跟着他走出花园，他的大衣下摆被风掀了起来。

他拉开大门，突然停住脚步，我差点撞到他背上，只见莱昂站在车道上，头发被风吹得乱糟糟的，穿着高领套头衫和皮夹克，晒黑的脸上出现了胡茬，看到他的时候，我的心跳停了一下。

"又来了？"他说，"你们这回想干什么？"

我躲在丹尼尔身后，虽然我确信莱昂还能看见我。

风越来越大，仿佛有一双看不见的手试图将我推倒在地。丹尼尔必须大声喊着回应莱昂，告诉他我们发现了什么，莱昂什么也没说，从丹尼尔身边走过去，我向后退到杂草丛里，潮湿的泥水打湿了我牛仔裤的裤脚，我的鞋跟陷入泥泞之中。

莱昂在花园小径上停下脚步，冷冷地打量我们。他手腕上挂着一只铁蓝色的塑料袋，腋下夹着一份报纸。"我在我自己的公寓，无论做什么都不关你们的事，"他说，"不过，假如你们想知道的话，我把它租给一个朋友了，他正在拍一部短片。"

"所以，那个婴儿的录音——？"丹尼尔说。

"我不知道你在说什么。就像我刚刚说的，我朋友正在使用那套公寓。"

我皱起眉头，这说不通。"可里面没有衣服，也没有个人物品……"

"你的嗅觉真灵敏，但你不应该进去，这是非法侵入。"

"那么就请你朋友不要一直不锁门。"

他瞪着我，但我没有看向别处，我不会让他恐吓我的，我恨他，索芙。他也恨我，这很明显，让我觉得他一定知道杰森的事，要不然他为什么这么不喜欢我？在他遇到你之前，我们相处得还不错，曾经是朋友，至少就某种意义而言。现在他把一切全毁了，假如他真的知道杰森是怎么死的，那么这个所谓的"朋友"就是他编出来的，真正使用公寓的是他，他可以在里面制造匿名信，让我不安，他的下一步计划是什么？

"你为什么还要住在这里？"丹尼尔朝屋子歪歪脑袋，"和你哥哥住一起？你不是有自己的公寓吗？"

"我把它租出去了，我刚才说了，我朋友在那里。"两人交换了一个我无法破译的眼神。

丹尼尔退到草地上，轻轻抓住我的胳膊。"走吧，弗兰琪，没必要纠结这件事了。"

莱昂看看我，又看看丹尼尔，突然假惺惺地笑起来。

"什么？"丹尼尔恶狠狠地问。

"你们挺配的，我记得你以前可喜欢她了，丹尼小宝贝。"

"滚蛋。"

莱昂发出一声刻薄的冷笑。"希望这是我最后一次见到你，弗兰琪。"他说，然后沿着小径回到了房子里。

我也这么希望。

丹尼尔的车独自停在大码头的停车场，我把车停在旁边，他沉默着不知道在想些什么，从莱昂家走来的一路上，他还没有对我说过一句话。

"你没事吧，丹？"我伸出手碰碰他的胳膊，我发现我总是不由自主地这样做，索芙。触碰他，他的脸、手和胳膊……所有我能碰到的地方。

他摇摇头。"说实话，我觉得我的能力不够，竟然妄想搞什么调查，我可不是什么手段高明的调查记者，不过是个小周报的编辑而已。"

"丹——"

"我知道。"我的手还搭在他的胳膊上，他把自己的手盖在我的手掌上，"你明天就走了，我只想知道那天晚上发生了什么，她可不是失足掉下去的，而是被杀的，我对于莱昂也有怀疑，但他永远不会承认，而且没有证据。"

"那台电脑怎么样？"

他笑了，但听起来很假。"它最多能证明莱昂企图恐吓你，但无法证明他杀了她。"

我们沉默地望着远处的大海和霍尔姆岛上黑暗的丘陵，风卷起海滩上的沙子，投向防波堤，一只可乐罐在步行道上滚来滚去。

丹尼尔收回盖在我手上的手，突然把大衣领子翻了上去。"我得回去工作了，假如一直这样下去，离被炒就不远了，下班后我去找你。"

想到他会过来保护我，我感到一阵兴奋。他低下头，嘴唇刷过我的脸颊，我闭上眼睛，呼吸着他的味道，他的麝香香水味和二月份寒冷的空气混合在一起，我从来不曾如此想要得到一个人。

我看着他跑到阿斯特拉轿车的驾驶座，头发随风飘扬。我很想让一切变得更好，索芙，但愿我能帮助他。

可我知道我做不到。

索菲
1997 年 8 月 26 日 星期二

　　有时候我想知道，我能做些什么来改变整件事的发展过程，过去的两天里，我一直在自己房间里苦思冥想，一切都是从那个吻开始的吗？如果我从来没有主动吻阿利斯泰尔，他是不是就不会变得这么难缠？还是说在我吻他之前，他早就对我心怀不轨？只是以前在等我长大，所以暂时没有采取行动？他对我的非分之想会不会是从1992年杰森淹死（弗兰琪和我难辞其咎）的那个晚上开始的呢？

　　写下这些对我而言绝非易事，我的心里像是打翻了五味瓶，我觉得自己的一部分仿佛已经死了，恼怒自己竟然会让这种事情发生，同时感到无地自容，我真是个白痴，明知道这不正常——他跟踪我、骚扰我——却意识不到他还能做出什么样的事情。

　　我不知道该怎么办。

　　我已经洗过了澡，洗到差点搓破了皮，可仍然觉得自己不干净，他的一部分似乎还在我的身体里，哪怕我把全身都冲洗了无数遍。每当我闭上眼睛，都能看到他一脸奸笑地俯视我，令人作呕的嘴唇湿乎乎地贴在我的脸上，粗糙的双手在我身上摸来摸去，我好像在一条小船上面随波摆荡，想到这里，我会马上冲到浴室里呕吐个不停，直到吐不出东西来为止。

星期天晚上，莱昂和我去了酒吧，他送我回家时还不算太晚，刚过十一点，那是一个典型的夏日夜晚，也是我一直喜欢的，靛蓝色的天空，刚刚修剪过的草坪和花粉的气味在暖风中飘荡，我们牵着手聊天，那一刻，我真的相信一切都会好起来，我们可以到伦敦去生活，远离这个地方。我们在我家车库的外面吻别，因为阿利斯泰尔可能跟踪我们，我不想和他在外面闲逛，所以我和莱昂说了再见，保证第二天会给他打电话，然后就穿过我家后院的大门，我记得当时二楼我母亲卧室的灯亮着，但窗帘是拉着的——她那天休息，不上夜班，丹尼尔大概还在他的哥们儿家，我的脑子里全是伦敦、莱昂，还有我们的新生活。当我看到后门台阶有个人影的时候，我眯起了眼睛，想看清楚那是谁，然后他就抬起了头，我僵住了，是阿利斯泰尔，看到我走过去，他站起来，我不敢相信他竟然如此大胆。

　　"见鬼，你在这里干什么？"我嘶叫道，他还是站在那里，肩膀耸起，即使灯光昏暗，我也看得出他眼中的痛苦，我感到一阵恐慌，"怎么回事？"

　　他挠了挠金色的头发，"对不起，吓到你了。"他瓮声瓮气地说，我觉得他可能哭过。

　　"发生什么事了？"是玛利亚还是弗兰琪？她们受伤了吗？她们知道了吗？

　　他摇摇头。"索菲，我真是个蠢材，竟然能那样对待你，我……"他哽咽道，"我只想和你说对不起，我是个深陷中年危机的可怜的老男人，那个吻……我承认，是我自己想多了。"

我抬头看着妈妈的卧室窗户，它们是敞开的。她能听到我们的对话吗？

我压低声音说："阿利斯泰尔，让我们忘掉它吧。"我打算从他身边过去，他一下子抓住了我的胳膊。

"我们可以聊聊吗？求你了，索菲。"

我推开他，"阿利斯泰尔，我累了，我得进去。"

他叹了口气，尽管他对我做出过那些事，我还是产生了一丝同情，我很想相信他，也想要相信事情能够恢复正常，他可以变回那个曾经被我视为父亲替身的男人，我所仰望的长辈，而不是现在这个脆弱、可悲的家伙，所以我允许自己被他说服。

"去我的车上坐坐吧。"他低声说，"我们可以在那里聊天，不会有人听到。"他指指我妈妈的窗户，"被别人听到了不好。"

我耸耸肩，跟着他走出去，我是个多么天真的白痴啊！

他的车就停在街上，我滑进副驾驶座，皮革贴在我的腿上，感觉凉凉的，他低下头，把脑袋搁在方向盘上。"阿利斯泰尔，"我说，"我们能放下这件事，继续各自的生活吗？"

"放下？"他嘟囔道，前额依旧贴着方向盘，"继续你和莱昂的生活？"

"我没提莱昂，我的意思是，我们能不能井水不犯河水？"

他抬起头，红着眼睛看我，我这才发现他呼吸中的酒味。

"你喝酒了？"

"喝了一点，可我没醉，索芙。我只是心情不好。我知道你不想要我，但我一直在想着你，我知道这样不对，你是我女儿的朋友，我结婚了，但是——"

"对不起，阿利斯泰尔。我很抱歉吻了你，让你觉得我们之间存在不该有的东西，可是，拜托……请你放过我。"

他凝视着我，在那可怕的一瞬，我以为他会流泪，相反，他把钥匙转到点火开关，在我还没来得及反应之前，他用力踩下油门，汽车向前窜出，巨大的冲击力让我跌倒在座位上，我迅速拉过安全带，系在身上。"阿利斯泰尔，别傻了！你在干什么？"

他紧绷着下巴，我感到一阵恐惧，他很可能崩溃了——他打算干什么？开车撞到砖墙上，和我同归于尽？

他驱车穿过镇子，脚始终踩着油门，我的心跳到了喉咙口，鼻子压在玻璃上，希望能在路上看到我认识的人，或者引起路人的注意，然而就算是我能找到愿意帮忙的人，车速也太快，他们什么都不能做，而且现在这个时间，镇上空荡荡的，只剩"海鸥"外面的一群端着酒杯的家伙，还有不远处的一排搔首弄姿的站街女。

我试图和他理论，说服他停车，可他却像是处于恍惚状态，开着车出了镇子，沿着海滨大道驶入林地，道路两旁黑压压的树木透着难以言喻的危险意味，茂密的树枝悬垂下来，形成一条隧道，没有路灯，只有远处的几点灯光在眨眼，我恐慌极了。

"阿利斯泰尔，"我努力让自己的声音听上去不那么恐惧，"我们要去哪里？"

他没回答，下巴依然紧绷着，眼睛盯着路面，然后，他突然拐进一个停车场，宝马车颠簸着跨越了地上的好几个大坑，来到屠宰厂外的土地上，情侣们喜欢来这边车震。除了我们，今晚这里只有一辆躲在角落里的白色货车，一部分被树枝遮住了，车窗布满哈气。阿利斯泰尔把车开到尽可能远离货车的地方，倒进一片灌木丛，然后关掉发动机，关灯，一切都变黑了。

唯一可以听到的是他的呼吸，兴奋而急促。

"阿利斯泰尔，"我的声音在黑暗中响起，"我们该回家了。"

他转向我。"我非常想要得到你，我已经失去理智了，"他说，"求求你，索芙，如果你和我睡一次，我保证以后离你远远的，你可以继续你的生活，你和莱昂。跟我睡一次，然后我们就放下这件事。"

我震惊地盯着他："我不能和你睡，你把我当什么了，妓女？"

他伸手摸了摸我的头发，我向后退去。"噢，当然没有，我不是这个意思，我知道你喜欢我，但你是个好姑娘，你不希望背叛莱昂，我不会告诉任何人的，否则我会失去很多东西。"他发出刺耳的笑声，"谁叫我结婚了呢，我只求你和我睡一晚。"他沙哑地恳求道。"噢，索芙。"他又说，我还没来得及反应，他就压过来，把我按在座位上，他的身体把我肺里的所有空气都挤走了，我几乎无法呼吸，我听到他拉开裤链的声音，他的手掀起了我的裙子。

"阿利斯泰尔，不！"我叫道，但他用另一只手把靠背放平，我平躺下去，他顺势压在我身上。

"索菲！"他说，他的手伸进我的短裤，手指胡乱摸索着，我想要尖叫求救，但他的另一只手紧紧捏住我的嘴。我动弹不得，他重重地压在我身上，我能听到织物的撕裂声——他撕开我的短裤，然后拉下自己的裤子。他咕哝着挤进我的身体，突如其来的疼痛仿佛把我撕成两半，一滴眼泪从我的脸上滑落到我的耳朵里，我闭上眼睛不去看他，告诉自己很快就结束了。他的手捂着我的嘴和下巴，又在我身体里冲撞了几次，呻吟着达到了高潮，然后倒在我身上，我睁开眼睛时，他正盯着我看。

"索芙……"他说，他的手现在捏着我的脸，抚着我的头发，"噢，索芙。"

"放开我。"我嘶叫道。

他开始摸索着整理裤子，我把裙子拉下来，别过脸去，拉起座椅靠背。

车窗上满是哈气，在外人看来，我们就像一对刚刚幽会结束、再也普通不过的野鸳鸯。

"对不起。"他说，语气听起来很不真诚，同时发动了引擎。

"我想回家。"我拒绝在他面前哭泣。

回去的路上，他始终保持沉默，再也没有开车横冲直撞。这么做值得吗？我很想问问他，为了我，他竟然不惜变成强奸犯？我觉得我不值得他这么做。但我害怕自己一说话就会哭出来，所以没有开口。我用眼角余光看到我的短裤被撕成两半，丢在脚旁，就弯腰把它捡起来，揉成一团，我把双手按在膝盖上，不让它们颤抖。

"你知道，"他转过身来说，"如果你告诉任何人，我会说你是自愿的，你知道的，对吧？"

"你连一点负罪感都没有吗？"我说，他把车停在我家外面，发动机依然在转。

他恶狠狠地盯着我，"你还是不明白，对不对？我总能得到我想要的，而你不愿意承认这一点，因为你相信自己是个好女孩，不会背叛自己的白痴男朋友，可你像我一样向往着出轨，你会回来找我的，求我满足你。"

"你让我恶心。"我嘶声说，抓住门把手，推开车门，差点摔倒在人行道上。

但他只是咧嘴笑笑，在车厢灯的照射下，他的脸狰狞邪恶。"你尽可以这样安慰自己，索芙，假如这样能让你感觉好一点的话。"

我"砰"的一声关上车门，刚刚跨出车外，他就踩下油门，车轮在温暖的沥青路面上打着滑开走了。

我坚持着走到花园深处，对准垃圾桶吐了出来。

弗兰琪

2016 年 2 月 16 日 星期二

　　我现在不想马上回公寓去，所以我从车上下来，沿着步行道闲逛，风拉扯着我的头发，灌进我大衣的下摆，企图将它掀起。周围没有什么人，这在寒冷二月的周二下午并不奇怪。我坐在防波堤上，看着海浪撞击大码头的金属支架，你还记得夏天时我们曾经坐在这道墙上吗，索芙？我们一坐就是几个小时，吃着馅饼，谈论男孩们，可遇到莱昂之后，情况就变了，老实说，自从我去了那个可怕的寄宿学校，一切就都和过去不一样了。

　　我又坐了几分钟，但是风太大，仿佛耳光扇在我的脸上，我的手指和脚趾都冻麻了，我站起来往回走，安全地坐在驾驶座上之后，我给斯图亚特打了个电话，询问我离开这几天酒店的情况，他告诉我，有个名叫保罗的员工捅了娄子。

　　"上次就是他惹的事，"他说，听起来很沮丧，"他的错误耗费了我们的时间和金钱。"

　　我叹了口气。"我允许你辞退他，"我说，"我们再也承受不起他的错误了。"

　　斯图亚特听起来很高兴。"太好了。我会在你回来之前把事情处理好的。"

"我明天回去。"我说，不去想我即将离开丹尼尔，我需要离开这个地方。然后我给我母亲打电话，问她我父亲怎么样了，但除了她昨天告诉我的轻微改善之外，他还是老样子。我想象着母亲坐在他床边，抓着他的手，按摩他的双腿，一副完美好妻子的模样，有时我猜想她可能更喜欢他现在的样子：脆弱、顺从、不能回应，也因此无法欺骗或伤害她。我告诉她我明天回去，但我能从她的含糊其辞的话语中听出我已经失去了她，她现在一心想着尽到作为妻子的职责。

你永远无法理解我和我母亲的关系，对不对？因为你总是和你母亲非常亲近。有一次在你家过夜时，我曾经向你承认我对她的感觉，当时我们躺在你的床上，比起我家，我更愿意待在你家，因为那里总是比我家舒适得多，不会有那么多陌生人和他们的行李，旅馆从来没有家的感觉，老实说，躲在阁楼上的那个卧室里，我很孤单，我父母的所有时间都用在保证客人舒适上面：为他们提供干净的床上用品、整洁的房间和精心烹饪的三餐。晚上我会躺在床上，听着我父母招待客人，喋喋不休地取悦他们，还有刺耳的笑声和酒杯的碰撞声。对我而言，旅馆始终是个做生意的场所，而非住宅，因此我现在从来不会在旅馆过夜，在那里我无法放松，总感觉是在工作，还会不由自主地回想起小时候讨好客人时那种小心翼翼的感觉。

你的家里充满着母爱关怀的气息，我母亲对我总是敷衍了事，她关怀我的福祉，保证我吃饱穿暖，然而却疏于表达母爱，她似乎并不在乎我，从来不会花时间来了解我，现在我才意识到，她得过产后抑郁症，无法与我亲近，因为有父亲爱我，所以这对我来说不是问题，他弥补了我母亲的冷淡，但是那天晚上，当我们挤在你的被窝里时，我承认，我觉得母亲更爱父亲，远远超过了她爱我的程度，他把给她的关注分给了我，这也让她感到嫉妒。

"你妈妈怎么会嫉妒你爸爸对你的爱呢？"你在黑暗中低声说，似乎很惊讶。

"我不知道。"我尴尬地咕哝道，拥有一个每当看到自己的孩子脸上就会写满爱意的母亲，你又怎能理解我的痛苦呢？然后你给我讲了你父亲，说你已经对他没有什么印象了，只记得他打破你母亲的鼻子的那个晚上，你们三个"南下"逃跑，这是我们两人第一次彼此坦承各自的心理阴影，虽然我们以后再也没有提起过，但我永远都忘不了。

当我回到公寓的时候，已经是下午三点半左右了，丹尼尔不久就会过来，我洗了澡，换上最后一条干净牛仔裤和一件修身的套头衫，我不希望让他看出我在竭尽所能地取悦他。

我给自己倒了一杯酒，感到十分紧张，一辆白色的货车从窗户外面开过，我靠在公寓里的老式暖气上，下意识地回想着丹尼尔和莱昂的言行。

丹尼尔谎称这套公寓是他朋友的，他为什么不告诉我这里属于他呢？他说这是因为他不好意思问我要房租，但我宁愿把房租付给他，也不愿交给一个从来不露脸的所谓的他的"哥们儿"，而且我觉得这是他的借口，他故意要误导我，这又是为了什么？还有今天下午他和莱昂之间的互动——我虽然不清楚他们是否在搞什么小动作，但看上去相当奇怪。

我想起我们第一次去找莱昂，那时他们两人怒目相向，差点打起来，莱昂叫他"丹尼小宝贝"，然而1997年的时候他从来没有这样叫过丹尼尔，所以这个称呼显得十分刻意，就好像两个人在演戏。还有，丹尼尔为什么会在属于他的敌人的公寓对面也买下一套房子呢？

我的脑袋开始疼起来，喝下去的酒显然已经上头了，你总是嘲笑我的酒量小，约会时赚不到便宜。

我按摩着两眼之间，想把头疼赶走，然而无济于事，啼哭的婴儿、匿名信……这些都是什么意思，索芙？

门上的投信口嘎嘎作响，我吓了一跳，放下酒杯，快步来到门口，发现地上有份报纸，我弯腰拾起报纸，猛然打开房门，恰好看到简站在楼梯上。

"简？"

她略有迟疑，手仍然搁在栏杆上，微微瞪大眼睛。"嗨，弗兰西丝卡，亲爱的。"

"是你把报纸给我投进来的吗？"我不自在地抬高胳膊，挥了挥手中的报纸，迅速瞥了一眼对面公寓的门，但它关得很严。

简点点头。"门厅里有两份报纸，我猜是给我们俩的，虽然只是当地的免费小报，但或许值得一读。"

我对着她皱起眉头，她为什么非要跑上来给我送报纸？她给我一个母亲般的微笑，继续朝楼下走去，我拿着报纸疑惑地回到公寓，把它扔到咖啡桌上，报纸卷顺势展开了，我瞥了一眼，倒吸一口凉气。

呈现在我面前的那个版面，恰好刊登着一篇关于我父亲的报道。

我抓起报纸，看到其他版面都折在里面，所以我最先看到的必定是这一版，我迅速翻到头版，发现这确实是一份免费报纸，然而并非来自奥德克里夫本地，而是布里斯托尔附近的某个地方，日期是三个星期之前。

我赤着脚跑出公寓，走下楼梯。"简！"我叫道，敲了敲她的公寓门。

她敞开门，脸上挂着做好准备打一架的表情。

"你从哪里弄来的报纸？"

她裹紧了身上的开襟毛衣，"我告诉过你，在门厅里拿的。"

"为什么布里斯托尔的免费报纸会出现在这里？而且早已经过期了。"

她耸耸肩，眼神冷漠，"我怎么知道？"

是她搞的鬼吗？她是我回到这里之后遇到的各种怪事的幕后黑手吗？"你是谁？"

她那张平时笑容满面的脸扭曲着，以至于看起来像是变了个人，"我是谁并不重要，但我知道你是谁，你是强奸犯的女儿。"

"你……你怎么知道？"

"人人都知道。"

"他是无辜的。"

"他们都这么说，"她啐了一口，"但我了解你父亲这种男人，他们认为自己可以逃脱罪责，现在又在假装中风，试图逃脱审判，这个人渣。"

她的话好像拳头打在我的脸上。"你什么都不知道。"

"错了，我什么都知道，我知道你这个人很奇怪，整天看上去就像被人跟踪了一样，鬼鬼祟祟，像个贩毒的，"她冷笑道，"经常有男人来找你，还有楼梯上的那个女孩，躲躲藏藏，似乎想要打探什么。反正非常不对劲。"

她在说什么？什么女孩？她说的是你吗？"所以你就去翻我的垃圾桶？想找到我干坏事的证据，比如毒品？"

"我不需要找什么证据，昨天我在报摊上听一个男人说，有个强奸犯的女儿和我住在同一座房子里，报纸就是他给我的，他想让我看看你父亲有多么恶心。"

我的血变凉了。"他是谁？"

"他没告诉我他叫什么，高个子，黑头发，和你年龄差不多，好了，你可以走了，别来烦我。"她瞪了我一眼，当着我的面摔上了门。

她说的可能是莱昂。

或者丹尼尔。

我垂头丧气地回到二楼，手里还拿着那份报纸。我又给自己倒了一杯酒，瘫坐在沙发上。

谁会恶毒到如此地步，竟然把消息透露给简，利用她来刺激我？

报纸上的文章很短，甚至不到五百字，但提到了所有的关键信息：我的父亲，"曾在西南部乡村地区拥有一处旅馆"，被控多年前犯有强奸罪，审判开庭前，被告出现严重中风症状。丹尼尔一定早就知情，他说为我父亲感到遗憾时，我以为他指的是他的病，我真是太天真了，他是个记者，当然很容易了解到我父亲被告上法庭的消息。

去年，有个年轻女人匿名联系了警察，声称我父亲痴迷于她，在她二十岁的时候跟踪和强奸了她，那时你失踪还不到一年，这个女人的证言促使其他人也出来指控我父亲，他承认和这些女人发生过性关系，但表示她们都是自愿的。我母亲相信他，我也很想相信他，索芙，然而难以做到，因为那些女人为什么要说谎呢？

天开始黑了，客厅冷得像冰窖，我觉得鼻尖凉飕飕的，就往火里添了木柴，寂静的室内回荡着木柴燃烧爆裂的噼啪声，室外也安静得古怪，没有汽车声，也没有飞机的轰鸣，我打开一盏灯，走到飘窗旁边，丹尼尔说他尽量在三点钟之前过来，然而现在依旧没有他的踪影，马路上空荡荡的，大团的灰色云朵像皱眉那样挤在一起。

从丹尼尔告诉我他是这套公寓的主人开始——也许比这还早，从我看到他在网上阅读的文章开始——我的脑子里就慢慢形成了一个想法。

我不能再相信你哥哥了。

外面车道上的闪光吸引了我的视线，我站起来，鼻子贴在窗玻璃上，期待那是丹尼尔，然而不是丹尼尔，是你，你站在墙边，仰着头看我，我就知道那是你，我能从你的尖下巴、头部倾斜的角度和金色的美人尖看出来，你穿了一件滑雪衫，兜帽搭在脑后，看上去十分年轻，皮肤光滑，眼神清澈，我的第一反应是，你并没有死，他们在布瑞恩海滩发现的残骸不是你的——然而我眼前的这个你看上去绝对没有四十岁，甚至比你失踪的时候还要年轻。

自从回到这里以后，我每时每刻都能感受到你的存在，你会在公寓里徘徊，跟着我在街上散步，还会和我打招呼，诱惑我跟着你走，现在我知道这是为什么了。

"等一等！"我大喊，虽然我知道你听不见我的声音，我抓起大衣，套上靴子，以最快的速度跑起来，差点绊倒在楼梯上，我得在你再次消失前追上你。

因为我终于明白你为什么会出现在这里了，你不会让我一个人安安静静地待着的，对不对？除非我说出那天晚上究竟发生了什么。

弗兰琪

2016 年 2 月 16 日 星期二

　　我看到你站在远处，橄榄色的外套，橙色的兜帽，和你上学时常穿的那件衣服一样，只不过，现在的你遥不可及，你为什么不等等我？我刚才叫你了，可是你不理我，索菲！我跟跟跄跄地跑着，突然脚底一飘，该死，鞋跟断了，我弯腰把它捡起来，塞进大衣口袋，继续向前，现在我的两只鞋底不一样高，跑起来一瘸一拐的。

　　风力逐渐加大，我确定自己听到了丹尼尔的叫喊，但我还是追着你跑，这一次，我绝对不能放走你。

　　来到老码头入口处的灯柱前，我气喘吁吁，你在哪？我困惑地环顾四周，你又消失了。

　　接着，我再次看到了你，你站在"请勿入内"的警示牌内侧，脚下就是老码头破旧的木板，我很想告诉你要小心，那些腐烂的木板十分危险，然后我才想起你已经死了，你在等我，我知道你想让我跟着你，所以我翻过警戒线，栅栏上的铁条刮破了我的大衣和胳膊，但我不在乎，我要跟你说话，我不再害怕了。我站在你面前，老码头在你身后向海中伸展，那座凉亭黑压压地矗立在不远的地方。

　　"索菲……？"

"你好，弗兰琪。"你轻声说，你的话在风声中断断续续，我觉得仿佛做梦一样，这一定不是真的，我是不是喝得比自己想象的还要醉？因为我知道，我不能和鬼魂说话。

"你想从我这里得到什么？"

"我觉得你知道。"你的声音与我的记忆不符，我有点迷糊，必须重新组织自己的思维，于是我眨了几下眼，你仍然站在那里，异乎寻常地真实，绝非虚假的幻象。

"弗兰琪？"一个声音吓了我一跳，我猛然回头，看到丹尼尔站在我身后，他也爬过了栅栏，"你不应该来这里，太危险了。"

"你！"我叫道，拨开掉进眼睛里的头发，"你一直在骗我，是你送的匿名信吗？到底怎么回事，丹尼尔？"

他缓缓向我走来，伸出手，仿佛正在接近一匹疯马。"我可以解释一切，拜托，跟我来，这里很危险……"

"我是不会跟着你的，我再也不相信你了，是你在报摊上把那份报纸给简的吧？"

这时，你向前跨了一步，我发现你手里拿着东西：一个粉红条纹封面的笔记本，因为年代久远，已经破旧不堪，那是你的日记，我记得那本日记，你无论走到哪里都会带着，甚至包括来我家过夜的时候，睡觉时，你把它放在枕头下面。

丹尼尔转过去看着你，我呆住了，原来他也能看到你，你不是我想象出来的。

"我们知道你做了什么，"你说，"我们有证据，比如这本日记。"你的声音和以前不同了，当你靠近时，我注意到你的眼睛不是灰色的，而是蓝的，耀眼、锐利的海军蓝，我熟悉这双眼睛。

"你能看见她？"我向丹尼尔大喊，"你能看见索菲吗？"

丹尼尔无视了我的问题。"弗兰琪……听我说，你不必再假装了。"

"你是什么意思？"我觉得自己正在做一个离奇的梦。

"我知道你杀了索菲，你杀了我妹妹。"

"别开玩笑了！"我大喊，"怎么可能是我？你怎么解释那些匿名信？它们是莱昂写的。还有狗牌？他知道杰森的事！他想要伤害我，索菲很可能就是他杀的，我一回来就想要告诉你的……我一直想要告诉你……"

丹尼尔怀疑地盯着我，盯得我喘不过气来。

他说得没错，我没有必要再假装了。

这个世界上既有好人也有坏人，索芙，有时候也有我这样的人，我不认为我是坏人，我只是做了一些坏事而已。你不知道我有多辛苦，独自背负你死亡的秘密十八年。你不知道我多么希望回到过去改变一切。直到事情过去了许多年之后，我的感觉才稍微好受了一点，但对于那天晚上发生的事，我从来不曾停止内疚，索芙。我向来擅长分类，所以我会把我对你做的事归拢进同一个盒子里，然后把它埋在我的脑海深处，直到你哥哥打到伦敦去的那个电话把它发掘出来为止。

这就是我回到奥德克里夫之后言行如此谨慎的原因，大家都知道，杀人犯在作案之后，如果不想暴露的话，最好不要再回到犯罪现场去，然而我不能让丹尼尔一个人搞调查，我需要通过散布烟幕弹来分散他的注意力，阻止他发现真相，而且，没有尸体就没有证据，我不认为他们会从一只脚上发现多少东西，我还以为丹尼尔看到你的遗骸之后会死心，不再追查下去。当然，即便他继续追查，我希望他会怀疑莱昂，但没有任何证据，他永远不会这样做。我收到的那些匿名信简直犹如天助，因为它们给我机会指责莱昂，我所需要做的就是告诉你哥哥杰森是怎么死的，顺理成章地推出莱昂杀人的动机。狗牌是我寄给自己的，只是为了巩固丹尼尔的印象，以防丹尼尔怀疑匿名信与莱昂替杰森报仇无关。

我曾经怀疑寄匿名信的人真的知道我与你的死有关，但我告诉自己，不可能有人知道我做过什么。

丹尼尔除外。

"你一直都知道吗？"我问他，难以掩饰语气中的惊奇。

他缓缓点头。

"你为什么要寄匿名信？"

"不是我寄的……"

"那是谁寄的？"我只觉得太阳穴突突地跳，闭上眼睛后又感到头晕，眼前的一切都是真的吗？我抓住自己的头发，用力地揪着。

我跟跄着退到角落里，什么都做不了。当我睁开眼睛的时候，丹尼尔站在我身边，引导我松开自己的头发。"索菲找过你，对不对，弗兰琪？"他轻声问，"就在她失踪的那天晚上。她心情不好，离开了夜总会，你在后面跟着她，对不对？她把你父亲对她做的事告诉你了，而且她怀孕了，你骂她说谎，责怪她和你父亲有染。你为什么要杀她，弗兰琪？怕她把事情泄露出去？"

他怎么会知道这些的，索芙？

风在我们周围盘旋呼啸，你站在我面前，可是你不说话，只是厌恶地盯着我，带着仇恨。

"弗兰琪！"丹尼尔的声音坚定而急迫，他抓住我的胳膊，把我转过去面对他，他的眼神中透着绝望，"拜托，假如你对我还有一点同情的话，请把我从痛苦中解救出来，我们有证据，我们知道是你干的，但我希望听到你亲口说出来，弗兰琪，我想要听你说说为什么这样做，为什么要杀死你最好的朋友。"

听了他的话，我痛哭失声，能够把心底的秘密告诉别人几乎算是一种解脱。"对不起，丹尼尔，我从来没想要伤害你，但她抢走了我的一切，先是莱昂，然后是我爸爸。我的爸爸，他是最爱我的人，我妈妈从来不在乎我，我只有他，可是到最后我发现，连他都要她却不要我，她为什么要抢走他，丹尼尔？"

他的态度变得强硬起来："弗兰琪，她没有抢走他，是他强奸了她。"

"她什么都告诉我了，"我叫道，"他们在旅馆房间接吻了，是她勾引他的，她喜欢他，想要得到他。"

"他强奸了她。"丹尼尔咬牙切齿地重复道，"他恐吓她，跟踪她，强奸了她，而且不肯罢手，她失踪之后，他又对其他女孩做了同样的事，他是个禽兽。"

"可他是我爸爸。"我哀叫道。我当时并不愿意相信你说的话，你告诉了我一切，但我没有勇气面对事实，我父亲六个月前被捕时，我才意识到你没有说谎，我爸爸强奸了你，非常对不起，我当时没有相信你……

"那么我呢？"丹尼尔伤心地说，"我爱你。你为什么就不能和我说实话呢？"

"你不爱我，你只是对我有好感……"

"不！"他在风中大喊，"我爱你。我爱你的风趣、聪明、独立，总是喜欢笑，我也爱你脆弱的一面，我只是没有意识到你是多么的没有安全感。"

我真是个傻瓜。

你朝我走过来，怒容满面。"这还不是全部，对不对？杰森呢？"

"杰森？"

"你也想得到他，不是吗？但是你不能拥有他，所以你把他推到海里去了。"

我这才想起，你死去的那个晚上，我已经向你承认过这件事了。

"你说杰森的死是个意外，弗兰琪，"丹尼尔说，"你说索菲在争吵中不小心把他推倒了，可这不是真的，对不对？"

"你怎么全都知道？"我叫道。

"我想听你亲口说出来，弗兰琪。警察正在赶过来，他们知道一切——但我希望听你亲自承认。"他恳求地看着我。

"那就是一个意外，"我喊道，"索菲喝得烂醉，我趁机向杰森表白，他拒绝了我，我们都喝多了，他没站稳，摔到……"

"就像索菲那样'没站稳，摔到了海里'？"

"确实是个意外，"我重复道，快要崩溃了，"我那时只是个孩子，丹尼尔……我不是故意伤害他的。"我说的是真的，索芙，我知道你一直想知道那天晚上究竟发生了什么，当时你醉得厉害，不省人事。被杰森拒绝后，我很生气，我不知道他是同性恋，但我没想着杀他，我看着他在水里挣扎，我本来可以救他，但没有这样做。后来我把你摇醒，告诉你他不小心掉进水里了。

我转向丹尼尔。"这么说，你一直以来都在假装不知情，就为了让我亲口承认？我以为你对我有感觉。"

他看起来很惭愧。"因为我们曾经的关系，所以我不想贸然给你定罪，也有可能是意外，我希望你要么做出解释，要么忏悔认罪。"

"为什么？"我苦笑道，"既然你已经知道这么多了，为什么还要等我承认？"

他说："因为我想知道你为什么会做出这种事，难道是有其父必有其女？"

我震惊地盯着他，他就是这么想的吗？我和我父亲一样？那天晚上，在"地下室"，听到你在厕所里呕吐的时候，我知道你没喝醉，你面色苍白，恶心想吐，只要不是傻子，大概都会猜出你怀孕了，但我还没来得及问你，你就跑掉了。离开夜总会之后，你在码头上把一切都告诉了我，你和我父亲接吻，他跟踪你、强奸你，我当然不愿意相信你，因为他是我父亲，我崇拜的人，也是全世界我最爱的人。

我听到远处传来微弱的警笛声。

证据。他们有你死亡的证据。我想起他们在码头上发现的你那只"羚羊"阿迪达斯运动鞋，我知道我应该把它扔进海里，但我把它留在了原地，从来都没碰过它。我很小心，你知道吗，那时候我就知道DNA了。

"如果你有证据，"我对丹尼尔说，"那为什么还要我承认？我不能坐牢，不能……"

你上前一步，得意地微微笑起来，我看到了你的牙齿，形状小而尖，根本不像是你的。"可你已经承认了。"你说，从外套口袋里掏出一个录音机，"这是录音机，你说的都录在上面了。"

"米娅……"丹尼尔警告道。

米娅？我盯着你，但这个女人不是你，对不对？当然不是，怎么可能是你呢？我在想什么啊？

她的眼睛、声音和牙齿都不像你。

"你是谁？"我咆哮道。

"我叫米娅。"她说。她有爱尔兰口音。

"丹尼尔的女朋友？"我皱起眉头，但是她很年轻，太年轻了。

她摇了摇头，笑了起来，她说了几句什么，但被风声掩盖，我听不清。天边传来隆隆的雷声，愤怒的雨水从云层中倾泻而下。她竟敢嘲笑我？这个年轻女人，她凭什么站在这里指责我，挑唆丹尼尔来对付我？我和他本可以快快乐乐地在一起的，她把这一切全给搅了。

我怒火高涨，非常想要伤害她，想把她脸上的轻蔑笑容抹掉，现在轮到我来反击了，我从口袋里掏出断掉的高跟靴鞋跟，这时候，我模模糊糊地听见丹尼尔惊恐地叫了一声，他似乎在我想好用它干点什么之前就猜出了我的意图。

"米娅，小心！"他的声音里有恐惧，也有爱，嫉妒使我的怒火燃烧得更加炽热，我朝她扑了过去，同时感到丹尼尔紧跟在我身后冲过来，我希望她原地消失，我要把她从这个世界上抹除。

她与我擦肩而过，箭一般地扑进丹尼尔的怀抱，因为我的脚上的鞋只有一只鞋跟，我重心不稳摔倒了，跪在地上，我在想什么？我不想伤害她，也不想杀你，你必须相信我，索芙，我爱你，对不起……

风呼雨啸中，树木摇晃的嘎吱声几近微不可闻。过了几秒钟，我脚下的烂木板才不堪重负，塌陷下去，哀怨般的警笛声越来越近，我不会试图拯救自己。

我看到的最后一幕，是他们惊恐而苍白的面孔，然后我就顺着木板塌陷形成的裂隙，坠入愤怒的灰色海洋。

索菲

星期六晚上，我"死"了。

一切都始于我和莱昂的争吵与决裂。我不能再对他说谎了，所以我向他摊了牌，他当时的表情——想哭又拼命忍着不哭——我永远都会记得。

弗兰琪跟在我身后进了厕所，问我发生了什么事，我把自己锁在隔间里，吐了出来，我无法面对她和莱昂，所以当她出去给我拿水时，我以最快的速度跑出"地下室"夜总会，直到跑岔了气，来到老码头的入口时才停下来。

我靠在灯柱上喘着粗气，浑身都在颤抖，脚跟上磨出来的水泡很疼，我只好脱下一只运动鞋，把它塞进运动服的口袋里，蹒跚着走进码头。

"索菲？"当我看到自己身后站的不是阿利斯泰尔，而是弗兰琪时，我如释重负，他现在极有可能还会纠缠我，我这才意识到离开夜总会是多么愚蠢，我怎么这么粗心大意，让自己置身危险之中呢？

"你在这里干什么？"我不想跟她说话，不知道该如何向她解释一切。

"你怎么走了？现在才十一点半。看在上帝的分上，今天是星期六晚上！我们从来不会这么早就离开'地下室'的。"她气喘吁吁地说。她不得不小跑着追上我。我注意到她穿着长长的黑色高底靴，穿这种鞋跑起来很吃力，我俩分隔三年再次见面那晚，她也穿着这双鞋，那年夏天，美好的未来似乎刚刚在我们面前展开，然而现在一切却都变得如此可怕。

我一下子哭出来，"说来话长。"

"你怀孕了，对不对？我听到你在厕所里吐了，发生了什么，索芙？如果你不告诉我，我不会走的，我看到你和莱昂吵架了，怎么回事？你告诉他你怀孕了吗？"她朝我走来，"索菲！"她拉着我的胳膊，让我面对她，"你在听我说吗？"

"我当然没告诉他怀孕的事！"我叫道，"多撒一个谎又有什么关系？倒是你，你为什么这么关心？"

她皱起眉头，一副受伤的样子，"因为我是你最好的朋友，我们无话不谈，可你从来没和我说起这个，你为什么不告诉我你怀孕了？"

"因为……"我的脸上全是泪，哭得几乎喘不动气，我做了个深呼吸——必须告诉她事实，"因为我认为孩子可能是阿利斯泰尔的，但我现在又觉得不可能。"

她的脸沉下来，"阿利斯泰尔的？你在说什么？"

"你爸爸！"我叫道，"你以为我在说谁？"

"你睡了我爸爸？"她说，声音低沉而危险。

我盯着她，"我没有'睡'你爸爸，他强奸了我！"

她的表情复杂至极，我感到很难过，她踉跄着向后退了几步，好像我刚刚打了她一样，"你怎么敢？你怎么敢这样撒谎？你跟我爸爸有一腿，现在又诬赖他强奸你，你真是个小贱人，索菲·科利尔，你先是抢走了莱昂，现在又抢走了他。"

　　"阿利斯泰尔强奸了我，弗兰琪，我不是自愿的，他强迫我，他……"

　　"闭嘴！"她的声音不大，但语气冰冷，我从未见过她如此冷酷的样子，"我不想听你说谎。"她恶狠狠地瞪着我，就像她父亲一样，嘴角向下撇，不停地颤抖。

　　"弗兰琪……拜托。"我抽泣道，我讨厌这样对她，"我不会拿这种事开玩笑的……"

　　她闭上眼睛，不知在想些什么，接着突然开始拉扯自己的头发，我惊恐地看着她，不知道她接下来要做什么。过了一会儿，她睁开眼睛走过来。"这个码头，"她凑近对我说，"一定是被下了诅咒，你不觉得吗？杰森死在这里……"

　　我皱起眉头，"杰森跟这件事有什么关系？"

　　"噢，索菲，你真的很蠢，不是吗？可你还老觉得自己聪明。那天晚上你喝醉了，是我把他推进海里的，他喝得烂醉，根本站不稳，我们吵了一架，他拒绝了我，没人敢拒绝我。"

　　"你杀了杰森？"我惊得仿佛没有了呼吸。我记得那天晚上自己醉得不省人事，弗兰琪哭着把我叫醒，告诉我杰森掉进了海里，是个意外，我从来都没有怀疑过弗兰琪，更想不到是她把他推下去的。

她开始来回踱步，显然很烦躁，不知道该怎么做。她摇着头撕扯自己的头发，语速很快地说话。"我不应该告诉你这些的……不该说的。我就是很生气，你竟然那样说我爸爸……我也不是故意要杀杰森，只是下意识的反应，他拒绝了我，我很生气，我们扭打起来，我推了他一下，是个意外……"

"噢，弗兰琪！"我叫道。

她用袖子擦了擦眼泪。"你为什么要把一切都毁掉？"她哀嚎道，"我爱杰森，我爱莱昂，我爱我爸爸，你把他们全都抢走了！"

我震惊地盯着她，"你真的这么想吗？"

"为什么是你？"她抽泣道，"你有什么特别的？我怎么办？为什么没有人爱我？"

这让我意识到，尽管她看上去美丽自信，内心却非常没有安全感，脆弱迷茫。我既想告诉她，不要这么不成熟，又希望给她一个安慰的拥抱，于是快步朝她走过去，她立刻停止了踱步。

"杰森不爱我，至少对我没有那种爱，他是同性恋，而莱昂……我从来不知道你对莱昂的感觉。"我说。

她的脸上一团糟，睫毛膏被眼泪弄花了，糊在眼睛上，我们也曾经吵过架，可今天这次不一样。"我不想告诉你，"她说，"我也有自尊的。"

"至于阿利斯泰尔……弗兰琪，你必须明白，他简直成了跟踪狂，一直缠着我……"我向她讲述了全部经过：我们在旅馆接吻，他跟踪我、骚扰我，然后在他的车上强奸了我。暂时没有顾忌她的感受，全部说出来之后，我觉得轻松极了，可弗兰琪的脸却像是被我揍过一样难看。

"我爸爸绝对不会那样做的，"她哭着说，"你为什么说谎？"

"我没说谎。对于这种事，我绝对不会胡说，你知道我不会。对不起，弗兰琪。"我走向她，但是她把我推开，我向后退去。

"你这个下流的骗子，"她说，"离我远点，索菲，我恨你！我恨你！"

"弗兰琪，听我说……"

然而她却像没听见一样，神情激愤，泪流满面，她又推了我一下，这一次更用力，我注意到她手里握着什么东西，可能是一块石头或者木片，我无法分辨，因为没等我反应过来，她就举起那个东西，往我的头上砸过来，我失去平衡，撞断了栅栏，掉进海里。

我摔下去的时候，脱下来的那只运动鞋从我的口袋里滑出来，掉在码头的木板上。

我竟然没有淹死：可能纯粹是因为运气好，弗兰琪拿东西砸我的时候，我没有晕过去，当晚的浪涌也不太强，我抓住了支撑老码头的一条金属腿，抑或是弗兰琪疏忽了，她曾经对杰森做过一次这种事，所以觉得干掉我很简单，然而我并没有像杰森那样烂醉如泥，而且我的水性很好。就这样，我静静地躲在老码头的一排金属腿后面，看着弗兰琪察看了一遍她脚下的海面，然后又开始来回踱步，似乎不知所措，那一刻，我很想游过去，告诉她我没事，但她突然转身就跑，这个时候，我蓦然意识到，她并非想跑出去找人帮忙，而是打算把我丢在这里淹死，正如她对杰森所做的那样，我怎么能如此错看一个人？我一直以为我们是最好的朋友，把她当成我的姐姐看待。

从我躲藏的位置看过去，只见她沿着步行道向"地下室"夜总会快步走去，仿佛什么都不曾发生过一样。干得漂亮。我意识到她会偷偷溜回夜总会，假装自己一直都在那里，根本没出来过，还真是个好演员。

我不确定自己是否一开始就已经想好了下一步的计划，但促使我下定决心的是丹尼尔。我游回岸边，爬上礁石，我的衣服全都湿透了，每爬一步都很吃力，我看到正独自步行回家的丹尼尔，感谢上帝，他恰好向左边看过来，发现浑身湿淋淋的我在礁石上奋力挣扎，锋利的石头割破了我没穿鞋的那只脚，他急忙冲过来帮我，以为我是不小心掉下海的，当时我心里想，我还不如淹死的好，因为这样阿利斯泰尔就不会再骚扰我了。

丹尼尔领着我来到一处避风的岩凹，所以别人看不见我们。我浑身颤抖，哭着把事情的经过告诉了他，他气得想要杀掉阿利斯泰尔，当他听说弗兰琪先后把杰森和我推到海里时，他难以置信地张大了嘴巴，一遍又一遍地喃喃自语"弗兰琪竟然会做这种事"，他试图说服我立刻报警，然而我害怕，假如警察相信弗兰琪却不信我怎么办？

"你必须告发阿利斯泰尔，他强奸了你，索菲！弗兰琪袭击了你，把你留在海里等死……"他面色铁青地说，"我不相信竟然发生了这样的事。"

"他们可能永远不会相信我，"我叫道，"弗兰琪和阿利斯泰尔肯定会串供，联合起来针对我。"

我害怕极了，身体抖得像筛子。"给。"他脱下外套，披在我肩膀上，"穿上吧。别担心……我们会解决这个问题的，你要是早点告诉我就好了。"

"你知道了又能怎么样？"我哀叫道，"没有办法的，丹。我觉得我快疯了。"

我摸了摸肚子，想着在里面慢慢长大的孩子，我至少已经怀孕五周了——能够检测出来，我确定孩子是莱昂的，但假如没有证据，阿利斯泰尔会以为孩子是他的。

"让他们以为我死了吧，"我绝望地告诉丹尼尔，"让弗兰琪相信她杀了我，这样我就解脱了。"我必须保护我的孩子。

丹尼尔一开始并不同意，他想报警，他设法带我偷偷回了家，不让任何人看到我们——但我们好像在老码头的入口处看到了杰兹，他在路的另一侧摇摇晃晃地向前走，看样子喝得酩酊大醉，应该不会意识到我们是谁。

我妈妈下了夜班回来时，我们告诉了她一切，她哭喊、叫骂，想要杀了豪伊父女，又试图说服我去报警，但我拒绝了，我不想在接受令人难堪的询问之后，再眼睁睁地看着阿利斯泰尔逃脱惩罚。无论什么事情，一旦公之于众，都会引发各种不堪入耳的猜测和谣言，甚至连无辜丧命的杰森也会成为八卦的对象，不得安息。更何况弗兰琪和阿利斯泰尔必定互相维护，有其父必有其女，他们会把杰森的死也赖在我头上，说是我的错，是我把他推到海里的，我会坐牢。

我别无选择，妈妈最终也意识到了这一点。

一切都很容易，妈妈先把弗兰琪在我头上砸出的伤口缝合起来，丹尼尔订了一张第二天一大早前往都柏林的船票，这是个完美的逃脱计划，因为我不需要护照，不会留下踪迹，我积攒下来的工资放在衣柜中一只罐子里，所以我有足够的现金。抵达都柏林之后，我沿海岸线南下，去到我姨妈在凯里郡的一个偏远小镇的农场里安顿下来。

当我妈妈和哥哥向警察报告说我一直没从夜总会回家时，我已经在爱尔兰了，我终于获得了安全，可以远离阿利斯泰尔了。

索菲

2001 年 6 月 12 日 星期二

我已经"死"了四年。

1998年4月，我生下了孩子，给她取名米娅，我爱她胜过世上的一切——我从来不知道自己可以如此无条件地爱她，她继承了我的金发和莱昂的漂亮眼睛，她一出生，我就看到了那双明亮的蓝眼睛，我知道她是莱昂的女儿，是他的翻版。

莱昂是我唯一的遗憾，我希望他能够见到他的女儿，想把他从以为我死了、我不爱他的痛苦中解救出来，因为我非常爱他，希望有一天他能知道我有多爱他。

有些人可能觉得我是胆小鬼，认为我应该留下来抗争，但是我很害怕，我不想继续生活在恐惧之中，我看到一条出路，就选择了它。我和家人以前就逃离过我的父亲，我的大部分时间都在逃避中度过。

老实说，我之所以逃走，还有另一个原因：除了阿利斯泰尔，我还希望躲开弗兰琪，她是我最好的朋友，我像爱姐姐一样爱她，我的童年回忆里到处都有她的身影，我知道我不应该为她开脱，毕竟是她把我扔到海里等死的，但我相信她也爱我，不过是以她自己的方式，而且这种爱乖戾反常，她的情绪不稳定，这吓到了我，可如果我去找警察——假如他们相信我的话——然后呢？弗兰琪会坐牢，我不知道这究竟是不是我想要的结果。我痛恨她所做的事，她拆散了我和莱昂，但我们是那么多年的朋友，没有什么是非黑即白的。

我姨妈萨拉是个了不起的女人，我帮她打理农场，养活自己。没人质疑我是谁、从哪里来，我只是萨拉·奥唐纳尔的外甥女，最后我妈妈也从奥德克里夫搬来住了，三个女人快乐地生活在一起，主要目标是抚养米娅。在萨拉姨妈家度过的岁月是平静的，尽管这不是我自己设想的生活，但我不会改变它，我也会写点东西，仍然痴迷读书，我的周围全都是书，但最重要的是，米娅很安全，我也很安全。

今天我吓坏了，自从逃离之后，我的安全感第一次受到了威胁。

当时我在马厩里，我妈妈走进来，神情像见到了鬼一样。"莱昂来了。"她嘶声说，她的头发凌乱地竖着，毛衣上还沾着稻草。莱昂告诉她，他过来出差，顺便来这里看望她，丹尼尔现在住在伦敦，所以莱昂不知道我妈妈的现状，更不知道我也躲在这里。

"你打算拿他怎么办？"我低声问。

"他正在客厅里喝茶！"

我差点笑出声来，真是太有意思了，但恐惧很快袭上我的心头：假如莱昂可以如此容易地找过来，阿利斯泰尔也能。

迅速思索一番之后，我得出结论，莱昂肯定不是来找我的，他只想探望我妈妈，阿利斯泰尔更不会来，他以为我死了，我知道阿利斯泰尔和弗兰琪都太傲慢，他们根本不相信我掉进海里还能活下来。

我觉得这很危险，他很可能暴露我们的位置，当我表示要见他的时候，妈妈很担心，但过去这么多年了，他有权利知道自己有个女儿，我这一次想对他说实话，我欠他的太多了。

我走进客厅时，他坐在那张破旧的沙发上，抱着萨拉姨妈的众多宠物狗中的一条，咖啡桌上放着一杯茶，已经不再冒热气，他一直喜欢喝温茶。莱昂抬起头，以为是我妈妈进来了，但当他意识到眼前站着的是我时，脸色变得煞白，好像见鬼了一样，没错，对他本人来说，就是见到了鬼。

他几乎没有变，头发长了一点，脸因为旅行而变得黝黑，然而眼神里透着一股徘徊不去的忧伤，这是我以前不曾见过的。再次看到他让我呼吸困难，本以为早已深埋心底的情感一下子全都涌上来，让我一时不知道该说什么。

他盯着我，嘴巴张开。"索菲？"他从沙发上站了起来，用力摇了摇头。我几乎可以看到他满脑子都是疑问，泪水冲出他的眼角，然后他的表情变得愤怒，"见鬼，这到底怎么回事？"

我握住他的手，示意他坐回沙发上。"对不起。"我用力眨眼把眼泪憋回去。我不能哭，我需要保持思维清晰，这样才能好好解释一切，他应该知道真相。

"我们都以为你死了，你为什么要这么做？你知道我有多痛苦吗？"他控诉道，眼神凌厉地看着我。

我告诉他阿利斯泰尔的事，他吻了我、跟踪我、强奸我。"我被他吓坏了，莱昂，他始终不放过我。"

"所以你就装死？"他怀疑地问，"你应该告诉我的，索菲，我本可以杀了他。"他紧紧捏住我的手，眼中怒火四射，似乎因为无法保护我而自责，可当时没人能保护我。过了一会儿，莱昂的表情软化了。"你自己一个人经历了这么多……我要是能为你做点什么就好了，我们可以一起去报警的。"

"我想过报警，但阿利斯泰尔会说我们是自愿的，如果没人相信我怎么办？而且他手里有我的把柄。"

"什么把柄？"

我低下头，头发落下来挡住了脸。"杰森死的那天晚上，我也在场。"

他的喘息粗重起来，但没有放开我的手。

"发生了什么？"

我深深地吸了一口气，开始回忆当晚的事。"弗兰琪让我相信我与杰森的死有关，但罪魁祸首是她，莱昂，我们不知道他是同性恋，被他拒绝后，她推了他一下，他没站稳，掉进海里了，她没有救他，把他留在那里等死，就像后来她对我做的那样，对不起，我以前没告诉你……"我的声音越来越小。

他惊恐地睁大了眼睛。"你什么意思，就像她后来对你做的那样吗？"

"她想杀了我，"现在说出这句话来依然让我感到痛心，她的背叛给我留下了难以愈合的伤口，"我告诉她阿利斯泰尔做的事，她不相信我，还指责我抢走了她爸爸，她一直怨恨在心，我当时才意识到。我们吵了起来，她拿东西砸了我的头，我猜可能是一块石头。我从码头上掉进水里，她走掉了……把我留在那里，希望我淹死，像对杰森做的那样。"

莱昂看起来很震惊。"哦，我的天啊。"他松开抓着我的手，挠了挠蓬乱的头发，"我简直不敢相信这都是真的。你要是早些告诉我就好了，我可以帮你，索菲。我爱你，我一直都爱你。"他双手抱头，呻吟起来，我知道他在想什么：我们完全错看了弗兰琪，怎么会这样？"我们必须报警，弗兰琪不能逃脱惩罚，杰森的死是她造成的……"

我轻轻地把手放在他的肩上。我知道他需要消化很多东西。"我们不能报警，听着，莱昂，这是我逃离过去的机会，我可以重新开始，远离阿利斯泰尔，另外还有一个原因，"我顿了顿，决心把所有事都告诉他，没有任何隐瞒，他需要知道全部真相，"我那时怀孕了。"

他猛然抬起头来，眼中同时充满了希望和恐惧——既希望孩子是他的，又害怕那是阿利斯泰尔的。"孩子是你的，莱昂。"我伸出两手，轻轻握住他的手，"我们有一个女儿了。"

他边哭边听我讲女儿的事，我们漂亮的小米娅，无论走到哪里，她都要抱着自己心爱的泰迪熊玩具，还喜欢吮指头，最爱读的书是《查理和萝拉》。"她快要回家了，妈妈去学校接她了。"

见到女儿的第一眼，他就爱上了她，她看起来幼小娇弱，拉着外婆的手，在学校里待了一天，金色的马尾辫有点乱，胳膊底下夹着泰迪熊，眼里充满了疑惑——那双眼睛和他的一模一样。他的表情我看得清清楚楚，我知道一切都会好起来的，莱昂会为我们保守秘密。

我们还有许多的话要讲，处理许多问题，重新建立信任，但我觉得总有一天他会原谅我的。

索菲
2016 年 3 月 12 日-星期六

　　我在火车上写下这篇日记，我准备去看望米娅和丹尼尔，车厢里的氛围令人昏昏欲睡，以棕色和绿色为主调的乡村风光从窗外一闪而过，春天的阳光透过树影照进来。我所在的这节车厢里几乎没有乘客，一个老太太坐在角落里织毛衣，一个十几岁的男孩戴着耳机听歌，脚跟着打拍子，我都能听到他的耳机里传出来的音乐声。莱昂斜倚在我旁边，埋头读着一本书，有他在，我觉得很安心，想到我就要回到奥德克里夫了，我又有点紧张，丹尼尔在电话中告诉我，奥德克里夫已经变了，但有些地方还和原来一样。

　　没错，过了这么多年，我终于要回去了，过去我觉得这简直不可能，但情况变了，感谢我的女儿和哥哥，事件真相大白，还登了报纸，丹尼尔一直在忙着揭露弗兰琪的罪行。我不怪他。

　　莱昂和我决定新年过后去巴黎投奔我的朋友朱丽叶和她丈夫奥利维尔。（莱昂用我的笔名伪造了一本假护照！）十年前，我在创意写作课上认识了朱丽叶，我们成了好朋友，认识一段时间之后，我才开始信任她，毕竟被弗兰琪背叛之后，我从未想过自己还会结识新的女性好友。米娅不想和我们一起去巴黎，她更愿意和我妈妈待在一起，这也难怪，她很快就要高中毕业，得为上大学做准备，但我也不知道自己去了巴黎之后她会在家里忙些什么！

我是见到警察之后才吓得决定逃到法国去的。圣诞节过去几天后，警察亲自登门，和我妈妈讨论阿利斯泰尔·豪伊的案子，莱昂开的门，我当时在楼梯平台上，听到有人提起阿利斯泰尔的名字，我僵住了，过去了这么多年，他的名字仍然会让我反胃，我躲进暗处不敢出来，因为他们都以为我死了。我听到警察用我熟悉的西南乡村的口音说话，他们说阿利斯泰尔被控在1996年到1999年之间强奸三名女性，现在又出现了一位新的受害者，阿利斯泰尔在强奸我的一年前曾经袭击过她，后来她走进我妈妈所在的护理中心缝合受伤的嘴唇，是我妈妈为她处理伤口的，因此警察希望我妈妈到审判阿利斯泰尔的法庭上作证。

我站在原地，周身被恐惧笼罩，再一次感到威胁的我决定继续逃跑。

警察离开之后，我恳求莱昂和我去巴黎，他搂住我。"索菲·麦克纳马拉，"他对着我的脑袋说，"你再也不用害怕他了，有我在你身边。"当然，我们没法成为法律意义上的夫妻，这是不可能的，因为我已经"死"了，但除了法律不承认，我们与任何寻常夫妇并没有什么两样，见到我们的人也都会这么想。

"我担心的不仅仅是他，如果警方发现我还活着，你很可能会有麻烦——我妈妈也是，还有丹尼尔，我毕竟伪造了自己的死亡，你们都帮了忙，这难道不是犯罪吗？"

"好吧……"他看起来很困惑，"没错，我想是的，但是……"

"拜托，我们去找朱丽叶和奥利维尔住一阵子吧，他们总是邀请我们过去，我们出去避避风头，等风声过了，我们再回来，米娅也能放个假。"

莱昂犹豫不决，说他得先安排一下工作，但最后他还是同意了。

一月底，莱昂不得不重返工作岗位，他试图说服我和他一起回家，但朱丽叶说我可以继续住在他们家，其实我是害怕，担心我妈妈上法庭指证阿利斯泰尔之后，我的事情会被牵扯进来，还有弗兰琪……到时候狗仔队一定会跑到我姨妈的农场打扰我们的生活，阿利斯泰尔和弗兰琪会知道我们住在哪里，我不能冒这个险，最好还是保持低调。米娅和莱昂乘"欧洲之星"来巴黎看了我几次，她有点沉默寡言，我问她怎么回事，但她不愿意说，我开始担心她可能遇到了恋爱方面的问题，甚至更糟，因此希望她和我们留在法国，她拒绝了。后来丹尼尔联系我，说阿利斯泰尔·豪伊中风了，但不知道严重到什么程度，然而我还是很担心，因为也许那个恶魔很快就能恢复健康，于是我继续留在法国。再等一个星期，我总是这样告诉自己，直到一个星期变成几个星期，几个星期变成几个月。

两周之前，我才得知究竟发生了什么事。

莱昂、米娅和丹尼尔来到巴黎，告诉我弗兰琪死了，他们让我坐在朱丽叶和奥利维尔家复古风格的厨房里，给我讲述了事情的经过——他们的计划、弗兰琪的认罪、她顺着老码头上的破窟窿掉进了海里——我震惊地听着，他们竟然制定了如此周密的计划解决了此事。

他们说，这是米娅和丹尼尔想出来的主意，为了劝诱弗兰琪说出真相。莱昂和我飞到巴黎之后不久，米娅找到了我的日记本。

"你们的行为很古怪，"她说，眼睛里闪着光，仿佛在为自己的调查找理由，"我还以为我是你们收养的，你和爸爸显然在保守着什么大秘密。"

听米娅说起她知道我被阿利斯泰尔强奸了，我差点崩溃，我要是早点扔掉1997年的那本日记就好了。

"这样就都说得通了。"她说，"我这才知道你和爸爸为什么不真的结婚，你们为什么会用假名字，为什么总是离群索居，几乎不相信任何人。"她转脸看着朱丽叶，朱丽叶两手搁在膝盖上，坐在那里，神情平静，丝毫不带偏见地看着我们，她真是个善良忠诚的朋友。"你是我妈妈唯一的朋友，朱尔斯[1]。"米娅用袖子擦了擦眼泪，有点不好意思。"我不过是希望你重新获得安全感而已。"她又对着我哽咽道，我从椅子上跳下来，抱住了她。

丹尼尔接着给我讲：奥德克里夫当地报社招聘编辑；十八个月前，一个年轻女人从塞文桥上跳海轻生，后来人们发现她的尸体漂浮在海面上，这两件事让他想出一个主意——如何使弗兰琪相信人们发现了我的尸体，他知道弗兰琪不会相信我的尸体经过了这么多年仍然完好无损，所以他做了一些研究，决定谎称警方找到了我的一只脚，他清楚弗兰琪得知消息后一定会回到奥德克里夫，亲眼看看那是不是我的脚，从而确定我真的死了，这样她就永远放心了。

"我们只是想让她认罪。"丹尼尔说。他的脸色苍白，眼睛底

---

1. 朱丽叶的昵称。

下有黑眼圈，看得出过去的几周对他而言并不轻松，他为我伸张了正义，可是付出了多少代价？"我们只有几天的时间来表演给她看，莱昂后来发现了我们的计划，也跑到了奥德克里夫，但他的主要目的是看着米娅。"我很庆幸莱昂的决定，一想到我的女儿在我长大的地方乱跑，扮成我的样子吓唬弗兰琪，我就冒冷汗，现在依然后怕。

"爸爸说我们可以用他的公寓捣乱，把弗兰琪吓傻。"米娅笑着对我说，"我去过几次她住的地方，移动了屋里的东西，跟踪她，还送了匿名信什么的。我剪辑了一段婴儿的哭声放给她听，效果棒极了，妈妈，她吓坏了，意识到这是针对她的，因为她不能有孩子，七次流产，这是她亲口说的。"她哼了一声，但我却有些为弗兰琪感到难过。米娅永远不会理解我的心情，她不了解弗兰琪，总是把她视为背叛了最好的朋友的坏人，而且她太年轻，还不到十八岁，看待事物总是非黑即白，我却不然，我怀疑丹尼尔和我的想法更接近，我们对弗兰琪的感情都很复杂。

"她活该，妈妈。"看到我露出不赞许的表情，米娅说，"那天晚上受到的伤害改变了你一生。"她是指那晚的惊吓让我落下了癫痫和偏头痛的病根，她在为自己的行为辩护，但我知道我的女儿内心深处一定对弗兰琪抱有愧疚。

我还听说阿利斯泰尔死于中风，死在法院以六次强奸、五次跟踪骚扰、一次袭击他人的罪名审判他之前。他死后，又有三名女性站出来控诉他犯下过类似的罪行。

丹尼尔把弗兰琪的认罪录音交给了警察，告诉了他们一切，但因为我伪造自己的死亡不是以获取经济收益为目的，所以不会遭到起诉。

他们三个竟然为我做了这么多，我始终感到惊讶。我真是太幸运了，留下我独自等死的弗兰琪并没有了结我的性命，反而葬送了自己的人生。

莱昂斜过身子，靠到我旁边坐着，缓缓伸开他的长腿，对着手里捧着的书打起了盹，鼻尖快要贴到书页上的时候，他颤抖了一下，醒了过来，我好笑地看着他，这个男人总是给我意想不到的惊喜，他是我一生的挚爱。2002年的那一天，他再次来到我面前，发现我还活着，而他有了一个女儿，此后他就再也没有离开我，并且原谅了我。起初这并不容易，他不得不对自己的家人隐瞒我和他的关系，他们也不能知道他有一个女儿，幸好他和家人的关系一向不算亲近，这降低了我们保守秘密的难度。虽然五年的分离让我们两个人或多或少地都有所改变，但我们很快就唤醒了昔日的爱情，而且感情比以前更深厚了。

弗兰琪仍然失踪，但警察认为她在冰冷刺骨的二月份的海里存活下来的希望渺茫，发现她的尸体是迟早的事，可我总觉得她或许会像我一样幸存下来，有时候我还会梦到她，在我的梦中，她在浑浊阴暗的海水里浮浮沉沉，呼唤我去救她，哭着说她很抱歉，但我始终怀疑她并非真的抱歉，我不知道是否真的后悔自己做出的决定，假如给她挽回的机会，她会不会改过自新？如果我是她，我会做到的。

火车缓缓驶入车站，熟悉的景色映入眼帘：卖碳酸饮料和杂志的售货亭还在，只不过漆成了绿色，挂上了新招牌，还有弗兰琪和我等火车时坐过的木头长椅，我仿佛看到她坐在上面，穿着六十年代风格的复古连衣裙和及膝靴，摩挲着自己的一绺头发。

然后我看到了我女儿在平台上等我，咧嘴笑着朝我们挥手，明亮的蓝眼睛激动得闪闪发光，看来我有必要在此时划下一条分界线，隔开过去与现在，只需专注于自己的未来，而不是过去，回到奥德克里夫是暂时的，是我向过去、向小镇和弗兰琪告别的仪式。

从此以后，新生活的画卷将在我面前缓缓展开。

我再也不需要隐姓埋名地生活，不需要再逃离了。

我终于获得了自由。

〔全书完〕

致谢

感谢我的代理人朱丽叶·穆申斯的慷慨支持、帮助和建议，谢谢她帮我找到了出色的编辑——麦克辛·希区柯克，我对她一见倾心，感谢她和企鹅出版社的其他成员给我的鼓励和建议，感谢他们在编辑、校对、封面设计、营销和宣传等方面所做的努力，谢谢你们每一个人！

感谢我的家人和朋友一直以来给我的鼓励，你们购买和阅读了我的第一本书，把它推荐到自己的书友会，你们的支持对我来说意义重大。

感谢推特和脸书上的朋友们对我的作品的肯定，很高兴听到你们的反馈。

谢谢我漂亮的孩子们——克劳迪娅和艾萨克（当然，艾萨克还小，再过很长很长时间才能读懂这本书！），还有我的丈夫泰尔，在我的瓶颈期，他帮我想了很多点子，他读过这本书的第一稿，他总是对我写的东西充满兴趣，总是格外地鼓舞人心。感谢你们的支持和多年来对我的信任（甚至在我极度缺乏自信的时候！），这本书是写给你们的。

还没从结局的震惊中恢复？

扫扫这里压压惊

海面之下

产品经理｜吴　涛　　　装帧设计｜何月婷

责任印制｜路军飞　　　出 品 人｜吴　畏

图书在版编目（ＣＩＰ）数据

海面之下 / (英) 克莱尔·道格拉斯著；孙璐译
. -- 南昌 : 江西人民出版社, 2018.8
ISBN 978-7-210-10697-5

Ⅰ. ①海… Ⅱ. ①克… ②孙… Ⅲ. ①推理小说－英
国－现代 Ⅳ. ①I561.45

中国版本图书馆CIP数据核字(2018)第177159号

图字14-2018-0180

海面之下

克莱尔·道格拉斯 /著

责任编辑/冯雪松 王丰林

出版发行/江西人民出版社

印刷/河北鹏润印刷有限公司

版次/2018年8月第1版

2018年8月第1次印刷

开本/ 880毫米×1230毫米 1/32 印张10

字数/ 208千字 印数：1-9,000

书号/ ISBN 978-7-210-10697-5

定价/ 45.00元

赣版权登字—01—2018—649
版权所有 侵权必究

如发现印装质量问题，影响阅读，请联系021-64386496调换。